MIRROR
IMAGE 镜像

朱燕玲工作室

漪

yi

The Ripple of Shattered Cuckoo

杜梨

著

中信出版集团 | 北京

图书在版编目(CIP)数据

漪 / 杜梨著. -- 北京:中信出版社, 2025.1.
ISBN 978-7-5217-6961-6
Ⅰ.I247.7
中国国家版本馆CIP数据核字第2024VT2088号

漪

著　者:杜梨
出版发行:中信出版集团股份有限公司
　　　　（北京市朝阳区东三环北路27号嘉铭中心　邮编 100020）
承　印　者:河北鹏润印刷有限公司

开　本:880 mm×1230 mm 1/32　印　张:10.5　字　数:193 千字
版　次:2025 年 1 月第 1 版　　　印　次:2025 年 1 月第 1 次印刷
书　号:ISBN 978-7-5217-6961-6
定　价:59.80 元

版权所有·侵权必究
如有印刷、装订问题，本公司负责调换。
服务热线:400-600-8099
投稿邮箱:author@citicpub.com

谨以此书献给帕尼娃儿和小骎骎

广寂的海面上似晕出无限光环,面前忽现出一艘极精致的象牙宝船,桅杆风帆均缀满宝石,嵌珠镶贝,海豚从波浪中逐出,围绕在宝船周围。这是艘幽灵宝船,船的周身在颤抖,在引诱她开启摇曳生姿的海波之旅。她默念"南无大慈大悲观世音菩萨",随即跟着那指引上了宝船。一味清澈浸入意识,薄荷酱涂抹在白面包片,视野逐渐被湛蓝填满,嘴唇化成血红的珊瑚,牙齿幻作水中发光的水母。她感觉皮肤像海豚与儒艮那样光滑,又不受吸盘与爪牙的困扰,她逐渐失去四肢百骸,伏于海中,变作一瓮海龟祭坛,一座呼吸的海礁,一只海滩上试探的勺嘴鹬,一只净瓶中飞翔的军舰鸟。她入宝船中一方洞天,在竹林间以斧破竹,劈开四季缤繁花雨,似得了宝训,又听得箴言。箴言无形无色无痕无感,只顺着波浪将她摇入深海更深处。

目录

001 鹘漪
051 今日痛饮庆功酒
095 大马士革幻肢厂
147 三昧真火
225 在瓦伦
271 小娃撑小艇
293 西班牙猎神

321 后记 —— 高高兴兴的兴安岭

鹃 漪

他们的生活是一枚闷茧,
从彼此的幻想里抽出很多鲜亮的丝,
再慢慢缠出想要的形状。

入梦后，后羿在梦穹里摆上几枚太阳，梦境燃烧，蝉鸣难熬。花末在一座古塔内上下奔走，头戴帷帽，身着鹅黄坦领和石榴色破裙，手捧一匣绿豆凉糕，想要找一处茶室庇荫，却怎么也找不到门。以往这古塔是要动摇坍塌，一同连她都坠下去的。她常做这种失重的梦。

但这次却没有。旁边一扇木门开了，一只蓬毛的雪鸮走出来，笑眯眯请她去喝杯茶。居然是多荷果。她随他进入古塔，鼻尖传来浓郁的松香味。在梦境中，五感皆可能会变得拟真，但气味的练达还是很难。门内有几棵小松盆景，昏黄的松油灯，幽幽送来浓郁的香气。松木茶几上摆着一壶茶和两个雪花杯。雪鸮多荷果落在对面座位上，伸出翼指，将冒着热气的红茶推到她面前。她摘下帷帽，微抿一口，甘甜中有微苦，似有坏脾气美人儿在舌尖跳舞，露出白玉的臂和香软的腰肢，回旋着落入口中，脾胃作道场。那香味也比平日浓郁得多,似乎能品出松子的油脂味。

她将绿豆凉糕推到雪鸮面前。雪鸮用翼指一扣，绿豆凉糕立刻变作几只眼神清凉的绿松鼠，在松木桌上嗅来嗅去，又用青青小舌头，舔他杯中的红茶，松鼠薄薄的肚皮内能看见甘醇的茶汤。花末看得呆了。忽地，雪鹓将几只松鼠吸入腹中，舒适地眯了眯眼睛。

她又饮了几杯茶，松油灯下，多荷果的鹓面恍惚变幻，但她能辨识出那双眼。多荷果说，他四处寻找地方栖息，见到这座古塔，意随心动，变作一只鹓飞进。来时他衔着一根松枝，随手长出几棵小松树，割出少许松油，又伐成一张桌，不过须臾而成。他递给她一张松笺，上面有四枚朱红小字："揭谛，揭谛！"

多荷果不信神佛，眼前这鹓是谁？花末欲开口，却觉出一阵摇晃。这古塔要塌，梦要醒。迷蒙中，"布谷布谷"穿透松香梦。夏日清晨，身从酷暑中抽离，床盖微凉。梦寰之外，天空地旷，四声杜鹃正越风飞行。从唐至今，不知倒了多少参天树，抹了多少杜鹃。

醒来，多荷果正背对她喝一杯红茶。面前的茶案上，还摆着其他早餐食物，古塔中的那间小屋竟是眼前小屋所幻。那是多荷果第一次进入她的梦境。她跟他说了梦中情景，他很惊讶："还好我没变成仓鹓，别把你吓一跳。"

很小起，每当花末入睡，就会进入一个荒芜的城市。那里高楼未林立，人烟稀少，只有贯通南北的一座高速长桥。往北走是崇山峻岭和结冰的黄河与通天的瀑布，往南走有无垠的沙滩与海洋。蒸汽绿皮火车从头顶的轨道中掠过，老式地铁和几层交叠的中转。有时站在高楼上眺望远方，会看见高迪那些梦幻的建筑、埃菲尔铁塔和蓝格子的瞭望塔。梦中的城市没有疆域，只吞吃她记忆中出现过的风物，再根据意识重建出沙漏模型。

自然，这座城市也会露出獠牙，有时阴不可测，让心里最深的恐惧现形。有时睡的时间过久，她明显感觉有一股极深的引力想将她吸到城市的流沙中。她想，这里也许是她随身携带的世界，若有一天长睡不醒，那就是永远留在这儿了。

多年来，从未有任何熟人进过她的梦，哪怕是多荷果。这次，可能是她在灵隐寺数罗汉时，为多荷果请回来一尊佛的缘故。多荷果魂魄出窍，难怪行为举止不似他自己。不过随着拜访次数多了，两人终会在梦中相识，他醒来后也会记得。花末坚信这一点。

多荷果一直想在北京买套房子，这个想法在花末怀孕后变得尤为强烈。他不想再忙上忙下搬东西，随时准备卷铺盖走人。每次搬家，他都感觉小壳破了，肉被啃掉，灵魂流出。又得花两三个月，才能一点点复生。就在这种反复拉锯中，花末学会了在梦中建造房屋。为此她去观摩各种动物的窝，好在睡梦中编织出来，这样也许能填补多荷果的心窝。

可推拉的落地玻璃窗，一推开窗，外面就是浅蓝的湖。

清晨的风拂过脸颊和脚踝，有种湿润的凉意。多荷果在露台上架起小桌，煮了咖啡，烤了面包，还切了两个小橙。这是她在两人小小的茧里想出来的情景。他们的生活是一枚闷茧，从彼此的幻想里抽出很多鲜亮的丝，再慢慢缠出想要的形状。人们总有各种办法逃避现实，她和多荷果还可以做梦。

如果能在梦中获得满足，现实的残缺也许不足为道，人本来便依存于这两个世界生活。梦中所见到的，比现实中殊胜一万倍，感官被无限放大，无限贴近那些风景、建筑和动植物，是现实中永不能抵达的。

她在职业中也需要这种想象力，但甲方们总批评她绘图不切实际，在构建梁枋时缺乏落地能力。在梦中造房的好处是，所有的结构设计都可以推倒重来。但不好的是，她睡醒后没办法再进入之前的设计，如果梦境中断，这条线也就断了。因此，花末发挥不稳，思路也总是中断。甲方不分昼夜开会，她有时在家也要加班到很晚，烦闷至极。忙里偷闲，她会去野外寻找灵感，看看自然中的建筑师。

最近，多荷果又提起买房，说他那天夜里加班，在案卷里看见了一些特价房或法拍房，很多都出过人命或怪案。这样的房子挂出来便宜，加上政策扶持，如果买下来是蛮划算的。

花末说他鸠占鹊巢，还嫌自己的官司不够多。

多荷果指出她成语用错了，并说所有的土地和房子中都死过人。人之所以会恐惧，是害怕这一切会发生在自己身上。他人的因果与自己无关，只要不介入他人的因果就行。

在这个城市生活了十二年，多荷果所有的只是堆积如山的案子和永远也写不完的材料。每句话后面都有无数生命眼神闪烁地盯着他。字字推敲琢磨，棋盘上每移动一颗子，就要消耗他无限精力。他在这种日夜磋磨中变得冷漠，因职业需要看了太多恐怖画面。他不怕那些小房子中的谋杀、自杀或意外。他的单位就在郊野的坟墓之上，没有狐妖也没有鬼怪。更何况，人比鬼可怕，是他们这行的常识。他倒是听说在阎锡山的府邸，有人选了间幽静的房子住进去，做噩梦还被鬼压床。不过这些，年轻人是不怕的。

现在紧迫的是，花末怀孕了，他迫切地想换套大房子安定下来。也许会像有些人说的那样煞气重，但没准可以驱走一些披着人皮的恶鬼。

花末盯着软件画图，说："现在分的三十平方米够用了。"

多荷果反驳："朝不保夕，小孩来了怎么住呢？"

花末忙着叠加图层，随口敷衍："那是他的命。"

多荷果有同事认识专门处理这些房子的中介。他打听了，有的房子还有试住期，可以感受一下，不行再退。由于长期伏案工作，多荷果的背越来越驼，更像只蜗牛了。

花末拍他的背,他条件反射直起来,过会儿又塌下去。她真怕有人踩碎他小小的壳。

难得一个周六,多荷果陪花末去永定河边,看中华攀雀盖房子。今年气候极其反常,仅仅是六月,北京就热得发疯。一出门,如吸入三昧真火,皮肤寸寸爆裂,整个人如红莲绽开,外表堪堪维持人形。阳光透过黑色鞋面,晒得人脚背生疼。永定河畔偶尔吹来阵阵凉风,只能解微末的暑气。花末忍着不适,将全部感官集中在中华攀雀和它们芒果般的小房子上。

河边的树上,一只雄鸟正不断装修自己的小别墅。而另一处更低的巢里,有只雌鸟正顶着烈日育雏。每家的进度都不同。攀雀在产卵后,往往只会留下一只亲鸟负责育儿。亲鸟会互相比谁逃得更快,逃避即将到来的育儿责任,去寻找更多的交配机会。雄鸟的逃跑概率较高,为此,雌鸟生产后会将蛋埋在巢下,趁雄鸟外出觅食时,迅速逃跑。等雄鸟回巢时,发现早已鸟去楼空。

随着亲鸟越来越疲倦,花末也收了工,从芦苇丛出去,招呼多荷果回家。多荷果坐在树荫下,脸红得像熟虾子,背也驼得像熟虾子。

还未等滚烫的热汗落下,多荷果就说他已经看好了一处房子。那房子只有一桩失踪案,两年前,女主人在房子里失踪,丈夫报了警,但始终没有找到人。虽然房内有微量的鲁米诺反应,但警方没找到尸体或者任何人体组织,周遭没什么异常，她的丈夫也被排除了嫌疑。警方排查许久，最终成了悬案，不了了之。房子在西五环外，格局蛮不错，九十平方米，南北通透。男主人着急出手，价格方面也好谈。

多荷果问她愿不愿意去看看。花末看他贴在车上的平安符，是张便宜的贴纸，据说是乾隆御笔。他说贴上之后再没被剐蹭。时间久了，纸边都打了卷儿。她怜惜起来，叹口气，问他价格。

多荷果掰着手指跟她算："四百多万，比市场价低几十万。管双方父母和亲戚朋友借借，再贷一下款，这个价格踮踮脚是可以的。"

花末无奈点点头。多荷果立刻驱车前往京西。到了地方，中介正扶着电瓶车，等在槐树的阴凉里。中介女孩胖胖的，黑葡萄眼，一笑露出两只梨涡，对着两颗虎牙。她的白衬衫蒸出热气，衣领沁出点点薄汗，看着让人放心。

房子在十六层。深棕色金属防盗门，两边还贴着今年的新对联。花末右脸感觉麻麻的，转过头去，只看见右边邻居的门顶上有黄符纸，门上贴着尉迟恭和秦叔宝，皆是浓眉大眼，目光炯炯，在红纸上挥舞着法器，门把手上挂着一面八卦镜。

中介说，旁边住着一位独居老人，好像不怎么出门，出事后也没搬走，只不过门上多了一些法宝。多荷果听到法宝两字，扑哧一笑。

三人刚进门，即被阳光晃得睁不开眼，屋里的瓷砖雾蒙蒙地发光。正对面是绿丝绒窗帘，三扇阔大的落地窗，在屋内氤氲出丰沛的暑热。中介忙打开空调。

客厅只有一套棕皮沙发和同色木茶几，对面的电视柜上有台液晶电视。男主人留下了几个大件，其余全处理了。炽热的午后，整间屋子有些空荡的璀璨。去其他房间看，除了床与空调，皆是这种一览无余。这开门见光的布局并不算好，须得有一扇屏风或者高植遮挡，才能中和屋中的气流。中介夸这房子的挑高好，因之前按公寓房走，挑高都在三米。

花末走到窗户边，小区内林木繁茂，几乎遮住了楼下的池子。窗边热浪蒸起扰流滚滚，窗轴有点锈，她用力一推，视野洞开，蝉鸣高嘶猛进，和空调的潮味撞个满怀。

转身回到客厅，透过强光，她忽然发现客厅中间有一处几不可辨的断裂，那断裂似旋木雀的嘴，从天花板垂下，生生地将三维空间劈开一丝裂隙，内部隐隐泛着古铜的光。

花末瞪大了眼睛。硕士时写古代建筑史的论文，她在图书馆翻到过一本叫作《云罅营造》的小书，是明人根据宋人的《营造法式》续编的一本建筑野话，有一些空中楼阁的建造方法，其中就提到过这种空间裂隙。作者在探访乡间奇筑时，曾听说一户人家"南屋中有细裂，几不可见，伸手则没指，探之有泠泠声。尝有乡人之女夜中梦游，入之不还。家人大骇，多日盼而不回，四处遍寻不见。又无人敢探,遂不复住"。

她心跳加速,过往的飞鸟撒下一粒轻飘飘的种子,此刻瞬如魔种破土,长成通天藤蔓,藤蔓的顶端是座秘密的空中楼阁。她几乎不敢相信自己的运气。

多荷果看她眉头微皱,觉得可能是不喜欢,悄悄来探口风。只见花末对他使了个眼色,说要砍价。多荷果的愧疚如海浪漫过鞋袜,一点点濡湿脚底,凉意漫到胸口。他忽然有些后悔执意带她过来。

花末很快跟中介谈好价格,并提出先短租一个月看看。对方拨通房东的电话,房东迟疑片刻,说这个价格可以接受。如果她住着没问题的话,还是希望尽快交款,办过户。

黑葡萄女孩很欢欣,这几乎是手上出得最快的一套凶宅。花末他们回家筹备资金,打完一圈电话,两人叫了便利店的咖啡和小蛋糕,开始算账。

花末一面说着装修风格,一面放大看中华攀雀的芒果巢,看到那些微摇的蒲绒,大有触动。攀雀在酷热中来回翱飞,将树皮纤维、羊毛、蒲绒和杨柳絮织得如此服帖,细密的缝隙让南风透过,又隔绝了暑热,住在里面的小蛋一定觉得舒服异常。雏鸟在蛋中时已会交流,那细密的鸟啼从轻薄的蛋壳中透出,有些像人类的胎动。这类悬在空中的"芒果巢"不错,可以悬挂在梦中,亦可做现实中的结构参考。

夜晚,花末隐约看见自家的小佛龛在发光,定睛一看,原来是月光溜进窗帘缝隙,龛门的纱在墙上流出斑驳。她又琢磨了一遍买那套房的可行性。平日里,每做一个美梦,醒来就会分外失落。人的记忆总像一尾鲇鱼,一扭身就在水中滑走。她真的需要一个能固定梦境的载体。那本书上说,只有抓住这样的裂隙,她才能把梦栽进去,获得一个恒定的空间。那套凶宅,可以一试。

两人约定了搬过去小住的时间,不过多荷果工作太忙,大部分时间还是住在宿舍。花末回了趟母校,在图书馆的角落里找到了那本小书,复活了记忆——"余心下异动,当夜草宿于其南屋,拂席曲肘而枕。少顷,倦意来袭,但见罅内吉光染动。忙起身入内,但见野旷天低,山翠桃红,莺啼花香。一女于桃树下顾盼流连,忽见余前来,不由大惊,忙问家中事,曰误入桃花源,流连多月,迷途竟不知返也……"

花末做好笔记,仔细推敲片刻,想到了一个办法。

周六,她打包了小佛龛和一些生活用品,去稻香村买了点心,独自开车去了那套房子。租金早已打过去,中介提前将钥匙放在了电表箱里。她进了门,将窗户打开换空气。随后将小佛龛放在高处摆好,点了乌木沉香,摆了果子,念了经。坐定后,又从附近的花鸟鱼市订了一人高的小叶罗汉松,几只佛手柑,快递送上门。做完这一切,她沏了壶红茶,摆了稻香村的枣泥饼和鲜花玫瑰饼。

她咬了两口枣泥饼，打量这两株罗汉松。这两株罗汉松均是形态威武，枝条纤长，有些守门将军的味道。她用手捏了捏树干，足够结实，是不错的梦楔子。她要先捉住梦的脚，缠在这两株小叶罗汉松上，就像吊床一样先打两个结。至于能结出什么，得看梦的形态。

吃完枣泥饼，喝完一壶红茶，心满意足。她把瑜伽垫和凉席铺在客厅的地面，铺一只小枕头，枕边摆几只新鲜的佛手柑，侧躺在小垫上准备入睡。正午阳气旺，也是织梦的好时刻，不会被魑魅打扰。

蒙眬中，她在乌木沉香的味道中行走。走过一段青色的砖墙，眼前现出一座破败的宫殿，宫殿的屋脊上站着大嘴乌鸦和达乌里寒鸦。外面似乎是盛夏，绿得要滴下来。可眼前积雪如此大，将殿脊的鸱吻都盖住，糅作模糊一团。她凝目细看，达乌里寒鸦那黑白相间的脸颊似在眼前，纤毫毕现。她掏出枣泥饼，邀请它们来吃，枣泥饼发出灿烂的光，有如金乌。达乌里寒鸦飞到手中，瞬间化成一枚鸦头针。又有一只大嘴乌鸦落在手中，也化作一枚鸦头针。

花末揣好它们，进入宫殿。殿内堆满积雪，阴寒贯穿肌骨。她回首一看，梁上挂着一些肝肾脾肺，滴出浓郁的血，远处有鸦袭来。前方并无什么神明画像，香案上摆着一些瓜果等祭品。两只狻猊端坐两侧，张开大口。沉香如虎下山，味道愈来愈浓郁，要遮盖过屋檐下的腥味。背对着花末，在蒲团上跪拜的，是个穿着裙子的现代人。花末走到距其一步之遥的距离，停了下来。那人回头，头目青肿，血泪不断涌出。再一看，对方的肚子中空，肝肾脾肺皆不见，恐怕是挂在了身后的屋檐下。

对方张口，说了些什么，可花末像溺了水，怎么也听不清。她将手中的两枚鸦头针丢出，达乌里寒鸦和大嘴乌鸦向那人扑去。

雪块纷纷从梁上掉落，大殿又在嗡嗡震动，狻猊的烟雾也越来越浓郁，似在发怒。她在梦中尝试钉住这座幻化的宫殿，这座宫殿正试图逃跑，就像曾经出现的古塔，她必须要留住它，哪怕只有一砖一木。哪怕这梦在发怒，甚至变得如此恐怖，她都要克服，现在还不能醒。

花末想了想，将心从胸口拿出，如拿一枚供果，既是无相，便是无相。她在剧烈的晃动中，拿着那枚勃勃的心艰难往前走。走到案前，将其放在了猪头的旁边，与牛头相依偎。这两只动物死前想什么呢，眼眸微阖，嘴微张。两只鸦已衔来挂着的肝肾脾肺，那人正动手安进肚中。

醒来后，花末汗涔涔。暑气散了些，她走到空调下散热。梦里的大殿并未垮塌，这次应该成功了。她醒醒神，立刻去看小叶罗汉，盆栽旁边皆有小小碎叶。刚才由小叶罗汉化身的那两只乌鸦，在梦中帮了她大忙。她缠住梦脚了，之后可以借助这两个小支点，慢慢摸进梦里。临走时，她瞟了一眼邻居老人的门神，门神的纸贴了半年多，仍是鲜红欲滴。老人想来很爱惜。

到家后，花末倒了冰镇的酸梅汤，拧开空调开始绘图。甲方要求他们项目组画一组轻型的独栋楼阁，已经毁了很多次稿，骂了设计师很多次，时间卡得越来越死。她必须要摘下这个项目，小孩的到来让她压力很大。长久的熬夜让她和多荷果脑灰质递减，脑子就像沙漏，人的记忆还是太滑了。

她画了一座由新型外结构材料织成的"攀雀巢"，内部玲珑剔透，人可从这扇半透明的墙中感受外面的风景。这墙的保温层同时可依赖太阳能与风能，维持室内恒温恒湿。一反传统的设计，建造条件要求较高，后期应该会有很多对图会。她也拿不准甲方的脾胃，只能先试试。

她给多荷果发去结构图，说他们很快就能搬过去了。多荷果正忙于案头工作，看了一眼，觉得她这话有点奇怪。等他到家，花末已在床上睡着。枕边有张便笺，用建筑系的仿宋体写，"梦脚已缠好，我先去梦中扎一扎"。

多荷果知道妻子有个梦中世界，有时她睡得多，可能是过于沉溺梦的缘故。这对多荷果来说不可思议。他很少做梦，即使做梦，醒来也记不住。他躺倒在床，轻轻咳嗽。花末被吵醒了，模模糊糊说，她在那栋房子里可能梦到了以前的事，不过看得并不真切，她想再去看看。

多荷果说他得去内蒙古出趟差，如果觉得不放心，可以继续住在宿舍，等他回来再一起去那套房子。

花末支吾一声，翻身睡去。

过了两天，多荷果去了呼伦贝尔，在草原上感到了久违的凉意。行驶在草原小路上，一头棕色花牛卧在前方的皮卡里，车轮泛起淡淡的烟尘。那牛回头望着他，眼眸大而天真，满满的黑瞳仁，微微抬起湿润的嘴唇。他心里痒酥酥的，那双水润的眼似乎探进了他的内心，并用睫毛刷了刷他的心脏。

到了会上，多荷果开始报告。前两年的案子，很多凶杀案手法相似，高度怀疑为社会性模仿作案，也许与密集的媒体曝光有一定关系。情感类矛盾增多，碎尸案同比有所攀升，很多时候被害人来不及反应，甚至无处可逃。多荷果觉得，在家庭或两性关系的小世界中，一方体内藏着暴君，习惯性控制对方，一点点蚕食，最终剥夺对方的生命。事情往往起源于微小的控制，大多有迹可循。加害者逐步掌控心理主动位，随着控制的深入，在加害者看来，受害者最终成了一件物品，丧失了独立的人格主权。这间接导致了在以两性关系为核心的暴力犯罪中，经常出现受害人被碎尸或被泼汽油等极端行为。

领导拍拍他的肩膀，小声提示他不要太激动。事后处理数据并进行归因分析是他们唯一能做的事，对于这种普发性溃烂，数据员只能观测报告，并无药可医。

吃晚饭时，当地人说，每年春季蒙古烧荒，草原边境都会发生大火，火势不可控，羊群无处可逃，累累焦尸挂在围栏上。大量野生动物从北面逃过来，黄羊用头使劲撞铁丝网，背后是冲天的红与黑。不知怎么，那双湿润的花牛眼睛就像湿婆的第三只眼，始终凝望着多荷果。他想，看来动物和人都一样，真是一点办法也没有。

临睡前，多荷果与花末视频，发现她正在那房子里。这次她拉了四只菠萝健将，念念有词："般若波罗蜜多，波罗揭谛，波罗僧揭谛……"在南方的古人看来，菠萝是镇邪的利器，它们会化成四大天王，用一身铠甲和尖刺来震慑小鬼和坏人。花末举起自己红肿的手指，说她已经被菠萝给蜇了，看来这四只菠萝天王很厉害。

四只黄澄澄的菠萝，呆立在瑜伽垫的四角，看起来天真无邪。多荷果啼笑皆非："波罗蜜多的'波罗'不是彼岸的意思吗？你这能管用吗？"

"都差不多吧。"花末哈哈一笑，在她的一堆东西中，客厅看上去没有那么空旷了。

她说来的时候，旁边那家的老人刚好出门倒垃圾，看见她开这屋的门，立刻把垃圾放在门口，转身进了屋。等她进了屋，老人又来敲门，神色有些犹疑。他略带南方口音，问她是否要常住。她说也许有这个打算，先住住看。那老人又问她，知不知道这房子出过事。她点点头。老人像煞有介事地递来一面小八卦镜，说如果不介意，可以收下。花末接下道谢，顺手给老人拿了几个苹果。老人似乎对这房子里出来的东西很警惕，连连拒绝。花末没有强求。

多荷果连忙叮嘱她，不要给陌生人开门。花末耸肩笑笑。他俩就像一枚花生，把壳掰开，里面盛着一只小小的生果仁。多荷果每日小心浮在水上，生怕花生翻了。

互道晚安时，花末说："让我们在梦里试着见一面吧。"

隔天，花末一直都没有回他消息。起初多荷果以为她是瞌睡，可直到下午三点都没有消息，电话也无人接听。多荷果托中介去敲门，也无回音。黑葡萄姑娘用备用钥匙开门，发现花末不在屋里。客厅的瑜伽垫上有起夜的痕迹，花末的手机也在枕边，人却不见了。目之所及的生物，只剩两株小叶罗汉和四只菠萝。她找遍了屋里每个角落，都没见到人。视频那头，女孩一脸惶惶，问他花末有没有梦游的习惯。

多荷果打了一圈熟人电话，都没有花末的消息。多荷果抛下工作赶回北京，等警方二十四小时立案，他的岳父母刚好落地。警方将周围所有监控都查遍了，也没有看见花末的踪迹。她就在那间密室中消失了。室内没有监控，墙里墙外没有暗格，掘地三尺也只有那几样家具。屋内没有他人闯入的痕迹，也没有任何鲁米诺反应，床铺上只有花末一人的生物信息。邻居也没有听到过什么可疑动静。老头接受完问询，从门后变出一把艾草簌子，扫了扫门楣。

警方调查了几天，排除了多荷果的嫌疑。房东的学生赶来配合调查，说对方想快点处理掉这个房子，不想再拖。如果警方结案，希望能快点通知他。

这句话撞进多荷果的耳朵。他深吸一口气，没有吐出来。花末就像英国人写的小说，在空气中画个函数图形，然后自己消失了。

花末的甲方对这个项目表示很满意，只是说方案设计还需要再修改，后续初步设计和施工设计都要跟上，再之后是专业之间的碰面和拉锯。如今花末失踪，但甲方坚持要这个方案，设计院一天打十个电话来问多荷果情况。多荷果不敢让妻子的工作落地，一面处理手头材料，一面在她的手机里寻找各种蛛丝马迹。

他有过猜想，觉得她可能是工作压力太大，房子又奇怪，孕期抑郁，她索性想了个辙，躲开所有人。说不定她早已避开了所有监控，偷偷追上他，坐上了去内蒙古的火车。在大家都垂头丧气时，她会突然敲门回家，说她去草原上看猫头鹰了。

岳父岳母住在那套房子附近，眼神焦干。他送早点过去，他们看着他，又透过他看着窗外。他们问他是不是吵架了，花末离家出走了，眼中有与日俱增的怀疑和慌乱。他们一个坐在靠窗的床沿，一个坐在小床头柜上，和他始终保持距离，也没有碰桌子上的早点。窗外有一团巨大的瘴气拢过来，好像要随时吞掉他们。

那间房子有鬼，花末被它给吃了，之前的女人也是。多荷果搓搓手上残留的油花，想破脑袋也只想出这个可能性。警察暂时给房子加了封条，但租金还没有退还。若是按花末临睡前所说,他必须要返回那套房子,去她栽种的梦里将她带回来。哪怕这可能会让警察误解为有些犯罪嫌疑人往往会回到作案地点,重温犯罪时的情景。

他从包里翻出钥匙,买了水和褪黑素,重新回到十六层。撕开封条,老头的门神仍在窥视他,他转过头看了看,确信是老头在门后窥视,而不是那两位目光炯炯的门神。

屋里拉了警戒线,菠萝们还站在床头四个角,由于窗户被关了,屋中的菠萝味更加浓郁。他推开窗,楼下草木的香味在热气中袅袅而动。他照花末的样子点根香,吃了褪黑素,倒在瑜伽垫上,过了一刻钟,终于入眠。

他第一次进入有相的梦。一座破败的宫殿,像是遭了难,一地碎瓦当。垂脊上的脊兽所剩无几,瓦檐上长满杂草,随风轻晃,两只鸱吻像遭了雷击,有些焦黑。他走进大殿,殿内昏暗,氤氲着一股果木和沉香的混合气息。视线逐渐清晰,殿内站着四个铠甲武士,身高九尺,执长枪或短鞭,对他怒目而视。他走过去搭讪,他们嘴唇紧闭,不发一言。他又看向前方,遮幔自殿顶垂下,两侧烛台内灯火如豆,两只狻猊香炉歪倒在一边,没了烟气。遮幔内,影影绰绰,有人影闪动。他走上前,想要看清帐中人。

撩开幔帐,他吓了一跳。眼前的人头发蓬乱,眼窝青肿,皮肉模糊,依稀能看出是个女性。她穿着现代的裙子,手臂和腿看着像重新安上去的,扭动的姿态僵硬。女人两侧有两只乌鸦,正灵巧地用喙给她穿针引线,似乎想把她的手臂和腿缝得更紧致一些。他的潜意识已勾连到那个失踪的女人,不忍再看下去。女人的嘴唇似乎在动,胳膊抬了起来。他后退两步,想夺路而去。刚拉开幔帐,他记起前来的目的,又只能僵硬地转身,问她见没见过花末。

女人开口了,声音却并不像她的模样,谈吐清晰:"她把我安置在这儿,自己出去了。"

他打个寒战,又问有什么可以帮她。

女人摇摇头,黑眼睛在小缝中眨眨,说花末太执着于造梦,已经走火入魔。这个梦已将花末的形体吞噬,如果他直接戳破梦境,强行带花末离开,她将会受到刺激,构梦的天赋会从她的意识中被强行剥离。从小伴生的城市垮塌,对她来说可能是灭顶之灾。

"那该怎么办呢?"多荷果有些眩晕。还有孩子。

女人沉默了。两只乌鸦停下来,也歪头看着他。那两只乌鸦的表情他很熟悉,是花末会捏出来的鸦科脸蛋儿。

多荷果夺路而逃,大殿在他身后覆灭。那是来自案宗的幻觉。他告诉自己,一定是报告太累了,现实的案子都到了梦里。他心猿意马,在梦中乱走。面前始落鹅毛大雪,盛夏的浓绿隐去,草木枯萎零落。他走到冰河边,不觉寒冷刺骨,身上也加了冬衣,不知是花末怕他挨冻,还是他自己的潜意识起了作用。

冰河蔓延千里,近处的冰面被冻得发白,像鲲刚好翻起肚皮，立刻被封印于此。冬日水枯，水流败走，中心的小岛浮出水面。他踩着冰向着浮岛走去，猛听得远处有呕哑叫声。一阵遮天蔽日的鸟浪袭来，鹤群连绵不断，涂绘成群山的形状。鸟群似被狂风荡着，不断变换形状，每只都奋力且脆弱，似乎轻轻一碰，这连绵的鸟带就会灰飞烟灭。他舍不得眨眼，这就是花末有时醒来，用语言和文字告诉他的景象，果然，不足梦中千万分之一。

他继续向前走，冰面的边缘，有不动流水，一只白尾海雕正蹲在冰面上，耐心等着水中的鱼游来。鱼的鳞光浸入冰冷的水纹，鹰眼望着果冻般的鱼眼，多荷果透过白尾海雕的眼睛看到了鱼。他重新感觉到那双眼睛。那双眼睛不断变化，从形状到颜色，短暂变幻为他熟悉的样子。他在那双眼睛中旋转，终于想起了这双眼睛是花末的。

白尾海雕给他叼了条鱼，他伸手接过，那鱼变作一柄利刃，他向冰面掷去。冰面霎时裂开，下面是无尽的冰瀑。他纵身一跃，耳边风声鹤唳。他没入冰水，浑身发抖。

抬头一望，花末正坐在不远处的皮筏子里，穿着睡衣，脸庞浮肿，整个人看上去很憔悴。他努力游近她，发现自己变成了一只白鹅，两只蹼拼命划着水。他开口呼喊，也只能发出家鹅的嘎嘎声。她发现了他，很快向他驶来。他蹬着水，恨不能再快一些。

好容易游到花末身边，花末将他从水中抱上来，用衣服搂住他擦干。一人一鹅互相张望，都有点流泪。他张开翅膀拥抱她,开口都是嘎声,随着话越来越密,嘎嘎声也越来越急。花末让他尽快从房子里离开,她会处理好一切。

"现在走还不是时候,梦境刚刚稳固,你才得以进来。我把梦种在了客厅的一道裂隙里,梦的空间目前也是封闭的。"花末摸了摸他的头,又拨开他羽毛下覆盖的耳洞,好奇地看看他变成耳洞的耳朵,吹了口气。"我带你去看我新盖的攀雀巢,以后孩子出生,住在那里一定很舒服。这里是我的梦,很安全。除了你,还没人进来过。"

她还说,雌犀鸟在育雏期也是这样把自己用泥封在树洞里的。他有些害怕,拿翅膀扇着她,催促她快点回家,爸爸妈妈都很着急,甲方天天狂轰滥炸,外面因她的失踪而变得一团糟。花末装没听见。

她带着他抵达河流的尽头,那里有一座横跨两山的空中铁轨。铁轨是交叉钢结构,在日光下看是冰冷的蟹青色。老式的绿皮列车冒着蒸汽呼啸而过,火车的北面是整面冻结的冰瀑。她把皮筏停在岸边,带他进站。站台内贴着橄榄色马赛克瓷砖,隧道分上下两层。不知何时,多荷果又变回了人身,他们握了握手。在过去的许多梦中,花末都在这座双头火车站中紧赶慢赶,总怕自己坐错车或误了点。那种紧迫感始终拧着她快走,但墙上并没有时刻表和目的地。这次既然和多荷果一起,她就不再怕那些跳跃的时间。

他们坐着火车穿过冰瀑,远处的高迪建筑盖着蘑菇奶油顶。景色时近时远,取决于观者的意愿。火车到站了,他们从高坡上下来，又开了一辆老式黑色桑塔纳，越过河流纵横的平原，到达了花末的选址地。旷野间，一株参天的老榕树，繁茂的绿叶与枝条间有座吊悬的茅草楼阁，随着生物之息，它的蒲绒在细微摇动。她带他顺着榕树的气生根往上爬，两人的手脚都要灵活许多。很快，他们抵达了那座茅草楼阁。拂开柔和的风吟，绕过石黄的鹤面屏风，在鹿皮凳上落定。石案上放着茶壶茶碗，自动沏了碧螺春，会呼吸的蒲绒窗半开半合。渔夫与鸬鹚站在船头，碧绿的水纹渐次荡开，水面的春意如此浓烈。她招呼他吃红藕青团。

两人聊到那个破碎的女人。多荷果问是不是之前失踪的女人。花末说可能是。不过她问那女人什么，女人都不怎么回答。不过女人对她和多荷果很感兴趣。花末借助梦的幻形，将那女人重新缝在一起。如果那女人在现实中真的存在，可能早已是一堆尸块。

多荷果说："如果能将那女人拖回现实，说不定能够重查旧案。"

花末低头看着茶碗晕出的光圈，说刚好她在梦中获得了无尽的时间和空间，她会想办法。

食毕，她带他走旋梯到二层。两人坐在蒲团上，点着兔子灯，看窗外逐渐西沉的太阳。眼前光景流转，与一楼的春江不同,映出巍峨的雪山。山下正发射一座宇宙飞船。飞船点火，猛然爆出天摇地动的紫色流火，无数闪耀的淡紫流苏自地面炸开，银红交织的烟花扑满天际，比多荷果看到的任何一场烟花都要壮美。

花末让多荷果帮她请十天假，十天之内她想办法出去。房子想办法稳住，跟房东说一声，不要让别人住进来。他问她在梦中吃这些甜食，醒来会不会发胖。一语惊醒梦中人，花末立刻狂塞了许多红茶慕斯蛋糕。

看过烟花，她将他推进那艘飞船，发射出了她的梦。花末摇摇头，多荷果工作久了，人也变呆了，劝她回去的理由竟是甲方找她。飞船可以把多荷果发射出去，但总会把她送回那座大殿前。她和那个明代女子一样，迷路了，怎么也醒不过来。可能是她把心扣在大殿里做投名状，没法再自由出入的缘故。

满眼繁星里，多荷果惊醒，宇宙飞船在虚空中解体，他被抛到了床上。他想要坐起来，身体还呈现木僵状态。他立刻觉出肉身的禁锢，终于缓过来，这个世界到了正午。他能感觉到，一种枯干从里到外摄住了他。他的头发变得稀疏，眉毛越来越淡，眼角在下垂，眼里那两颗星早已死去。甚至花末怀孕也未能将其点亮，反而击沉了半分。他对任何事都提不起兴趣，他处在一种早发的中年怠惰中。

他把玩着床边放的小八卦镜，对光进行折射。忽然，在影的晃动中，他发现空气中似有条裂隙，他向内伸进几根手指，手指很快被吞没，向内弯曲，感觉进入了另一个世界。他想要扒开裂隙，却发现光源很稳定，无论怎么拨弄，好像也只是打转。

他揪了瓣枣泥饼投进裂隙，饼没有掉在地上，而是凭空消失了。他吓了一跳，继而想到，如果那个女人是在这间房里遇害的，那么凶手碎尸后，很可能把尸体顺着缝隙一块一块地扔了进去。这里是两个空间相互折叠产生的鼓包，花末可能是通过梦撑开这道裂隙，才走了进去。

他难得来了精神，想要继续追查下去。他买了一个微型摄像头，并开通了云录像功能。还好，花末续了这里的网络，他把路由器藏到了沙发下面。花末同样在这里失踪，消息已经传出去了，凶手没准会出于好奇回来看看。

他带走了褪黑素和水，将所有东西归到原位，给佛龛拂了尘，供果和水都没动。锁了门，他带着小八卦镜，去敲了隔壁老头的门。过了片刻，老头才开门，他说明来意，露出小八卦镜。老头这才悄悄拉他进门。

老头进门便问他找没找到人，似乎不像警察来时那么敷衍。

他把八卦镜还给老头："也许找到了，也许没找到。"

老头说："这面镜子你先收着，总归有用，心理作用什么的。"

多荷果想笑，没笑出来。

不知怎么，两人都有些心照不宣。老头的黑白花猫走过来在他脚边嗅。老头说这是他的黑猫警长，看家护院的，遇到坏人会哈气。有时伊跑出楼道，见到邻居男的，总是弓起背嘶嘶哈哈。

"当初失踪案闹那么大，我们都觉得是他，可警察把他关了关就放出来了。我们只好装不知情，什么也不知道。我经常去门背后望望，大气不敢出。我怕伊盯牢我，好在后来伊不来住了……"

最后，老头又叮嘱他，万事小心。他也同样叮嘱对方保重。两人加了微信，便于随时联络。

多荷果回到岳父母身边，神色松快了些，说先替花末请几天假。岳母简单支应着，桌子上的早餐只动了几口。他劝了许久，两位才随他下楼，去了附近一家菜馆。岳父小心问他，有没有打听到什么新消息。他迟疑片刻，不知该如何开口。

岳母泄了闸，呜呜哭："是不是人不在了。"

他急忙递纸安慰。岳父又拍桌子又挠头："除非是迫不得已，否则她不会放下这么重要的项目，一人跑出门的。"一家人又想到花末还怀着孕，闻着锅气都饱了。

饭桌上的菜从热到冷，岳母哭得背了气，只喝了点水。过了一会儿，老两口站起来，说下午去雍和宫，明天去潭柘寺。多荷果不再劝，草草扒了两口，三人一起离开。

多荷果等了三天。第三天夜里十点多，手机软件突然提示有人闯入。他忙点开软件，红外屏幕里闯进了一个男人。男人戴着鸭舌帽和眼镜，黑灯瞎火中坐在了沙发上。他环顾四周，视线似乎转到了佛龛，轻笑一声。他静静地坐了二十分钟。多荷果的心在这头狂跳，甚至不敢呼吸，怕呼吸声通过无线传到对方耳朵里去。

少顷，男人站起身，从怀中掏出了什么东西，对着空气切了几下。什么都没有少，但那片空间变得更黯淡了。从黑白灰的录像中看，空中多了一个发灰的三角形。

接着，男人从三角形里拽出一条人腿，就像扯出一条金华火腿那样自然。男人拿出一些残肢，紧接着开始翻找，似乎在找什么。多荷果看过很多犯罪现场照片和视频，大部分都是过去时态。在翻材料前，他一扫案卷提要，必然有心理准备。但此刻发生的事，还是让他心脏狂飙。他几乎就要立刻拨打报警电话，又转念一想，万一男人顺着这个空间进去，抓住花末做人质怎么办？他犹豫时，男人已经将那片三角形复原，一切如常。没有什么人腿。多荷果差点以为自己在看一出戏剧，刚才那些只是魔术效果。

多荷果吞下褪黑素，强迫自己入睡，这次他没能在梦里见到花末。花末和她的梦，都被锁在了那套房子里。他周围环绕着几个泥塑小像，正对他解一些偈语。这人说一句仙丹草，那人回一句大杜鹃。几道金光从泥塑中跳出，其中一个他认得，是大鹏金翅鸟。醒来他仔细回忆，是那只端坐在释迦牟尼头顶的大鹏金翅鸟，他和花末在山西古庙见过。不知是佛祖还是花末送来的大鹏金翅鸟，可能是在安抚他。这是他第一个记住的，属于自己的梦。

他暂时没有把录像交给警方。他们在一个大系统内，他担心他们会伤害花末的梦。他有可能会在这种未知中，永远地失去妻子。男人不会转移尸体，这样的高温，尸臭会很严重，不利于隐藏。但他应该很好奇花末的去向，他应该还会返回那套房子，不是为了看尸体，而是为了找花末。职业习惯让多荷果不由得开始琢磨藏尸两年后尸体的状况。如果折叠空间存在，像皮包的夹层一样，那里是否可以逃脱空气和时间的作用，让尸体保持不腐。他放大视频细看，尸体并没有明显的腐烂。

多荷果委托私家侦探去调查了房东的背景，他将视频中的影像做了对比，是那个男人无疑。男人在一所重点大学教物理，有自己的实验室和团队，发表论文若干，职业道路十分顺遂。失踪的人是他的妻子，两人在外人看来并无嫌隙。这一对夫妻和他综汇的那些案件不同，表面看，男人没有长期家暴的迹象。或许也有，但是女方从未报过案，也从未对周围的亲朋好友，甚至是父母倾诉过，一切都风平浪静。

但他的邻居却不这么看。自从和邻居老头接上头，独居的老头便总是发消息给多荷果。老头年轻时做过情报员，留下些职业病，退休后躲进自己的小楼成一统，秘密观察其他邻居。有时下楼，顺带瞟一眼别人家垃圾袋，分析这家人的衣食住行。老头一直觉得那男的有问题。

"每次在电梯里碰见,那男人都冲我笑。"

多荷果回:"怎么?笑还不好?人家是出于礼貌吧?"

老头说:"没事冲邻居笑什么笑,发神经。"

"怎么呢?"

"伊手头总拎着黑塑料袋,滴答滴答淌血水。门口有时放久了也腥臭,有红洇出的。我也是好奇害死猫,有次伊没扣牢袋子,我看见里面装着一个毛茸茸的猫头,吓都吓死掉。从那之后,我再也不敢让我家猫去阳台。那里两边落地窗都能看见的,我真害怕哪天警长跑出去被杀掉。"

多荷果猛敲一下桌子:"那个女的呢?那个女的怎样?这样也不离开吗?"

"不晓得。谁知道是不是一丘之貉,"老头继续发语音过来,"每次看伊,表情不咸不淡,倒是常见伊带猫回来。起初我还问伊猫猫几岁啦,伊含糊其词。我半夜睡不着,有次念头上来,怎么他们收了那么多只,我在阳台上都没看见一只,原来都是被害死掉了!"

"你有没有跟警方提过?"

老头说:"没有。我孤家寡人,他们年轻,我害怕报复的。"

平日里,这种事报警是没什么用,不过关键时刻可以作为辅助证据。多荷果想到案卷记录的鲁米诺效应,可能与此有关。如果老头提供的情报是真的,至少在杀猫时,那人还没打开那个折叠空间,不然他可以将猫的尸体放进去，不用一次次拎出来。

虽然有了证人证词和影像证据，但都不如尸体直接有效。如果男人拒不承认，审讯不出结果，老人也不愿做证，这将是个死结。贸然出击就是打草惊蛇。他必须想办法告诉花末要放弃那套房子，他不想和尸体生活在一起。他希望下班以后能够回到相对平静的生活。想起梦中看到的那个女人，他忽然觉得之前的无梦确实是赐福。

如果男人是摸黑进门，他可以选择正午去那套房子，那样成功的机会更大一些。他继续让私家侦探跟踪，摸清了男人活动规律后，他挑了对方上课的时间，提前确定课表不会有变。接着他请了假，再次踏入那套凶宅。

上门前，他先给老头掂了一个庞各庄西瓜。老头这次收下了。两年以来，老头为有人可以一同挖掘这个秘密而感到兴奋，邻里间的顺藤摸瓜比大国局势更有滋味。

多荷果进了屋，小心套上鞋套。房屋的租赁合同依然生效，他并不算入侵民宅，反倒是那个物理教授有侵入他家的嫌疑。客厅中，空气的扰流与灰尘乱舞，周遭笼罩着闷厌的热。他开了空调，对着佛龛拜了拜，但没有拂尘。药师佛的蓝色琉璃在淡淡的浮尘下现出磨砂质感，它身上那些精致的璎珞似乎变成了缠绕的咒语。

多荷果坐在瑜伽垫上，小心地凑近那条缝隙嗅嗅，没什么特殊的气味，也没有腐烂的气息。可这一刻他忽然懂了，为什么他一进去就能看到那个女人，因为他正对的方向，如果事后可以证实的话，正是现实中尸体的所在位置。

他让老头一有动静，随时给他消息。很快，正午的睡意压倒恐惧，他在微凉的灰尘中睡去了。

光和影，是一对孪生兄弟，只有光下才有影，光会对影造成一定程度的扭转，影中的一部分也可以为光所破。光能够表现出干涉现象，也会表现出衍射现象。倘若用单色光束照耀圆盘，圆盘背后会形成阴影，如果仔细调节两者的距离，阴影中间会出现一个亮斑，这个斑点被称作泊松亮斑。而在精密的计算过后，泊松亮斑可以将空气烫出一个洞。用电子束先软化空气的壳，创造出一个小型雷暴场，之后发射高能粒子束，可在一定程度上将空气撕裂。这就是烫出一个洞。

当刘左峰用高能粒子炮反复进行迫击实验时，他没有想到，就在自己的家中，就存在一个天然撕裂的场。出实验室，看一眼手机，齐鹃又打了很多电话。估计核心主题只有一个，无非就是问他：处理好了吗？齐鹃的焦虑又发作了，她总是怕他的事情暴露。那又怎样，刘左峰嗤笑，他发那么多重点刊物，拿过那么多基金扶持，难道这些事就可以让他跌落神坛？痴心妄想。隔壁生命科学院的，光明正大做动物实验，没人说什么。动物是献身，为人类牺牲理所应当。到他这里，也是一样。

泊松亮斑，在这个最基础的光学知识中，刘左峰找到了不一样的灵感。他曾尝试用小型粒子光束照射流浪猫的瞳孔，并从中观察晶状体的波动，光波经过晶状体穿过猫的头，形成的小孔会清晰地出现血色的球状光波，向外扩散，圆环交织，在墙纸上形成绝妙的红色亮斑。这是物质的洞，也是可以清晰验证的平行圆环。只不过他试过很多次物质交叠，测量并记录光的走向，却始终没有将空气撼动分毫。

齐鹃是低他两级的师妹，但专业并不如他，努力倒是努力的，但天赋不够。最好的一点是，她很听导师的话，也痴心注目于他。嫁给他之后，为他到处换马甲收养流浪猫，或去市场买便宜的小猫。他当初看中的，也是她那看起来眼含秋水、人畜无害的模样。女人都差不多，他需要一个听话的。齐鹃早就知道那条裂隙的存在，只不过她不敢说或者存心不告诉他。那条裂隙足够他发重磅论文，拿下重大项目，问鼎国际重要奖项。

有时候他会找不到她，往往是在那些实验过后，需要打扫现场的时候。他发过几次脾气，她也没什么声响。等到他清理干净，她不知什么时候又回来了，在厨房炒菜。时间久了，他也疑心她去了哪里。他有时抓住她，摁着她的头，将她的脸贴在猫头上，让她的眼睛和残缺的猫眼对视。即使这样，齐鹃也没什么反应。他一度以为齐鹃被吓得失语，不得不抽出时间观察她，怕她发疯，毁了他的一切。可齐鹃还是那样淡淡的，似乎没什么反应。有时，他觉得她更像是一个仿生人,没什么情感。甚至觉得她是他的影,天生就该是他的配菜。他越想越舒适。每天齐鹃帮他整理实验记录,给他配好一日三餐。他应酬多了,有时彻夜不归,她也不说什么。那时她已经辞去一所二本学校的物理教职,只因他说在那样的垃圾学校里,出不了成果,纯粹浪费时间,不如给他做助理。说话间,他的手掐着她脖子,玩味似的,留下了三个淡红的指印。

齐鹃把他手指掰开,说:"好。"第二天她就打了辞职报告,之后专心给他做免费助理。他觉得这是笔划算的买卖,要让他把时间浪费在琐碎的杂务上,只有影分身好了。何况,他还想要个孩子,齐鹃以后肯定是要做家庭主妇的。

有天,他拎着塑料袋下楼,看见隔壁老头儿对他探头探脑,眼神警惕。他下意识地挤出微笑,意识却在疯狂奔走。这个老头儿知道他在大学教书,平时一向很是客气,言语间还有些讨好,总提起自己一个远房侄子,怎么忽然变了面孔?他仔细琢磨,意识的野马愈发脱缰。难道,齐鹃趁他不在家时与老头儿私通?或是向老头透露过他们什么秘密?怪不得她有时不在家,等他大发雷霆时又能及时赶回,她或许就在邻居家也说不定?他没有留意自己的笑容,嘴像被小丑划烂,咧到了耳后根。这个猜想让他的骨头隐隐发热。老头儿在他的视野中,慢慢瑟缩成一颗风干的橘,滚回了自家的房里。

那天夜里,他将齐鹃剥了个干净,上下打量,并无可疑。

他将她的手腕固定在头顶，狠狠侵犯她。齐鹃的喉头发出模糊的吱呀声，身体因猛烈的攻击而高高弓起，像被扔进油锅的活虾。有那么一瞬间，他以为她就要死了。等一切结束后，他瘫在一边，拿手糊过她的脸，发现那上面不仅有污物，还有更多潮湿的液体。他低声说："再哭，我就把你眼睛挖出来。"

第二天，刘左峰从宠物店拎上来一只猫。齐鹃辅助他，还是照往常一样。在他清理的时候，她说出门倒下垃圾。他故意将厕所门关上，露出一条小缝。

齐鹃开了门，往厕所的方向看了一眼，又关门折返。瓷砖上滴了些血，她手里拿着什么东西，站在客厅中央发愣，甚至都没发现他就在身后。阳光分外浓烈，这也是他当初选择这套房子的原因，走进来，觉得一切都很光明。光，几乎是他的一切。接着，她将手中的东西投进空中。就在他的注视下，那样东西消失了。随即，齐鹃往前走了一步，似乎推开了什么，消失在了客厅中。眼前天旋地转，耳朵嗡嗡响，他感觉自己像被球形闪电击中，整个人烧成焦炭又全然涅槃。

等齐鹃出来时，他正坐在沙发上，全身不住地战栗。他站起身，一步步走向她。她脸上第一次露出惊惶，和那些猫一样发狂。她的叫声也像它们。他看见缝隙中，有许多猫眼在闪烁。

花末去过几次大殿，想从女人那里知道出去的路径。

可女人总是顾左右而言他,似乎觉得在这里孤独许久,有人陪她正好。花末最初看到这个房间的裂隙时,没想到进来会看见七零八落的女人。她记得女人的名字中似乎有个"鹃",开始由于有些害怕,没有听清,后来也不好再问。

花末坐在大殿的破蒲团上,隔着幔帐和女人聊天。她提到今年北京的夏天很热,以前能持续两三个月的杜鹃叫声,现在只能听见几天。说起她夏天在芦苇丛边看大苇莺喂大杜鹃。杜鹃最喜欢寄生在雀形目小型鸟类的巢穴中,有些靠着自己近似猛禽的体形、姿态和花纹来吓唬那些育雏季的小鸟,迫使对方离开巢穴,再飞快地下一枚相似的蛋,或衔着蛋推进宿主的小窝。虽然大部分鸟类并不会数数,但保险起见,杜鹃还会吞掉对方的一枚或几枚卵。杜鹃性情孤独,经常能听见它们的声音,不仔细找很难看到。女人没有回应,花末就一直说,都是些散碎的闲话。

女人似乎有了些兴趣:"我名字里有杜鹃的'鹃'字,但我还从没有见过任何一只活的杜鹃。这么想想,真是白活了一遭。"

花末赶忙给她变出几只杜鹃来看,大杜鹃、四声杜鹃、八声杜鹃、噪鹃和鹰鹃。

女人问她的城市建得如何,花末邀请她去攀雀巢看看。女人看着自己被缝合的身体,摇了摇头,她怕自己走不了几步就散架了。

花末说:"我怀孕了,我家属着急买房子,我们不得已才找到了这里。我起初说他鸠占鹊巢，现在进来一看，一语成谶，恐怕我的工作也完了。"

"你怀孕了？"女人声音有了波澜。

花末点点头，看帐中飞出的乌鸦落在膝头："即使在梦中盖起我的攀雀巢，也有种杜鹃寄生的不真实感。况且一直住在梦里，孩子能不能活下来，还是个问题。"

过了片刻，女人开口："我死时也有个孩子。"

花末挺直了背，轻抚乌鸦的头，她此刻想扭转身子，又不敢发出声音。

女人说，孩子当时快四个月了。刘左峰一直想有个孩子，但她一直在想办法抵抗，躲避他的控制和歇斯底里。从他第一次在她面前杀动物，她就有预感，这种事早晚会落在自己身上，有了孩子也不会有任何改变。出于羞耻，她不敢跟任何人说，怕别人的同情、怜悯或隐隐的幸灾乐祸。她的证件都在他手里，他知道所有她家人的住址。她必须要想一个万全之策，她要全身而退，最好还能让他身败名裂。为此，她默默收集证据，东躲西藏。起初她有单位，还能在办公室藏一藏。回到家中，几乎是无处可藏。有次没按时吃避孕药，验孕棒验出两条杠。她眼前一黑，恨不得从楼上跳下去。然后，她就发现了那道缝隙。

趁他在洗手间清理血迹，她拿来他的小型粒子炮一试，缝隙竟然扩大了。再往里探，那里竟是一个透明的空间，在光的散射下，能够清晰地看见光线的分界。她连忙探进去，缩起来，感觉像回到了母亲的子宫。之后，刘左峰从洗手间冲出来喊她，大踏步经过她身边，却看不到她。那一刻她浑身发抖，眼泪根本止不住。她觉得她终于得救了。

花末听罢，呼吸困难，手脚冰凉。她抬眼一看，女人已从幔帐后走出来，平坐在地上，脸上的伤口在昏黄的光下看起来没那么骇人了。她说："谢谢你给我搭的这座大殿，让我看到了物质的另一种可能性。"花末抬头看见沉睡的蝙蝠，不断有松香味的灰尘掉落。这个地方快撑不住了，女人最后的意志也要消亡。

花末赶忙问她，那裂隙是怎么回事，她有什么可以出去的办法。

女人的眼睛亮了："在狭义相对论中，光的速度是恒定不变的，即使在真空中传递的速度也恒为 C（$C=3\times10^8 m/s$）。但我们在相对压缩的空间中，经历的是膨胀的时间。我们进入的这道裂隙，相对外界来讲，是压缩的空间。在这里我们经历的时间，也比外界要相对缓慢。这条缝隙可能源自于空间的叠压，经过光的双折射，露出了端倪。MM实验[1]证明了以太不存在，但透明的空间或许是存在的，这还需要进一步论证。当然，我不想让刘左峰知道这些。我恨透了他。自从我发现了这里，就会把猫的眼睛或者耳朵

---

[1] MM实验：1887年，美国科学家阿尔伯特·迈克尔逊和爱德华·莫雷进行了一场实验，证明光速恒定不变。这个实验以两位科学家的名字首字母命名为"MM实验"。

偷出来藏进这里，可能潜意识里是一种赎罪吧。这里的时间相对外界更慢，腐烂也发生得更慢。可惜，那些证据都被他毁掉了。"

"有一个最重要的证据没有被毁——你的尸体。"花末惊异于女人思维的清晰，又想她本该如此。女人被杀时，大脑还未完全死亡，头颅就被抛入缝隙中掩盖。残存的意识被此处空间捕捉，形成了回响。仅凭这断壁残垣般的意识，就得以窥视女人的聪慧。

"这条缝隙可能是天然的，只不过我用粒子刀切割后，稍稍推进了它的扩容。刘左峰将我的尸体塞进来，也增进了空间。但之后他并没有任何行动，可能是怕事情败露。你们没有粒子刀，没法切割空间，你是通过梦这种潜意识产物进来的。任何静止有质量的物体都不能超越光速，但如果不考虑人类大脑的质量，梦或许是无质量的。那么大胆反推，你的梦超过了光速，跃进这道裂隙，你将梦里的城市完全固定在此处，成了有质的存在。但我不明白为何裂隙将你也吞了进来。也许是因为这个空间正在膨胀，你进来了就出不去。"

"就像孟加拉虎学会了吃人。"花末回一句，"现在有什么办法能出去吗？我想把你带出去。"

如果空间继续膨胀，不仅是死去的女人、花末，这套房子也将消失。刘左峰应该计算过裂隙的膨胀速度，他知道这套房子将会消失，才会着急脱手。

女人低头，手指绞着自己的长发。她身上的伤痕逐渐褪去，她的意识正如流沙般消散，她的欢乐与痛苦都将不复存在。花末站起身，走到她身边，轻轻碰碰她的手。女人再抬起头，眼睛不复青肿，黑瞳如明珠，将大殿的永夜照亮："有一个办法。"

这两年来，她残存的意识不断计算闪回，除了躲避生理的幻痛和麻痹精神的痛苦，也是为了这一刻筹谋。她向四周指去，大殿的房梁、墙壁和地板上，出现了密密麻麻的公式。

这次进来，多荷果没有看见大殿。他坐上花末梦中的蒸汽绿皮列车，上下穿行，寻找合适的站台。没有人报站，他只能琢磨出相应的地点。周围都是些看不清面目的人，营造出拥挤的感觉。老式的铁闸门缓缓拉开，墙上的机械表整点报时旋转，他坐在绿油油的皮座上，喝不知从哪儿来的橘子汽水，嗑正林西瓜子，小餐桌不断变出各样美味的零食和小吃。窗外依次掠过横断的峡谷、千年的冰雪层，伸手就可以摸到浓郁的雪白。

下一秒，火车忽然脱轨，向冰瀑撞去。他闭上眼睛，拉开滑翔伞，在云端上遨游。下方是蛋糕般的流体雪峰，融化的雪瀑从高处坠落，飞出万千朵北长尾山雀。风中有奇异的香，像是成群结队的松木滚下悬崖瀑布，撞击在山崖，新雪散落飞溅。松油凝固，放大雪花的形状。广阔，精妙。一想到那女人说如果强行带走花末，这一切就可能坍塌，他有些惋惜。他周身变得雪白，眼睛似乎能望见遥远雪峰上的金光，很快他变成一只雪鹗，越过风雪，衔着松枝飞入一座古塔。

雪峰不断坍塌，气温越来越高。他钻入古塔，很快，在塔的第三层，看见了头戴帷帽、身着唐装的花末。花末看上去大汗淋漓，一脸焦急的样子。他带她进了塔内的一座隔间，温度霎时低了几度。花末经历过相似的情景，多荷果请她喝了美味的红茶，她请他吃了绿豆凉糕。多荷果将绿豆凉糕变成了透明的小绿松鼠，吸入口中。随后，多荷果拿出一张松笺，上面用红字写着："揭谛，揭谛！"

花末当时不明白到底是何意，如今探明正果，也无怪当时的多荷果醒来什么也不知道。那时的梦正是此时的投影，是梦焚毁时发出的警告，让她必须离开。

女人告诉她，依据质速公式，物体的运动速度越大，它的质量也就越大。花末本身是有质量的，如果想带着女人的尸体从这个裂隙中逃脱，必须想办法创造出一个加速度——趋近于粒子加速器的速度，将裂隙重新打开。同时，必须让多荷果从梦中醒来，在现实中拖她和尸体出去。如今花末的梦是有质的存在，也可被潜意识捏塑。如果她能下决心把梦毁掉，将梦里的山河湖泊全然摧毁，把可燃物通通点燃，制造出类似小行星撞地球的末日场面，梦才能在摧毁中获得加速度，让花末冲出裂隙，完全醒来。

因此,花末让那辆绿皮列车不间断运行,轨道摩擦生热,铁轨连接处断裂。绿皮火车作引,冲下山谷,撞裂冰瀑。这就是多荷果来时看见雪峰融化坍塌、松木成堆滚下的原因。后羿在梦穹里摆上几枚太阳,梦境燃烧,蝉鸣难熬,花末的梦正在沸腾。

付出这么多努力,连梦也拴不住。花末深深叹口气。随着最后一片雪花溶入红茶,多荷果透过窗棂,看了看满天嘶叫的雨燕,不由对花末说:"那我们再走一走吧。"

花末欣然应允。她正不断分裂,奔往各个方向,在她细细打磨了近三十年,可能婴儿时期就在幻想的世界中行走观望,以多重身行百千亿步,感官叠层不断增厚,变成蜂巢状来储存风景。她四处摘取钟爱的表象,把它们扔进她早建造好的攀雀巢中,好似普罗米修斯盗取火种。

女人给了她一枚 CPT(相干布居数囚禁)原子钟。遇害时,她手腕上正戴着这块表,是她学术生涯最重要的纪念。然后,被乌鸦们缝起来的女人崩落一地,烟消云散。花末把表揉碎扔向空中,原子钟化作无数只四声杜鹃,"布谷布谷"叫着,飞往梦的各处,开启最后的倒计时。女人叫齐鹃,由于原子钟的存在,她一直知道外界的时间。花末和多荷果不敢深想。

两人回到了最初相遇的那片冰河。随着梦温上升,冰层逐渐融化,水面开始沸腾翻滚,无数鱼被烫得跃出水面,又被各种鸟扑来捉走。更大的爆裂纷至沓来,黑紫色的阴云于北面天空凝结，蓬松的白色鸟浪冲散了连绵的云朵。球形闪电横空劈下，鸟儿如暴雨砸落冰面，落在他们肩头和怀中。花末指着远处的雷暴云，说她在大西洋最西端见过这种自远处海面逼近的雷暴云，当时岸边是晴天，能清楚看见雷暴云下的雨线。梦的末日来到，她很高兴能复刻记忆，还能做得这么拟真。

多荷果握紧了她的手："至少我们还有孩子。"

花末擦擦眼睛："那不一样，你不明白。"

两人转身，身后出现了花末的攀雀巢。这次看到的攀雀巢几乎吸纳了那棵撑住它的树，花末偷藏起来的表象将攀雀巢喂得如摩天大楼。不断坠落的鸟儿很快覆盖了攀雀巢，有各式各样的鸟，存在于现实或想象中的。它们用各色的眼睛盯着她，她张开手臂，扑到它们身上，最后贴一贴。众鸟幻化为一只闪耀的巨鸟，她将头埋入其胸羽中，贴着它滚烫的皮肤，它的皮肤极细而薄，由于血管丰富，心跳剧烈，温暖的皮肤呈现粉红。四声杜鹃原子钟叫着"布谷布谷"从天际飞过，多荷果必须要离开了。

多荷果看见花末越变越大，花末用手指拎他起来，将他拍扁，再折成一支鹤形箭。加速度就是引力，引力带来空间的弯曲。空间被慢慢拉成满弓，花末将多荷果按在弦上，发射了出去。多荷果只感觉到周边的热浪几乎把耳朵割掉，周身如蜡融化，他尝试低头看花末，花末、巨鸟和攀鸟巢都已化作遥远的小点。在他彻底融化后，他猛然惊醒，热汗淋漓。他坐起身，眼前的裂隙隐隐发出红光。旁边有人轻咳，他扭头，一个中年男子正坐在沙发上，饶有趣味地看着他。是刘左峰。

刘左峰手里玩弄着一把银色的小刀，像切西瓜那样对着空气划了几刀。多荷果看见空气碎掉几片，有热气从破口处袅袅升起，再看地板上的空气，慢慢凝固成金色的小点。刘左峰已经把空调关了，多荷果更加燥热，黏腻如蚯蚓从脖颈后爬过，他不自觉地抖了一下。大脑告诉他要装傻，他尝试开口："您是？"

"我姓刘，是这套房子的主人。你不用跟我装傻，我就问你，你媳妇儿去哪儿了？"

"我不太清楚。"他揉揉眼睛，站起身，打了个哈欠。

"不知道还会回到这儿？"对方冷笑道，"现在不应该到处找人吗？"

手机一直在响。多荷果瞥了一眼，是老头儿一直在提醒他对方进门了，问他现在情况如何，要不要报警。到底是哪个环节出了问题，怎么刘左峰会突然过来？还没来得及细想，刘左峰走到他身边，用小刀抵住了他的脖子。

"你干什么？你可别乱来。"多荷果差点说出有监控，他咬了下舌头，吞掉了后面半句。这不是普通的刀，对方如果动手，不是捂住颈动脉就能解决的事。

"这两年，我一直在观测这道裂隙里的引力场，直到它前段时间吞进了一个大质量物体。你告诉我，那是什么呢?"刘左峰的声音有点阴柔,跟多荷果想的有些不一样,"我很不喜欢别人撒谎。"

多荷果的汗变凉了,他要为花末多争取点时间。他的世界里,没有原子钟,也没有纳米尺。他装作思索的样子:"鲸鱼?"

"……"刘左峰没有回答,在他的胳膊上划了一刀。蚀骨的刺痛,多荷果胳膊中间的肉少了一小条,皮肤之间出现了真空,血正不断从切面涌出,又被什么阻隔,只滴了几滴在地板上,但痛觉无法骗人。

多荷果吃痛,和他厮打起来。刘左峰看似躲闪,实际不断用刀划破空气。多荷果感觉似有玻璃子弹插入体内,那些坠落的空气碎片擦破他的脸、手臂和脖子,这样杀人的确不见痕迹,刀刀只入虚空,血却真实流下来。多荷果的血凝固在脸上,刺痛几乎让眼睛睁不开。他开始叫喊,如果老头儿在偷听,想必这时已发现了问题。他逐渐抵挡不住,他需要帮手。

刘左峰占了上风,一边喘气一边说:"你抵抗也没用,早晚会死。裂隙正在膨胀,今年夏天温度反常,屋内的空间比以往更加脆弱。过去,粒子刀只能勉强切开一部分空间,现在这里的空气脆得像渣一样……"

多荷果忽然感觉身后温度骤然升高,他用力甩开刘左峰的撕扯,向门口跑去。刘左峰没反应过来,被他拽了个趔趄,摔在瑜伽垫上。下一秒,空中炸开紫色的烟花,白色的火焰轰然腾起,瑜伽垫也连带着燃烧起来,红黑的火舌迅速爬向刘左峰。多荷果迅速打开大门,向外大声呼救。老头儿也打开门,拿着笤帚冲出来,胳膊哆嗦着,帮着他在楼道里上下呼号,很快拨了119。他抓着多荷果说,警察马上就到。

刘左峰在地上打滚,多荷果冲进洗手间接了盆水,用力泼过去。刘左峰如一块嘶嘶作响的淬铁。一个熏黑的人从残火中冲出,头发被烧了一半,花末还穿着走时的睡衣,给火燎得破破烂烂。多荷果赶忙迎上去,脱下衣服给她遮挡。花末说,感觉自己是从烤炉中逃出来的烤鸭。

年轻的民警赶到时,还以为只是一桩纵火案,直到他看见满地的人体组织。

两年前,刘左峰看见那些被齐鹃小心藏在裂隙内的证据时,愤怒与喜悦同时袭来。那的确是一个独立的空间,里面的猫眼睛没有腐烂,或者腐烂得缓慢。这也就意味着,裂隙内的时间与现实的时间是两个时间。他抓到了齐鹃背叛他的证据,隐瞒裂隙的存在比绿帽子要难忍得多。这是原则问题。齐鹃的价值到此结束。他不需要再用流浪猫做实验了,他想要的就在眼前。他失手——他是这么说的——在与齐鹃的打斗中,不小心刺伤对方,造成了对方的死亡。但法医说,齐鹃的头更像是在一个截面内被猛烈截断的,就好像是古代的砍头。花末和多荷果猜测,是他将齐鹃用力挤进裂隙所致。

后期,刘左峰为了观测空间的可容性和连续性,将她的身体拆分,逐一放进了裂隙内。光能为空间提供热量,也能修复失去的空气薄膜。那个月,他家有异常用电警示,没有引起谁的重视。光是完美的杀手,也是出色的隐匿,如果多荷果没有决定买房的话。

刘左峰对自己的成果是满意的,觉得这是最好的一次实验,应该值得一次豁免。在裂隙莫名膨胀吞下花末后,他远程观测到了异常波动,但不明白为什么裂隙会突然膨胀。之前裂隙确实出现了持续升温的趋势,根据计算,裂隙会在未来两年的某时吞掉这套房子,膨胀后也许会塌缩,那时一切都会暴露。为此,他早就想好了脱身之计,只是没想到裂隙的膨胀突然加速,这让他坐立不安。直到警方给他打电话,说又发生了一桩室内失踪案。他当天就打包好行李,买了出国的机票,但又实在想留下来,看看到底发生了什么。

事情发生那天,裂隙内躁动不安,他在电脑上收到了警报,立刻将课交给助教,飞快赶回家中。看到多荷果躺在瑜伽垫上睡觉,他明白对方肯定知晓了一切。刘左峰觉得,自己败就败在好奇心和对知识的探索欲上,就像童年第一次从猫的眼睛里看见琥珀色的亮斑,心中钻出蚯蚓,那种黏腻松软的悸动。直到最后,也没人告诉他,花末是做梦进去的,也是花末梦中城市的末日,导致了膨胀的加速。这或许是除了死刑之外，最好的惩罚。

花末和多荷果洗清了纵火嫌疑，告别那套房子和隔壁老头儿，卷铺盖回到三十平方米的宿舍。花末来不及补梦，工作上的问候已多到爆炸。她努力回想梦中攀雀巢的架构，在图纸上反复修改。当日，那只巨鸟儿将她搂在怀中，帮她躲过了爆炸。她没有再做过梦，更没法去找劫后的攀雀巢，甚至不知她的攀雀巢是否还存在。醒来后，她常常怅然若失，有时觉得睡眠饱满，有时觉得完全没有睡过。她好像是一个被削去了奶油的奶油蛋糕，彻底成了平庸的海绵坯子。多荷果安慰她，无梦是赐福，总比入梦后看恐怖片好。花末托着腮："可我觉得跟齐鹃聊天很有意思，她给了我很多灵感。如果不是她，我至今还被困在梦中。"

她没有告诉多荷果，在那无限的时间和空间之中，她觉得自由幸福。可以在梦中任意建造，再也不用担心醒来就失去她的世界，没有甲方和开不完的会，更不用想起有孕在身。有时她想，如果真的能和杜鹃一样寄生在宿主的巢中，或是把孩子放在梦里的攀雀巢中长大，那真是再好不过。花末只能在梦中想想。

齐鹃倒是听得如痴如醉："嗯，虽然这样死了很不甘心，但相比之前，我拥有了完全的自由。"

花末最后问她："还有什么遗憾吗？我能不能帮到你？"

"多去看看杜鹃吧。下辈子，我想做一只杜鹃。"

由于裂隙和空间的事在业内传开，花末有了些奇怪的声名。她在梦中不断复演的建筑草稿，去除了很多设计上的缺陷。攀雀巢变作艺术别墅项目落地，开过的会大都顺利，最终的成果不知什么样，但永远不会和她梦中的一样。

怀孕的月份越来越大，项目完结，她提出了在家办公，不定期去设计公司。她去齐鹃的墓上送了花，黑白照片里的齐鹃看起来更加温婉。四周很安静，枫叶飘几片，覆盖在墓碑上。时间来到秋的结尾，杜鹃应该早就飞去了南方。花末回到家，给小佛龛拂尘，给药师佛浴身，蓝琉璃的宝光体，看起来无坚不摧。多荷果依旧在加班，写的案例多了一个刘左峰。花末独自入睡，祈祷能早日回到自己的世界。

临产前，花末发现自己置身汩汩的水流中，清泉有如海蓝宝石，闪着灼灼的光。这水流环绕着纵向的太湖石向外淌去，她踏着水流向外走，甚至能闻到这水流的香气，柔软在体内流转。她恨不能扎根在这水中央，永求润泽。

右面山崖有些长臂猿在林木中穿行，其中一只冲她笑嘻嘻伸出手掌，正是多荷果。她伸手一握，被提至林间，足下沾到的清泉水滴落丛林。身边有猿猴正攀林过木，多荷果毛茸茸的体发贴着她，痒酥酥的。她说，不如我们在这通天的林木间做一处吊巢，临水而居，每日都可在这泉水中濯足。多荷果点点头，用猿声唱歌给她听。他们一同去山林间采集柔软的枝叶，开始围绕着最高的那棵大青树打旋。他们不断建巢，甚至忘了猿群早已离他们远去。花末在巢边缀了许多可口的酸枣，伸手可吃，招来无数林鸟。

眼前这只乌黑的猿对她露齿微笑，她伸手抚摸多荷果被藤蔓和林木刮出的伤痕，伸出的手变成了米黄的猿掌。两猿摘着酸枣吃，偶尔攀下饮几口泉水，清冽甘甜。彼此拥抱如脱骨猿，通体干净，猿毛蓬软。她不禁叹一句，若是能留下来就好了。霎时，天雷滚滚，梦境开始摇晃。他们的巢不断掉落，两只猿掉下大青树，向泥沼堕去。

今日痛饮庆功酒

我的日子是糊的,
一本迷迷瞪瞪的无字毛边书。

大约今年三月的时候,我打法华寺附近经过,遇到过一个故事。

那时一场春雨听不着响儿,杨树柳树正舒服地伸着懒腰,一个套雪花银马甲、穿芝麻糊色长袍、脑后梳长辫子的男人站在街边,一手提着一只蓝绸暗花的鸟笼,一手盘着俩白玉珠,指甲又长又弯,还戴了个翡翠扳指儿,正冲着法华寺的门缝往里看。他一转头,正巧看见了我,问我看没看见他的百灵鸟,眼边儿两道白,头顶一个小棕帽子。

我瞥了他一眼:"没瞧见,满地的家雀儿,这不都是?"

说实话,我看见他那辫子就烦,论遗老遗少,这位可是造极。

他登时脸色一沉,碎叨起来:"我找白大爷看过了,白大爷说就得奔城外的畏吾村儿这边儿来找,说准能找到。我专门儿雇了马车过来,白闹呢不是?"

要别人打这儿过,权当他说疯话。可那天我正闲,这人奇怪,我也乐得招惹他,就站定了问他:"您打哪儿来的?"

"四九城啊,刚打西直门出来,跟拉闸的守卫还通了气。怎么就找不到了呢?"

"您也忒含糊了不是?那鸟长了翅膀,往哪儿不能飞?这哪儿能找得到?"

"不对不对,白大爷昨儿跟我说了,就得往这边儿找,说就在法华寺门口儿。过了午时可就再也找不到了!"

"可是这哪儿有松树?"

他一看四周,面皮儿更白了。"我马车呢?嘿!你瞧见我马车了吗?这哪儿啊?这不是畏吾村儿吗?我这刚到这儿,怎么……"

白毛雨哒哒哒地下,春寒落身上让我一哆嗦,往周围一瞧,方才发现四周青草茵茵,哪儿还有铁栏杆和马路牙子。再一转头,发现法华寺前有几个僧人正在扫地,门前停着一辆红木紫绸帘马车,上面的车夫正百无聊赖地剔牙,两匹红毛儿小马都低着头休息。我刚想说,哎您的马车不在这儿吗?忽然觉出不对,眼前哪儿还有那人的影儿?

眼前晴空浩荡,我们怎么就对调了时空?忽然我头一晕,眼前阴沉,又感到细雨微风,听见汽车轰鸣,赶紧转身,发现一切照旧,身后还是马路。我骇了一跳,拔腿就跑,那人似乎还一直缠着我问:"哎哎,瞧见我的百灵鸟儿了吗?"

我是霍一,我的表妹周妙羽有躁郁症和妄想症,时好时坏,发病时常有幻听和幻视。少年时她的情况比较严重,多年以来她按时服药,现在状况稳定。

她的父亲也就是我亲舅舅,曾是驻外大使,在一次针对餐厅的恐袭中丧生。事情发生的前两天,舅妈才坐飞机去探望舅舅。那天中午,他们两人坐在铺着绿格子餐布的小桌边,可能刚喝了一杯当地的红茶,爆炸就发生了,小餐馆几乎被夷平。

那时妙妙才三年级,正上着课,班主任突然把她从班里叫出去,说有电话找她。刚接完电话,她就听见了她爸在楼下喊她,就像每次他回国,刚到楼下时那样忙不迭地喊她。"妙妙!爸爸回来了!快来接我!"她连鞋都来不及换,穿着拖鞋开门就蹿下去,满楼道地喊爸爸。

她扔下电话就往窗户那儿跑,班主任吓坏了,以为她要跳楼,连忙叫着其他老师一起拖住她。她拼命尖叫,对老师们拳打脚踢,还用牙咬,发出阵阵低声的怒吼,最终还是被摁住了。妙妙跟我说,她至今都恨那些老师,因她觉得那声音如此接近,如果当初不是他们摁着她,她一定能看见爸爸。

从燕郊到草房,从管庄到青年路,从九龙山到南磨房,从菜市口到珠市口,从景山到石景山,从西红门到大红门,从白石桥到中关村,从新街口到鼓楼大街,从正阳门到八大处,要说这些地儿,王三鲜可比谁都熟。

他是干土木的，总去各个工地，工作上从不出什么岔子。可昨儿不知怎的，他梦见地震，他们盖过的楼沿着环路一个个全塌了。直到听见两只鹦鹉叫，他才从梦里逃出来，醒来一身汗，枕头边一摸，猫没在，一看表，都八点多了。他叫了叫沈梦华，屋里没人应。

小黑在他脚边转来转去，使劲摇尾巴。小黑是条拉布拉多，十岁了，吃得膘肥体胖，黑油油的亮。推开门，院子里挂着俩蓝虎皮，都叫小毛儿，一见到他来激动了，在笼子里上下扑腾，反复叨笼子。

他一边换水添食儿，一边斜眼往院儿里的猫食盆里看，吃的没怎么动过。"小毛儿，你俩瞧见咪咪了吗？咪咪怎么不在家呀？"

"小毛儿，小毛儿。""嗯？干吗呀？"俩小鸟就会这几句。

按理说，咪咪黏人，银枝走了以后，老两口儿只要在家，咪咪无论在哪儿都黏在脚边，娇憨地喵喵叫，顺便给狗几爪子。今天咪咪不在，着实有点奇怪，他找了一大圈。做那梦让他隐隐有些担心，王三鲜头疼。不行，吃完饭赶紧出去吆喝吆喝，咪咪一般不乱跑。

回到屋里，桌上沈梦华已放好了早点，人不知道又去哪儿了。他吃了二两素三鲜包子，蘸着辣椒和醋，从锅里舀了棒糁粥，外加份炒肝儿，这才稍微踏实下来。"小黑，小黑，你看见咪咪了吗？"

小黑只盯着包子，呜呜地摇着尾巴。唉，小狗不懂事儿，王三鲜赶紧吃完出了门。

"王大爷您早啊，吃了吗您？"隔壁小伙子推着自行车往街上走。他在杂志社工作，家住房山，租了大杂院儿的一间小屋子，空间逼仄。一个单身汉，只图近。

"哎，刚吃了，你瞧见我家咪咪了吗？三花，有小黑马甲儿那个。"

"没有啊，怎么了？猫找不到了？"

"是啊！这猫跟我们闺女没两样，要是找不到这猫，我们老两口也不活了！"王三鲜说得斩钉截铁，已拖了哭腔。

"您别着急，我知道您难受，我帮您留意着，也跟周围邻居们说说。咱这几条胡同儿也找找，小猫儿准跑不了多远！"

"成，"王三鲜一挥手，"你上班儿去吧小张，不耽误你了啊。"

"那咱就回见了大爷！有消息我一准儿第一时间告诉您！"

王三鲜回家拿了猫薄荷和罐头，又抓了一大把猫粮，把方圆几里猫的地盘儿都寻了个遍，还到什刹海去找流浪猫荷花小分队，拿着罐头"咪咪喵喵"地问了一通。小黑怕被猫挠，溜树根墩儿旁边等他。旁边路过的小青年都以为这大爷疯了，一问才知道家里猫丢了。

唉！今儿这柳絮怎么那么多啊！王三鲜这半天累得火直冒，从脸上抹一把柳絮摔地上。哪个不开眼的把我猫给拐了！但凡让我逮着，给丫揍得让他妈都认不出来！

他又盯着那群吃猫粮的流浪猫咪看了半晌，恨不得把咪咪从众多花色之间拼出来。小黑可怜见儿地呜呜叫他，他抹了一把汗，带着小黑走了。

王三鲜走到黑芝麻胡同儿小学，想起第一个喜欢的姑娘，也是他的发小儿。她过去在这儿当老师，后来升了校长。银枝就是在这儿上的小学。

他想起年轻时和骆斌红骑车去北海公园，那时北海改了名叫北京工农兵公园。两人怕被抓住，互相隔得好远。她在前骑得飞快，两根辫子几乎要飞起来，连头发梢都是金色的，那天下午阳光真好，人都挂着光晕似的。那时他是茅坑石头都不待见的臭八板儿，只有她还愿意冒险跟他玩儿。

两人一前一后把车停在门口，检票时，她装不经意地看了他一眼，便昂首挺胸走了进去。他忙买了票跟上去，两人一前一后，装不认识。他在琼华岛附近追上了她。

"骆斌红同志，你怎么不等等我啊？"

"一万年太久，只争朝夕。谁让你骑那么慢啊！"她把辫子一甩，哼了一声。

"妇女能顶半边天，如今的女同志今非昔比，数风流人物……"

"为有牺牲多壮志,敢教日月换新天。王兴武同志,我打算响应号召,去接受贫下中农再教育。"她压低了声音,"你也知道我想做一名人民教师,但想要教育人必先接受教育,因此我决定深入到广大的人民群众中去,与他们一起为祖国的建设添砖加瓦。我已经报名了,你也应该接受改造,王兴武同志,你愿意与我一同去接受老乡们的教育吗?"

"为人民服务,骆斌红同志,如果你想在草原上放牧,我就愿帮你把羊儿喂肥。你在哪儿,哪儿就是我的革命事业。"他看着她鼻尖上一粒沁出的汗,脱口而出。

她睁大眼睛,擦把汗,把格子衬衫领口的小扣子一解。他看见了一小绺晶莹的皮肤,像屋檐下雏燕樱黄的小嘴儿。

"又贫。你能保证吗?"她的脸被太阳晒得有些红,红光逐渐过渡成粉色的透明。

"我保证!广阔天地,咱们一定大有作为!"他把手伸过去,想要抓住她的手。

她一下弹开了,开始往山上跑。他愣了一下,赶紧在后面追,又怕别人看见,只好拿眼睛抓牢她。等游客差不多都下来了,他才慢悠悠地爬上去,在一棵树旁找到了她,却发现她一脸泪水。

"怎么了?怎么了,斌红?"

"兴武……我害怕……他们昨天那阵势……"

此时正是晚霞初上,震天的吼声恨不得把城里揉成一团,每个人的脑袋都发晕。他知道她是以生病这一借口出来的。她瘫在树下,广播已经开始轰人,有人开始清山了。

他悄悄挪到树下,生怕把她再惊飞了,蹲下来握住她的手:"咱们走吧。"

虽然这样约定了,但两个人没有半点高兴。之前跑出来的汗彻底凉了,两人望了一会儿下沉的太阳,转身往山下走。快到山脚时,骆姑娘迅速地抓了两把脸:"王兴武同志,和我一起吗?"

他说:"言出必行。"

最终他们没能分在一个地方。骆斌红去了东北的生产建设兵团,他去了西北戈壁滩的生产队,险些饿死在那儿。好不容易回来,她已经和一个根正苗红的工农兵结了婚,孩子都两岁了。王兴武的爷爷是镶蓝旗的贝勒,反封建"破四旧",落魄的贵族,配不上人家。

王三鲜这一生丢过不少东西,丢了自己的初恋,丢了那辆自行车,丢过一只公社的羊,丢了唯一的闺女。他老怀疑自己随身带了个洞。如今闺女留下的小猫也丢了,真是没用,老了老了成废物了。

过了黑芝麻胡同儿小学,往南锣鼓巷那边走,那边人多,没准儿呢。

在我十二岁那年，也就是我爸妈去世的第三年，我退学了。在那之前我休过一年学，即使上学也是三天打鱼两天晒网。老师们可怜我，因而不太管我，只是背后悄悄议论说，这孩子这么聪明，可惜了。我坐在课堂里经常出现幻听，总听见我爸叫我，还有我妈戛然而止的惨叫。

又过了两年，爷爷心脏病突发。我趴在病床边，小腿肚子都软了，低声唤："爷爷。"

爷爷去世后，我常常寄托思念于我家小院里的那棵槐树，树是爷爷在我出生时亲手种下的，我小时常在树下玩。以前槐花盛开，我就摘下槐花吸花蜜，奶奶会满大院摘槐花，把槐花攒成团，蒸槐花，砸蒜泥，给我和哥哥捧着吃。

爷爷去的时候，奶奶每日都在树下失神枯坐，到点扫地做饭洗衣服，就像我一样，被剥了魂。她说，你爷爷和这棵树好，这棵树就有了灵气，你爷爷走了，这棵树也不想活了。槐树通阴灵，我把脸贴在树上。我想让它传话给我的爷爷，让他和爸妈经常来梦里看看我。

爷爷真的来了，最初那些年，我经常能梦到他，还曾经梦见他生前的一个场景。当时那棵树有些生病了，周围支着铁管，我在树下一圈一圈地跑，想着那个老虎在树下绕圈跑最后融化成黄油的故事。

我问："爷爷，我一直跑下去会变成黄油吗？"正想着我就绊倒在了铁管上。爷爷一面扶我起来一面说："妙妙，好好走路，别摔了。"

我开车带妙妙去看前女友的爸妈。几年前，银枝意外去世，两个老人就跟丢了魂儿似的。沈阿姨以前特别活泼，总张罗着去这儿旅游去那儿逛街。出事以后哪儿都不去了，天天在家守着银枝留下的猫，把猫当成了银枝。叔叔以前是个暴脾气，和银枝从小吵到大，没少和她动手。现在对猫，声音比桑蚕丝还软，"咪咪咪咪"地跟在身后伺候着，再也没见他对谁发过火儿。

我以前单独去他们家的时候，北房里阴冷寒凉，叔叔阿姨很少开灯，说是为了省点钱养老，又说是怕惊了银枝的魂儿。你问一句呢，就答一句，不问呢，三个人一只猫大眼瞪小眼，一如练禅打坐。我总怕他们想不开，或者出什么意外，每次大气儿不敢出，枯坐很久，最后只得悄悄道别。叔叔和阿姨呆滞地送我到门口，干立在门边，眼睛并不看我，像沙漠中死去已久的胡杨树，身体还能撑会儿。

直到我有次不小心带上了周妙羽。那天我带妙妙出去开药，顺便给叔叔阿姨送点东西。妙妙刚进他们家门就嘟囔："大白天的，怎么不开灯啊？"

然后，她欻地就把灯摁开了。

我看见二老的脸色一下儿就亮了，就像童年冬天在墙垛边，猛撕下一条冻大白菜叶子时，大白菜帮子会露出的那种惊讶神色。

"来啦？小霍儿？"阿姨揉了揉眼睛，这是出事儿后她第一次主动招呼我，"这小姑娘是谁啊？"

"实在对不起,叔叔阿姨。这是我妹妹,她还小不懂事,我刚带她开了药回来。你们可千万别往心里去,我这就带她走。对不住,对不住……"我连连道歉,又顺手关上灯,拉着妙妙转身就走。

"开着吧,开着挺好。"王叔叔立刻站了起来,往前几步,轻轻拽我,"留下吧,我们也要吃午饭了。"

妙妙倒是自来熟,转手就把灯又摁开了,又一声惊呼:"哎!哎你不是法华寺那老头儿吗?那个清朝老头儿,还梳着辫子的。你说你的鸟儿丢了,要找你的百灵鸟儿的那个!"

王叔叔眼泪立刻就下来了,我的头一下就嗡了。

王三鲜转了半天,头晕眼花,也没找到那猫,心痛如绞。王三鲜起先是不喜欢猫的,想着猫奸狗忠,猫与狗还犯冲,总打架。况且家里还有小鸟儿养着,遂烦养猫。

可闺女从小就喜欢隔壁老太太家的狸花猫,家里狗要欺负人家猫了,她就揪着狗的后脖颈子往家里拖,把狗关屋里,躁得它直咬桌子腿儿。

王三鲜回家看见一地狼藉,准急眼,不仅把狗胖揍一顿,还"小白眼儿狼、吃里爬外、胳膊肘往外拐"地骂,他还专门在大杂院儿里嚷嚷,好让隔壁老太太听见。隔壁老太太心肠好不计较,总送凉拌苦瓜和酸梅汤过来,给他泻火。

"不准养猫!你自己以后有家了你自己养去!"王三

鲜三令五申地教育姑娘。

那时候银枝小,为了在各个胡同儿逮猫玩儿,常晒得乌漆麻黑,要是碰见谁家大猫生了,准高兴得好几天睡不着觉,软磨硬泡地求抱回一只,每每都因王三鲜大发雷霆而作罢。她还去各个院儿里偷耗子药,生怕哪只猫不小心吃了给药死。原来院儿里有只大白猫就是这么死的,银枝比猫主人还伤心,哭得稀里哗啦的,还跟人家去拿小铲子埋了,每次放学回来,都要去那个小鼓包放点好吃的零食。这导致了胡同儿里的耗子药总不够发的,各家老去居委会闹。

"你老跟猫混,气质不好!好好学习考个大学,不比什么都强?"王三鲜老敲打他姑娘,坊间都说太有猫缘不好,招猫逗狗容易惹事儿。

"我就不!我就想去动物园工作!"

"就你那三天打鱼两天晒网,只能去给大象铲大粪!"

"哎,我告诉你王兴武,我偏要养老虎!我养老虎就先拿你给他开荤!"银枝说不过他,气急败坏地跺脚。

"你是不是反了天了王银枝!怎么跟你爸说话呢!"

沈梦华吼一嗓子,眼看就要拿扫把抽她,爷俩一个挠挠头出门带狗遛弯儿,一个回屋摔门大哭着做作业去了。银枝的作业本为此总是皱巴巴的,写作文都是责怪家长老打她。老师第二天点名儿准说她写得太过生动,也请过好多次家长。

可她就是爱猫，打几次都不长记性。银枝对自己喜欢的事，执意要做到的事儿，就是有股轴劲儿。有次她又惹恼了妈妈，沈梦华拿着衣架把她从床上抽着滚到地上又爬回床上，女孩的手指头在抵抗中全被抽肿了。

银枝穿着自己最喜欢的绿色网球背带裙，裙下角绣着一只小猫咪，鼻血滴了一身。她一边号哭，一边透着肿胀的手指缝偷看自己的裙子，耳畔炸起沈梦华的怒吼："自己洗洗去！"

沈梦华打她从来不手软，事后也绝不心疼，并且打过就忘，她总挂在嘴边一句话："这都是应该的，玉不琢不成器！"

现在沈梦华一想起曾经那么对闺女，悔得浑身上下蹿痛，从头到脚指头，没一处不痛得钻心。闺女在的时候，她从来没想起过这些打闺女的事儿，就想她倔得像头驴，以后在社会上肯定会吃亏。闺女一走，不知怎么的，想起来都是她对闺女怎么怎么不好，闺女挨打的景儿总在她眼前晃。

银枝弥留时，嘴里含混不清地念着："咪咪，妈妈，妈妈，咪咪。"他们夫妻俩傻子似的待在床沿，王三鲜拿出自己用了好几年的破手机，颤抖着录下来。

沈梦华哭不出声儿了，哑着嗓子跟姑娘说："好，爸爸妈妈一定给你照顾好咪咪，放心吧。姑娘，乖乖的……"

大院儿里那些孩子都不跟我玩儿了，他们见了我都绕着走。奶奶专心地陪着我。小时候，我只有逢年过节才能见到霍一。每次我都很期盼过节，因着过节就能看见我哥了。如果看到奶奶家楼下停着一辆黑色桑塔纳，我就知道准是我小姑开车带着霍一来了，会立刻蹿上去找他。

姑姑和姑父怕我。以前因为爸爸工作的关系，他们总来我家串门儿，托我爸从首都机场带烟带酒。自从爸爸妈妈出了意外，他们听说我得了病，怕沾晦气，不怎么敢来了。但霍一不怕，他总偷偷来奶奶家看我，带着奥特曼和假面骑士的盗版DVD过来放。有时候，封面是高斯奥特曼的光盘常常蹦出来假面骑士555，封面是假面骑士Kiva的光盘又蹦出来一个奈克赛斯奥特曼。我们常常看了上顿没下顿，可我还是开心。

姑姑和姑父发现了，怕耽误他学习，不让他来了。于是，霍一一上高中三年，我见他十次都不到。哥哥放心不下我，下了晚自习，常站在街上的小橙电话亭里，用电话卡给我打电话，生怕我离家出走或者出什么意外。那个年代的警匪剧和悬疑剧看多了，他老胡思乱想。

我说："哥，我想你，你什么时候来看我啊？"

哥哥说："快了，妙妙乖，把奶奶给你买的卷子做了，做完了哥哥就去看你。"

我做了五十套卷子，还偷看了不少书后的答案，自己倒推了好多公式。终于盼到了春节，姑姑带着哥哥来跟我们吃饭,说吃完饭,霍一要去新东方上剑桥英语,不能久留。

奶奶抱怨,怎么大过节的也不让孩子休息休息。

姑姑说洋人不过春节,匆匆带着哥哥走了。

我能理解他们,毕竟谁都不喜欢家里有个我,我会挠人、咬东西、砸东西、满眼星星、拿小刀往身上刻字儿。奶奶死命抱住我,直到我安静下来。家里的刀具、洗涤液和消毒液全都锁起来,玻璃换成钢化的,防盗网也装上,有棱角的地方全都用泡沫塑料包起来。有时,她会拿麻绳把我捆在椅子上,往我嘴里塞上毛巾,坐在一边哭。奶奶舍不得给我穿束身衣,怕影响我发育。

直到我挣累了睡着了,或者疯劲儿过去,便会说:"奶奶,我好了。"她才把我松开,给我拿糖过来吃。有时是酸三色,有时是大白兔。有时我会把药片藏起来,有时会吐掉,有时会攒在一起吃好几颗。宣武医院的医生发愁,说这姑娘怎么不见好呢?这么小这么年轻,不应该。直到奶奶在床头柜的夹缝里,看见我塞里面的药片,才明白是怎么回事。

我不去上学后,奶奶也管不了我,只能跟小姑哭半天,把霍一叫过来住着,给屋里压阵,也是怕我被送去安定。奶奶不想送我住院,她放心不下。霍一那时刚考上重点大学,上学的地方离我家很近,姑姑这才放了行。

那个暑假不知道为什么特别热,霍一来的第一天我就感觉到了。他穿着一身骑行服,背一户外包推车进来。他顺手摘下头盔和骑行眼镜，眼睛发红，大汗淋漓，就像安纳托利亚下雪时，坠入冰河的野马。

"今儿天真热。妙妙，姥姥呢？"

"奶奶出去买菜了，哥你骑车过来的？你吃冰棍儿吗？小雪人冰棍儿，小时候爷爷总带我吃这个。"

"没事儿，哥哥带你吃。"霍一把包放沙发上，摸了摸我的头。

我从冰箱里拿出两根小雪人，那天热得连知了也悄无声息。霍一靠在沙发上，我们一起剥开雪糕袋吃小雪人。我们家有一台老式立地风扇，不会摇脑袋，和硝酸亚铁溶液一个颜色。那天只有它在工作，风从霍一的方向吹来，我感觉到他肩膀上的温热，闻到他身上被汗蒸出的洗衣粉味儿。一时出神，奶油滴了一手。

黄昏，我们喝完奶奶做的绿豆汤，霍一带着我去看他的大学，走了好几圈，我们谁都没说话。到了一处长椅，我们坐下歇脚，霍一盯着他的鞋看了好久，忽然说："妙妙，不要怕。你的功课，哥教你，想吃什么，哥给你买。"

他说这话时被金色的光芒吞没，我霎时感觉爸妈和爷爷都还在身边。然而我突然就想到这一切不会持久，早晚有一天，他也会被人抢走，就像我的父母一样片甲不留，我的奶奶也会离开，就像我的爷爷一样不知所终。最后只剩我，围着槐树转圈。

霍一接了奶奶的任务，盯着我按时吃药。我的日子是糊的，一本迷迷瞪瞪的无字毛边书。每过一天都被哥哥裁开一页，被奶奶灌进绿豆汤、紫米粥、薏米粥、娃哈哈，辅之以豆包、花卷、馒头、肉龙、米饭、炝炒白菜、蒜苗炒肉、蒜薹炒肉、土豆炖豆角、白菜粉条和冬瓜丸子汤等，这样每一页才能慢慢地洇出点颜色和轮廓，明悉自己的存在。

我没想到，那天终于来了。在奶奶家，我很快见到了银枝。银枝长了一双古画仕女的凤眼，黑眼瞳很大，面皮儿很白，鼻梁高高的，有个小驼峰，手脚细长白净，倒是配她的名字。

放假了，有时霍一会带我去东城找银枝玩儿。我们一起去逛故宫和景山。在景山顶上，我们可以什么都不想，就站着吹风，远眺那些黄盏盏的琉璃瓦和红澄澄的宫墙。雪后的故宫就像千层雪雪糕，好像我一伸手就能摘下一片儿吃。要是有小红灯笼挂在宫门边盈盈相照，就更好看了。我就喜欢亮堂，太黑了我害怕。

银枝说，明朝的正德皇帝过元宵节，放烟花时不小心烧了乾清宫和坤宁宫，他就跑到了自己的豹房躲着，一面回头看火，一面笑眯眯地跟左右人说，好一棚大烟火也！说到这儿，银枝也转过脸，笑眯眯地对我说："你也跟那个正德皇帝一样，喜欢看烟火。"

从景山出来，我们看着白塔，走过文津街、北海大桥，穿过西安门大街，到了西四歇歇脚。他们喝咖啡我吃冰激凌,银枝说她高中时和四中的学生一起上数学班儿,他们穿着黑压压的校服稳坐前排,骄傲地背着四个毛笔字"北京四中",她一看就想昏倒。上课需要穿过一片濒临倒闭的小店儿,沿一段矮红墙走。一抬头,妙应寺的白塔近在咫尺,一看就想逃课去逛北海。让我们荡起双桨,只要五块钱,小船儿推开波浪。

"姐姐太羡慕你了,不用上学,逍遥自在。"银枝问,"小糊涂仙,长大打算干什么呀?"

"银鞍照白马,飒沓如流星。十步杀一人,千里不留行。"我得意扬扬,"燕赵多慷慨悲歌之士,我要做大侠。"

"我现在就让她背古文,做数理化,看名家散文,把北京市历年高考卷儿、模拟卷儿都做一遍。"霍一叹了口气,对银枝耳语道,"我不能一辈子看着她,妙妙总得自力更生。"

银枝爱怜地摸摸我的头:"小可怜儿,要是咱俩能换换,就好了。"

霍一瞪了她一眼,银枝打了他一下。我若无其事地吃着冰激凌。爸妈走了以后,我什么都感受不到了。奶奶天天让我吃药,药让我的神经变得迟缓,世界和我之间永远隔着一层薄纱。我就像安史之乱以后的王维,世间声色对我而言只有味觉,没有知觉。

到了银枝家的院儿前，叔叔开了门，小黑油黑汪亮地扑过来，妙妙奔几步，抱着小黑的上半身，把它像蒙古摔跤似的摔在地上。我手里拎着一盒味多美的巧克力蛋糕，摆在桌子上。"叔叔，今儿银枝的生日，我订了餐厅，咱们出去吃一顿吧。"

"费心了小霍，没心情啊，猫丢了。我这儿正和你阿姨弄寻猫启事呢。"

"什么？猫丢了！"妙妙推开小黑，冲到两个老人面前。阿姨正戴着眼镜，翘着手指，一下一下摁着键盘，像章鱼第一次坐到电脑前。"前天咱们才给它滴了眼药水儿，我还给它揉了半天眼睛呢。你们怎么把咪咪给弄丢了！怎么丢的呀叔叔阿姨！"

"妙妙！没大没小！"

妹妹又激动了，每次来银枝家都跟过电门儿似的，让我非常尴尬，好在叔叔阿姨似乎从她身上看见了一个长不大的银枝，从来不怪她。自从妙妙来他们家之后，阿姨没少给我发消息、打电话：小霍，你最近还好吧？工作忙不忙？注意身体，北京大风降温，穿多点。你小心点，海淀雷电预警，东城还没下。妙妙最近怎么样？按时吃药了吗？背书怎么样？请老师了吗？别给妙妙找突击的家教，你叔叔认识黑芝麻胡同儿小学的校长，她有挺多名师资源的。申请自考了吗？我看北大自主招生又开始了（发来链接），这是相关资料。你是她哥，也催催她，能不能把病历资料藏一下儿？哦，自考没过啊？没事儿，来阿姨家吃饭！哦，又改成人高考了？妙妙考上了？来阿姨家吃饭呀！哪儿啊？农学院，挺好的啊，干什么呀？什么，兽医？为什么学兽医？哦！喜欢啊！行！那以后姆家小猫小狗就让妙妙看了！来阿姨家吃饭呀！有空儿常来玩儿啊！

每次一来，阿姨就做糖醋排骨和红烧肉，都是妙妙爱吃的。

大学毕业后，我去了互联网公司，朝九晚十，有时还通宵，几乎天天开会返工，工作一忙，根本顾不上回复。阿姨给我的信息轰炸，都是夜里我下班以后，在7-11里挑所剩无几的饭团时，才顾得上回。我就想，这信息不单单是给妹妹的，更是给银枝的。

正常人家的少女都正值叛逆期，最讨厌老人问东问西。可妙妙却甘之若饴，大概是从小父母就很少管她，出事以后我们更不敢多问，妙妙很享受银枝爸妈的关注。为了方便交流，她用一点抚恤金给自己买了手机，三天两头坐地铁往胡同儿跑，说是要摸摸猫咪和小狗。

"找过了，你叔叔转到现在才回来，连口水都没喝，就让我写启事，我也刚买菜回来。"沈阿姨手边放着一摞韭菜、心里美萝卜、长豇豆和娃娃菜，"妙妙去冰箱拿根冰棍儿吃，阿姨知道你爱吃，时刻补充弹药的。"

妙妙小兔子似的蹦到冰箱前，掏冰棍儿时顿了一下："阿姨您爱吃的巧乐兹怎么没买啊？"

阿姨一边慢悠悠地打字,一边笑:"妙妙还记得阿姨爱吃巧乐兹啊,比你银枝姐姐可强多了……阿姨全都给你买了梦龙,什么味儿的都有!"

"谢谢阿姨!"妙妙咬着梦龙又弹回来,"您打字儿太慢了,我来吧!"

吃过午饭,避了日头,沈梦华带着妙妙和小黑出门找猫,贴启事去了。

王三鲜坐在家里,急得来回转圈,看着那么多菜,他站住了,不知该如何下手。打开冰箱门,看见巧克力蛋糕,又愣了半晌。"霍一,今天是小枝子生日,猫丢了,你说她会不会怪我们?这么大人了,连猫也看不住……"

沈梦华看着周妙羽在前面牵着狗一蹦一跳地走,又想到银枝。二十八年前的今天,她在隆福医院痛得死去活来。王三鲜拎着热暖壶来了,看她还没生又走了,把她气得直哭。护士以为是宫缩疼得哭,说不许哭,哭了一会儿哪儿还有力气生啊!她疼得想用脑袋撞墙,她想要是骆斌红,他肯定守在旁边。这么一想,更难过了,眼泪葡萄似的往下嘟噜。

"不会的，叔叔，您别多想，我正帮您转发呢。现在信息传播得巨快，过一会儿就能找到咪咪，您就放心吧。"

王三鲜比她大几岁，在他那儿，她就是流鼻涕的小丫头片子，入不了眼。他喜欢骆斌红，沈梦华老看见他俩背地里在胡同儿的旮旯儿接头儿，听见猫蹿上房的响声儿，俩人吓得赶紧弹开。沈梦华躲在墙角，一看见俩人往一块儿凑就冲瓦片上扔石子，看他俩跟惊弓之鸟似的各自飞走。

"你说这猫会不会被人抓走了，运到哪儿给做成串儿了？你阿姨的竞争对手，有好多这样的！"王三鲜一想到这儿，冰箱门一摔，捂住了脸，"你说我们家怎么这么苦，闺女留不住，连个猫都能让人害了……"

沈梦华打小儿就喜欢王兴武，小时候见着王兴武的爷爷准轻脆脆地喊："老爷子，您好哇？"

老爷子常年提着蓝鸟笼，背上有个大罗锅，颤颤巍巍转过身："小姑娘儿也好，长大了，许给我们家小小子儿好不好呀？"

沈梦华从来都满口答应。

王三鲜终于插队回来，扒皮抽筋瘦一圈儿，成分不好找不到媳妇儿，可沈梦华不在乎。她好不容易盼到骆斌红结婚，自己也快成老姑娘了，可算把王三鲜等到了。

霍一连忙过来安慰他，把放在桌上的降压药也拿过来："叔叔别着急，我们肯定能找到小猫。"

沈梦华初中毕业以后，去鼓楼西大街的市牛奶公司当工人，总把自家分配的福利牛奶悄悄往王三鲜家送，还用临期酸奶蒸松软大馒头。一听见王三鲜的二八杠铃声，她就跑到胡同儿拐角等着，悄悄塞一包给王三鲜，回家就被爸妈骂太上赶着。她看王三鲜身子骨太瘦，电线杆儿似的，总心疼。邻里大妈一撮合，终于结婚了。年轻的沈梦华认为，那是她一生最大的胜利。

"小霍，咱也别在这儿待着了，赶紧去找派出所，调监控去。这胡同儿里到处都是监控……"

王三鲜婚后考上了不错的大学，学土木，早先嫌她没文化，什么事儿都闷在心里不跟她说，两人只聊些馒头咸菜豆腐脑，明天早晨吃什么。沈梦华起初觉得夫妻过日子就该这样，那时牛奶公司福利也好，骆斌红只是个小学老师，她从来不觉得不如对方，还是觉得幸运女神垂青于她。

霍一叹了口气，又把寻猫启事转了三个群，被新街口西饼店的群主警告了一次，赶紧发红包道了歉，紧接着和王三鲜一起出门了。不知道猫丢了，警察帮不帮忙，死马当活马医，至少得尽力。

一转眼，改革春风吹满地，国企纷纷改制，沈梦华成了下岗工人，黑芝麻胡同儿小学被升为东城重点小学，骆斌红也成了教导主任。沈梦华一下颓了。没人再说人定胜天，满大街都是刘欢的《从头再来》。银枝很快到了上学的年纪，就算沈梦华不服，她也得瞪眼看着王三鲜隔三岔五地去求骆斌红，让银枝进了黑芝麻胡同儿小学。牛奶公司也改了名叫五元食品，沈梦华从来不订他们家的牛奶小箱子，她订上海的光明，哪怕五元就离家门口不远，送货最快。

现在市里严查食品卫生安全，加紧打击不正规大排档和小脏摊儿。好多猫肉狗肉都上了羊肉串摊儿，群众闻着味儿不对，举报过好几次，加上最近丢猫狗的案件很多，几个辖区的民警都接到了消息。一出现这种事儿，大家都怀疑是遇上偷猫盗狗的团伙儿了。片儿警一听说猫丢了，心里咯噔一下，又来了。

因此，沈梦华心里一直憋着口气。下岗后，她的脾气越来越差，孩子只要一不好好学习就揍她，不蒸馒头争口气！眼看周围的人纷纷下海，她跟王三鲜说，她也想南下批点儿衣服到动物园去卖。可王三鲜不肯，说她不聪明，别再让人骗了。还说面粉一厂就有两口子被骗了,倒的电视机好多都是假冒伪劣,借了高利贷,跳了护城河,还上了报。"不聪明"三个字可戳着了沈梦华,两人大吵了一顿。银枝一边抹眼泪一边抱着作业本,去隔壁老太太家写了。

民警快倒两边的录像,起初没什么异常,直到早晨七点——胡同里有不少好车拐进来,不少送孩子来上学的——他才特意慢下来,一个一个地盯。忽然一辆五菱面包慢慢驶入视野,停在了顺心饭馆旁边。

沈梦华气得一夜没睡,隔日早起,肿着两只老高的眼睛,骑三轮车去驮了两袋面粉回来,说要支个馒头摊儿。王三鲜心里有愧,也知道沈梦华要强,就依了她。

从面包车里下来一个穿蓝汗衫的中年胖子,手拎着一个大编织口袋,一个穿灰短袖的瘦子从驾驶座跳下来,两人贴着墙根走,抬头四处张望。

这下银枝可不乐意了,觉得丢脸,常常飞奔过自家胡同口儿,经过馒头摊儿头也不回,沈梦华叫也叫不住。就算这样,银枝也总被同学嘲笑是卖馒头的,回来没少给家里跺脚。沈梦华让她给家里的馒头写条宣传语,银枝拿起粉笔就写,"酸奶馒头,神奇的香"。不久之后,城管找上来了:"阿姨,您这个酸奶馒头得需要卫生许可证儿,跟工商局报备了吗?有营业资格吗?邻里街坊的都认识,今儿就不罚您了,回家办证儿去吧。"

中年胖子经过王三鲜家院儿时往里瞧了一眼,停了下来,拽了一下瘦子的胳膊。瘦子掏出了什么东西,两人一起走了进去。

"对!警察同志,这就是我家那大杂院儿!"

沈梦华只好一通折腾,咬咬牙盘了个馒头烧饼店,捎带着做些熟食。夏天卖卖烤串和烤鸡架,门脸儿排风差,生生给自己熏出了肺结节和支气管炎。

十多分钟后,两人从院儿里出来。看录像,胖子手里的袋子似乎有些坠。两人快速往车那儿走,瘦子回头看了几眼,胖子把袋子塞进了车里。

两人只有银枝这么一个闺女,王三鲜在国企当技术干部,当然要做好计划生育的表率。沈梦华打过两个孩子,第一个为了保全丈夫的工作,第二个是因为实在养不起了。好容易把银枝供上重点大学,沈梦华这才直起腰板儿,再也不打骂姑娘了。

两人开车往西走，混入了送孩子的车群中，很快从胡同儿中消失。

"警察同志，您看看这可怎么办啊，我们家小猫儿一准儿让他们给抓走了！"

三年前，银枝二十五岁，当新闻记者，年轻有抱负，全国四处跑。一次在外地采访，被歹徒捅了六刀，肺叶穿孔，脾脏破裂，大出血。夫妻俩立刻飞过去，姑娘还剩最后一口气。

"目前来看，这两人有作案嫌疑，我先记下车牌号，给交警队那边打一电话让他们查查这车去哪儿了。您可以存一份回执，回去等消息，我们尽快给您处理。"

银枝一走，沈梦华的心就空了。她觉得王三鲜根本不爱她，这么多年都是自己一厢情愿。爸妈都偏向弟弟，说养儿防老，把房子也给了弟弟。要说世界上真正爱她的，还是和她吵了一辈子的银枝。世界上最爱我的闺女去了，老天把我最爱的闺女给夺走了。一想到这儿，她就受不了。

"我这哪儿还等得了啊！我姑娘几年前没了，这猫是她给我们留下的唯一念想，就是我们老两口儿的命。"王三鲜嘴唇青紫，眼看一口气上不来。

尤其是骆斌红的两个儿子，一个去美国拿了绿卡，另一个留北京当了大学老师。一想到这儿，沈梦华就枯萎了。她常常琢磨，要是她爱人真跟骆斌红在一起了，是不是也能这么光宗耀祖？是不是自己不该冲他们扔小石子，棒打鸳鸯散？是不是他跟自己在一起以后，才这么倒霉？

"您先别急，您呀，赶紧叫上您家里人，或者发动发动邻居，去咱们东城这一带宠物店和卖串儿的馆子都打听打听。好好说，没准儿还有希望，发现线索了希望也通知一下我们。"

想着这些有的没的，沈梦华被晒得有些头晕眼花。电话铃响了好几声，才被妙妙提醒接了电话。电话那头王三鲜扯着嗓子喊："猫不是丢了，是让人给偷了！赶紧回家！"

有年夏天，每次下过阵雨，城里立刻被高温蒸出白雾，柏油马路上烟波浩渺，仿佛置身九霄云巅。我和霍一本来说散步，刚出门买了个大西瓜，就立刻打道回府。外面又闷又潮，回家开开空调，让奶奶杀了西瓜。我们仨就对着一张小脸盆吐西瓜籽，方才觉得痛快。

吃了西瓜，奶奶去熬绿豆汤，她在厨房跟哥哥说，抚恤金跟不上物价，她得去申请低保，不知够不够标准。她还让他给我找个工作，也督促点儿我学习。病情既然稳定，不能老在家待着，也得多出去接触社会。她怕以后照顾不了我，哪怕去上个护士学校，也比在家里杵着强。

霍一满脑门子官司，嗯嗯啊啊。他一定觉得很困扰，自己的工作已经很忙了，又摊上这么个妹妹。姑姑和姑父肯定不愿我拖他后腿，也不愿让他带银枝来看我。哥哥稳重，总在想很多心事，但银枝是个快乐的人。和银枝在一起时，我从来不觉得她比我大，而是觉得我们一样大，在一起玩儿总能哈哈大笑。一瓶北冰洋下去，也不知道有什么好笑的，两人笑得嗝儿都打不出来。

银枝的胳膊和手上也有许多伤，有的是被她妈妈打的，有的是被猫咪抓的。她看了看我胳膊和大腿上的伤痕，我们竟然惺惺相惜。她不怕我，也没有怨言。

她总夸我长得美，说这让霍一很不放心。哥哥严禁我独自出门走太远，他非常怕我哪天迷迷糊糊地被拐到哪个荒山野岭，拿铁链子拴着，怎么也逃不掉。

银枝对我很有耐心，经常带我去逛各个公园，看各种展览，逛很多小店，吃各种冰激凌，看风把湖水吹皱，老人在湖边拉琴，鸟儿从头顶飞过。要是冬天，一定要来串糖葫芦，糖风一定要高，冰糖一定要清脆，新鲜的山楂嚼在口中，那滋味儿别提啦。

她说我是极地的松毛虫，如果能挨过漫长的极夜寒冬，就一定能活下去。她总说，要破了我身上这层茧。她最讨厌学习和爸妈的管教。我很羡慕她，如果我的爸妈还在就好了。

在我很小的时候,爸爸驻扎在非洲,妈妈趁放假把我带过去探亲。我们去草原玩,坐在吉普车里往外看,长颈鹿好像草原上的巨人。迁徙季,爸爸让我看望远镜里的角马和斑马,角马群跟着斑马群走。斑马受惊时会发出咕儿咕儿的警笛声,我们在很远的地方就能听到。夕阳的余晖把斑马身上的白条纹染成了金色。往昔如梦来,爸妈出事后,我总梦见那些发光的斑马条纹。

霍一给我找了个家教,为我的自考升学做准备。那男的穿土黄或蓝黑的短袖,每次来都黑着眼圈,一副睡不醒的样子。每周来两次,一次两小时。

有次恰逢我奶奶出门买菜,他一面给我讲该如何计算摩擦力,一面摸我的大腿,看上去那么水到渠成。我的脸一下烧起来,难以名状的恶心让我开始干呕。有时药物的作用让我反应迟钝,但我对这些事有着明确的判断,银枝经常提醒我,不要让陌生人触碰我的身体。于是我转过脸,凶狠地看着他,说等我爸回来就打断他的腿。

那人浑身一抖,收回了手。我们的课还在继续。

我不动声色地上完了课,那节摩擦力让我至今都觉得恶心。等他出门,我把门反锁,滑到地上瘫坐着。羞耻和憎恶第一次清晰地浮现在我面前,银枝给我的美好事物没能撕破我的茧,反倒是丑恶将我的知觉唤醒。那真是最恶心的一天。

我给银枝打了电话，我们说话，我看见窗外的几只喜鹊正在猛烈围攻一只灰喜鹊，体型较小的灰喜鹊吓得惊慌失措，惨叫着呈抛物线状直跌下去。我对着电话大哭，银枝全都明白了。她挂了电话，带着霍一直奔我家。

哥哥知道情况以后，二话没说，黑着脸就出了门。银枝拽不住他，只能让他小心点儿。直到傍晚，我哥也没回来，银枝打了好多个电话，一直无人接听。不多时，她接到了派出所的电话，对方报了警，还要通知霍一的大学。

霍一跟警察说了原委。警察说，这事涉及性骚扰，可向法院起诉对方，但你妹妹有特殊情况，是否在发病期，能否准确指认，取证会非常困难，建议咨询律师。对方听到要起诉，可能耽误前程，觉得实在划不来，就恳求霍一不要把事情闹大。

出了派出所，霍一又把那人揍了一顿，这次那人没再吱声儿。这些都是银枝偷偷告诉我的。哥哥那天挂了彩，没再回来，只给我打了个电话："没事儿啊妙妙，有哥哥呢，谁要再敢欺负你，哥哥给丫拍花。"

后来就变成他和银枝给我轮流补习，找的家教他都不放心，我出去上课他也要抽空跟着旁听，有向我要联系方式的同龄人，都会被他连环审问一番。银枝说："你不能这么圈着她，妙妙总要面对这些，她有自己的处理方式。"霍一说："我是怕她再受伤害。"银枝说："有我呢，怕什么？"

于是我的茧又破了一些，在夜里，我的影子里伸出了翅膀。

银枝遇害这件事，让我严重怀疑自己到底是不是天煞灾星。从天上忽地跳下来一个神兵，用方天画戟直劈开我的厚茧，将我粗暴地拉扯出去，扔在地上，暴雨倾盆。

我那自信的哥哥不见了，他能帮妹妹制服一条恶龙，让它暂且安住于洞穴深处，但对于飞来横祸，他却毫无办法。花莲有个七星潭，海水碧蓝荡漾，人因向往美而去海中游泳，却不知海床沟壑纵横，离岸不远处，海沟陡然下坠，一排凶浪扑来，人转瞬即灭。我哥就是这样，连还手的能力都没有，被浪卷走的人不只是银枝，还有他自己。

很长一段时间，哥哥都要和我一起去医院开药。他的疗程似乎比我还长，日常神情恍惚，有时也会出现幻听，整夜整夜无法入睡，大把大把掉头发。等他鼓起勇气去看银枝爸妈时，已经过了半年。

在银枝发的照片上，阿姨肤白而圆润，就像她爱蒸的那种馒头一样，满脸红光，一心向上。等我真正见到阿姨的时候，她至少缩水了两圈，就像放进烘干洗衣机里用最大转速甩了两小时的酸奶大馒头，出来就变成了三块五一包的烤馍锅巴，焦干蜡黄。

我想起银枝曾对我说，要是咱俩换换就好了，不由得脊背发凉。银枝出事之后，我很少再梦见发光的斑马条纹，却总梦见我们三个站在景山公园上面吹风，我怎么跟她说话，她都只笑，不说话。

我发动汽车，散了散热气，带着叔叔阿姨、妙妙和小黑去通州梨园。妙妙掀了人家好几个串儿店的后厨，都没有找到咪咪。警察跟叔叔说，那辆车往东边儿走了，在梨园附近的一排平房停下了。我的五脏六腑都累，我看故宫的五脊六兽也累。我把车停在路边，让妙妙进去给我买两罐红牛。

以前上学不觉得，现在工作一忙，我的肚皮就水涨船高。要照顾妹妹，还要去看银枝的父母。爸妈让我找新女朋友，被他们骗着去相亲局吃了好几顿。姑娘倒是漂亮，可我放不下银枝，也舍不得妹妹。爸妈明里暗里让我先把自己落听，不要老去奶奶家了。

在大学里，我隔三岔五去踢球，我们和一帮大爷叱咤风云，却总踢不过那些精力更加旺盛的大爷。我用橡皮筋把头发扎起来，或者让银枝给我编成小辫儿，以为自己是西三环的伊布。银枝就打着伞，坐在球场边看我踢球，被球闷过几次，险些把那个漂亮的鼻子撞歪。

以前有银枝在身边，我从来不觉得累，所有人都觉得我们是天造地设的一对。她在舞蹈社团跳蒙古舞，我在管弦乐团吹小号，就像雅典娜和波塞冬那样势均力敌。我们提着热水壶去自习，她的水壶老被偷。有次她从家拎来一个很漂亮的铝皮热水壶，红皮上描着一白一橘两只猫咪，正玩儿着一蓝一红俩毛线团，二十世纪的工笔画法，她喜欢得不得了。

不料，拿来这复古小壶第一天，刚摆在食堂外，吃个饭的工夫就被人顺走了。银枝为此找了一个月，说这丢三落四的本事，她爸天下第一，而她天下第二。我们在学校里再也没看见过那暖壶，也不知道它到底被谁拎走了。

她喜欢猫，无论走到哪儿都有小猫出来跟她亲近，她说："我爸总说我招猫逗狗，气质不好。"我说："你爸封建迷信，你的气质天下第一！"边说边竖起大拇指。她拿拳头捶我，不许我说她爸。

我们去做过猫狗收容志愿者，在房山有个大爷自己做猫狗收容，我们去过一次。那时房山线还没开，我们只能骑车去。不巧赶上下雨，两人只好在雨中狂蹬自行车，屁股几乎骑成八瓣。风雨飘摇中，我们看对方是雨也蒙眬，雾也蒙眬。银枝在大雨中嚷嚷："你知道吗？我爸说过，骑自行车逛北京是这世界上顶浪漫的事儿啦！"

然而那天，落汤鸡的我们没能够带走任何一只猫咪，大爷死拧着不让任何人带走一只猫，就怕猫咪被猫贩子弄走。我当时不明白，现在全懂了，失去的滋味太可怕了，大爷不想丧失自己对于猫咪命运的掌控，哪怕一只，即使他无法给猫提供更好的生活。

在火葬场，那个鲜活漂亮的女孩儿，最终缩小成一只盒子。我睡眠忽然就变得很差，一睡着就能梦见满屋子的猫，咕噜噜地，向我涌来。它们不断地涌向我，似乎要拥抱我，用尽全身力气。

妙妙借着上厕所的名义，乱闯了很多串儿馆的后厨，没有碰见待宰的猫狗，碰见的都是冷冻的肉串。在一家饭店的后厨，她看见了一群飞奔的鸡，见到她闯进来，它们都害怕地跑了。有一只躲在矮冬青底下，抖着冠子刨土，小圆眼睛盯着她，希望她注意不到自己。在另一家烤鱼和烤串店里，她看见很多鱼都翻了肚皮，有条鱼头顶上还被撞没了一块，露出猩红的肉和漂荡的组织，也转着小眼睛看着她，胡须漂荡在水里，晃晃悠悠，好像漂浮的问号。她觉得它在跟她说话，向她祈祷，恳求她救它出去。她不能深想，拔腿就跑。没跑多远，看见地上有只被完全踩扁的小龙虾，被踩之前应该还是活的，黛青色的身体下是黄色的脑浆和内脏。再往前，看到还有一只缓慢爬行的小龙虾，以螯虾科的独特走路姿态，正在一板一眼地向外迈步，它要去哪儿呢？她扭头看了看那一盆小龙虾，想起一只拼尽全力从沸腾的火锅里爬出来的小龙虾，为了活命，小龙虾夹断了自己一只钳子。她悄悄把这只离队的小家伙带走了。妙妙去便利店买了瓶矿泉水，要了一个关东煮的方盒子，将小龙虾泡在水中后，她的心又亮了。此刻她正坐在副驾驶上，专心跟小龙虾玩。

一路上，王三鲜和沈梦华没怎么说话，开口也只是感谢小霍和妙妙费心，耽误宝贵的休息时间，陪两个老人满城乱跑。王三鲜怪沈梦华没锁屋门，沈梦华也不吱声。再说下去，她就抱着小黑擦眼泪。王三鲜长叹一口气，心想命该如此，她也是为了出去给我买早饭。他慢慢把手移过去，握住了她的手。

到了警方给的位置，他们发现梨园的警察已经到了。霍一把车停在警车后面，赶紧跳下来，一看警车前面，正是那辆小面包。面前院子的大门已经开了，他们还没进去，就闻到一股重度的猫臊味儿，臭不可闻。沈梦华顾不得许多，拉着小黑就冲了进去。

十多个铁笼子撞进眼帘，全都摊在院子里，里面塞满了猫。那些猫看到人来，不是哑着嗓子大声喵呜，就是在低低怒吼，互相嘶哈，还有些贴着笼子，对外撒娇祈求。铁笼的缝里嵌着猫的身体，时不时地鼓出来一块，黄的、橘的、白的、黑的、黑白的、狸花、三花和玳瑁，每只猫轮流被挤到笼子边上，都想喘口气，无数只圆眼睛望向笼外，躲闪和祈盼着，更多的是疑惑和恐惧。猫咪用尽全身力气，施展缩骨术，生怕被人抓了去，地上到处都是猫屎和猫尿。

警察和辅警转过头："你们是谁啊？"

"他们偷了我们家猫，我们赶紧过来了。"王三鲜指着在地上坐着的那个中年胖子，"就他！我在监控录像里看见的！我们可是大老远从东城开车赶过来的！"

胖子蔫蔫的，和那瘦子一起蹲在地上，手都被反铐起来。一旁是他们的作案工具，有大号老鼠夹子、猫笼子、麻醉针、发射枪、弹弓、香肠和两罐兽药，笼子里面还有几只蔫头耷脑的麻雀。

本来他们今天打算凑够十个笼子就去河北。燕郊那边有个皮毛加工厂,最近赶上一大批出口单子,狐狸和貉子的皮毛不太够,老板想拿猫皮接上。找花色差不多的两只猫拼成猫皮马甲,单只可以做围脖和手套,有的白猫还可以接白狐的皮,猫毛没有那么柔密,但经过一定处理,一般人摸不出来。肉可以送到加工厂,切碎冷冻批发给小摊,或者直接用来灌香肠。

梨园狗市附近,到处都是品种猫狗的繁殖场所,城中村里找个小院,就可以掩人耳目。这几天他们到处找猫,把城八区都转遍了,好不容易逮了这么多猫准备交差。昨天干了一夜,到现在刚买了盒饭,连屁股都没坐热,警察就敲门了。

"我问你,你今天早晨去锣鼓巷附近抓的猫在哪儿呢?你给我找出来,快把我们家咪咪还给我们!偷猫盗狗,你不仅气质不好,你还犯法了你知道吗!"王三鲜挥着胳膊,脸涨得通红,嘴唇都紫了。

霍一站在后面,本来疲惫不堪,听见这句"气质不好",几乎有些想笑。沈梦华正挨个笼子找咪咪,被辅警拦住了。有个年轻警察走过去跟王三鲜交涉:"你们是不是来找猫的?我们本来要运回所里再清点的,既然你们人多,那你们帮我们清点一下,行吗?"

王三鲜想了一会儿,说:"可以,但是你得让那胖子先告诉我，我们家三花猫在哪儿，不然我心里不踏实。"

胖子抬起头，他脸上沾着饭粒儿，还有西红柿汤渍。他用头点了一下右边的笼子："我记不清了，可能在右边，右边是新装的。我们收了好多三花，昨儿一天一夜没停，记不清了。"

"那您呢，就从右边开始点。"

王三鲜赶紧去开笼子。猫咪起初都缩在里面不敢出来，霍一以为叔叔一着急，恐怕会竖起笼子直接往下倒。但王三鲜没有，他一只一只地往外抱，显示出超乎寻常的耐心。

"你们也真够狠心的，这么热的天，猫挤一块儿全中暑了，你看好多猫都吐舌头了。"沈梦华把小黑的绳子交给妙妙，帮王三鲜一起抱猫点数。他们抱出来才发现，好多猫都是他们用逮猫笼和老鼠夹子夹的，腿脚都耷拉着。沈梦华一边抱猫，一边骂着："心真狠！为了钱什么都干得出来！"

两个老人热得汗直往下流，把猫放到地上，猫咪们一瘸一拐地走，有的走到一边就趴下不动了，转头盯着这些忙碌的人，有的飞速跑到院子各处躲起来。小黑一凑近，猫咪们又奓起毛来，跑到一边弓起背。有些猫身上还湿淋淋的，王三鲜想起来，昨晚下了一场大雨。

他赶忙把自己随身带的袋子打开，从里面抓出几把猫粮："咪咪咪咪，吃去吧！"

不知道多少天没吃过东西了，这些猫咪都呜呜喵喵地凑了上去。到了第四个笼子,他在里面看到了自家的咪咪,三花儿,黄额粉鼻白下巴,上身穿着小黑马甲,下身穿着小虎皮裙,四条白腿脏兮兮的。它瞳孔瞪得滚圆,看见他又惊又惧又不敢相信。他从没有在它脸上看到过那种表情,平时它只会打滚儿撒娇,偶尔对狗捞几爪子,就连两只小毛儿也能合起伙来欺负它。

王三鲜一把抱住它,把它从笼子里拽了出来,抱着它似笑非笑,眼睛发紧。良久,怀中的猫咪发出呜的一声长叹。

"好了好了,既然都找到咪咪了,咱们就赶紧帮人弄好,警察同志还等着呢。"沈梦华去掰王三鲜的手。

霍一说:"叔叔阿姨,这大热的天儿,就让我们来吧,你们先歇会儿。"

年轻的警察从那边转过来,看见王三鲜抱着猫在地上待着半天不起来,连忙跟着劝:"能找到就好,别伤心了叔叔,多少找不回来的猫呢。去年四川那边有个做流浪猫救助的,做了二十年,结果是个骗子,全国好多偷猫的都卖给他,人家送过去的流浪猫,都让他杀了当兔肉卖出去。您还算幸运的,起码能找回来。能从东城开车过来找,不容易。"

一家人都听愣了:"那接下来这些猫你们怎么处理?"

"我们所里通知了相关媒体,有人认养就来,没人认就拉到收容所,集中处理。流浪动物太多了,顾不过来。"

几个人张了张嘴,又闭上。王三鲜抱着猫站起身,太阳从遥远的西边拢过来,折射在平房的屋墙上,将他的脸映出一种神秘的橘色。他清了清嗓子,对警察说:"我们在昌平工地上有个空出来的厂房,可以把猫都先送到那儿去,我们先帮着救助一下。您看这可以吗?"

"这个不好说,我们要走程序。这两人涉嫌盗窃他人财产和食品安全等问题,我们还要带回去审,你们一会儿跟我们回去做笔录。至于这些猫,如果需要,过几天我再给你打电话吧。"

从梨园派出所出来,天都快黑了。霍一开车回城里,王三鲜搂着猫,沈梦华抱着小黑,妙妙盯着龙虾,霍一看着前方,深一脚浅一脚。周末晚上回城的车多,目之所及,一片红灯。

沈梦华突然开口责怪王三鲜:"没那个金刚钻,你揽什么瓷器活儿?那一百多只猫呢,你弄得了吗?吃饭、绝育、打疫苗儿,这都得多少钱呢!咱们就是普通人家,房子拆不了,银枝不在了,以后咱们靠谁养老啊!"

"我记得银枝写过房山的一个老头儿,就做流浪猫狗救助,也这么自己弄了一个院儿,我一激动我就……"

霍一听了很讶异,想想也是自然的。银枝走了以后,叔叔总翻看她以前的报道和各种随笔,他把那些报纸一一收好,有空就点进银枝的博客留言,好像她还能看见一样。

"别拿闺女当挡箭牌,你逞什么能?老了老了,简直老糊涂了!"沈梦华气得挥挥手,别过头不说话了。

妙妙侧过脸来:"叔叔阿姨别吵了,正好我去宠物医院实习,也许可以帮忙打疫苗做绝育什么的,咱们都别着急。"

过了通州,进朝阳走二环,很快拐回了胡同儿。王三鲜把猫和狗都安顿好,把霍一买的蛋糕从冰箱里拿出来,说要带他们一起去庆祝咪咪回家,再下馆子吃顿好的,给银枝好好过个生日,让她在那边馋死。

"哈,还得再庆祝庆祝,你退休以后有了新事业!"沈梦华嗔他。

她挺了挺腰,想起刚做馒头那会儿,还不兴网上购物,小麦面粉和酸奶都是爱人下班后,一袋袋用三轮车驮回来的。那么一个爱面子的知识分子,肩上背着个破书包,书包里是《每日英语》杂志和《儿童启蒙英语》磁带。骑车经过黑芝麻胡同儿,正值孩子放学,满大街都是家长带小孩儿。不少熟脸儿,他也不害臊。到了胡同儿,他吃力地把面粉扛进家里摞好,看她擩面的手腕儿肿得老高,嘟囔一句:"你别弄了,等我洗几遍手,我帮你擩。"

"养一只也是养,养一百多只也是养。"王三鲜一瞪眼睛,弯下腰拽了拽猫耳朵。猫把身子一歪,蹭到他腿上去。

一百多只猫,就有一百多颗心要操。这大半辈子没遇到什么好事儿。无所谓,六十多,从头再来。沈梦华想起那个满大街飘着《从头再来》的年代。那时我多年轻,嘴里哼着歌,推着馒头车就上街了,特别有劲儿。

银枝上了初中，每个周五放学，都会邀请同学来家里的小馆子吃烤串和凉菜。她们喝着北冰洋汽水，聊摇滚乐，聊《钟鼓楼》，聊窦唯，聊 Blur，聊安迪·沃霍尔，又说要攒钱去工体看谁的演唱会，眼看着奥运会快开了，抢不到鸟巢的票。她们有时叽叽喳喳，有时愁眉不展，更多的时候，是哈哈大笑。如果下班儿早，王三鲜常常在店里正襟危坐，手里拿着份儿报纸挡脸，实际正竖起耳朵，听听闺女有没有早恋。像极了当初在北海白塔边，他贴着墙壁，努力听清初恋的回音。一切就如晚景，还没来得及细看，转瞬消散。好在，还有沈梦华。《东京梦华录》里有各种好吃的，《北京梦华录》里有什么啊？只有酸奶大馒头！过去他心情好的时候，总这么取笑妻子。

几个人吹着夏夜的晚风，慢慢溜达着去饭馆儿，胡同儿的矮墙边，风吹槐树摇。王三鲜一颗悬着的心总算松下来，全身像卸去了千斤负累。他看看霍一疲惫的样子，又不落忍。他也该找女朋友了，我一会儿催催他。

"哥，你让奶奶打车过来，咱们今日痛饮庆功酒！"

"哈哈，还壮志未酬誓不休呢，我刚给她打了电话，放心吧。"

沈梦华看着周妙羽在前面蹦蹦跳跳，心想，这小姑娘怎么就不知愁呢？明明挺苦的，还百灵鸟儿似的，唱起歌儿来了。

大马士革幻肢厂

巨人带着糖果,踱步走进他的花园,
分给蹦蹦跳跳的小朋友,
他们总爱偷偷溜进他的花园,
最终被糖果诱捕,锁进了不锈钢笼里。

多年前，薛川还在莱大引以为傲的医学系读书，假期他想散散心，便从伦敦出发，一路向东穿行德国、奥地利、匈牙利、希腊和土耳其，最终到达叙利亚。那时的大马士革尚未支离破碎，老城里随处可见水果和甜品摊。街上背着银壶卖传统饮料的大爷，路边站着抽水烟的阿拉伯人，他遇到的每个人都是那么热情漂亮。天气炎热，走渴了就来一杯鲜榨果汁或红茶，饿了就吃一块火山蛋糕或小香肠，这些都让他对大马士革的回忆充满了质朴的甜蜜。

不料，就在薛川给老板夜以继日打工，一天三杯浓郁咖啡，发际线移到头顶的那个三月，叙利亚战争爆发，人们开始了无止境的逃难。薛川博士毕业那年，大批叙利亚难民涌入欧洲，他们先从叙利亚逃到土耳其，但土耳其无法给他们提供合适的环境，他们只好支付蛇头高昂的费用，像沙丁鱼那样被挤挤挨挨地塞进橡皮艇，在严重超载中渡过漫漫的爱琴海，驶向灯火通明的希腊。

每每看到当地爆炸死伤和难民遇难的消息，薛川烟都抽得很凶。他不止一次地回想起那些个炎热的夏日，还有老城酒吧里偶遇的大马士革女孩儿。他所去过的大马士革，竟然已是最后的安乐图景，这让他难以接受。他开始拒绝看新闻，想要做些力所能及的事。薛川回国后，继续博士时的研究，致力于制造一种对抗幻肢疼痛的电子产品，为残疾人士减轻心理负担。他给自己的实验室取名为"大马士革幻肢厂"，logo是那个黑发女孩儿在酒吧餐巾纸上，随手给他画的一枝黑玫瑰。玫瑰被水笔涂成了黑色，没想到，一画成谶。姑姑家有个奥比克仿生义肢公司，专门为行动障碍人士定制仿生义肢，不知可否一起合作，向大马士革等地捐赠一批。现实是，购买普通的义肢对大马士革的平民来说都是问题，他们常常用胶皮来包裹残肢，减少摩擦，制作简易的义肢。

在薛川的计划里，他会与联合国人道救援组织和其他非政府组织合作，尽快地将产品送往中东的局部战场和其他相关灾后区域，采用半捐半卖的方式进行营销，再找国内外的商业媒体通力报道，将大马士革幻肢厂的名声打出去。薛川找了导师做名誉合伙人和技术指导，正值资本的黄金期，很快拉来了风投。开会前，他通常提前半小时到，从靛青的"领航员"上下来，对着车窗的倒影挤出假面的微笑，左脸颊旁的酒窝，嘴角旁的两条月牙笑纹。可以，出发。

薛川梳一个三七分油头，脸刮得一丝不苟，穿Scabal

150支羊毛石青色绅装，据说羊毛纺织时加入了蕴含宇宙能量的青金石粉末，内搭蓝白格羊绒马甲、挺括的白衬衫，爱德华七世钦定的John Lobb当季限定款手工定制皮鞋。他用骨节分明的手指，指向乐观的数据让乌总放心，腕间不经意露出Roger Dubuis的蓝珐琅圆桌骑士，十二位骑士挥出鎏金利剑，宣誓效忠于亚瑟王。他更喜欢第一款黄金材质的微雕圆桌骑士和它复古的绿色和乳白色珐琅釉放射界面，可这款更衬他衣服的颜色。

CBD云顶咖啡，乌总端坐在他对面，岁月的流逝让她的五官呈现出一种紧促的拉扯感，鼻孔也微微上翘，嘴唇变得愈加薄。她穿着雪白的阔袖针织衫、松针绿百褶裙和高跟皮靴，身子略微后仰，不时看手机消息，给助理打几句语音。多年来，乌总的实业在国内独占鳌头，风浪起伏里从未倒下。可观的收益或社会影响力，她至少要看到其一。

乌总看过报表，目光像春天的柳絮不断吹在他脸上，像他看小白鼠那样有兴致。乌总问他每一个关键环节的进度，很多投资人都大致听听进度，对于具体的实验细节并不在意，但乌总却很较真。这让薛川有点儿困惑。

薛川对她解释道，经历几年的打磨，读博士时的半产品已经趋于完善，也在申请国内外的科研资金。目前问题是得加快动物实验进度和临床测试，有关部门的审查相当严苛，国内的生产批号下不来，说什么都没用，还需要乌总您多铺铺路。

乌总笑笑:"先看实验情况,我们走一步看一步。"

何榛坐在办公室里,暖气烧得刚好,灰色的麻布外套披在椅子上,上穿白边毛衣,下穿烟绿丝绒长裙,末端有郁金香、铃兰、小刺梅、鸢尾花等植物图谱,在弯折处滚几道褶,光柔遁地爬上来。她看着这个月的财务报表,皱起了眉头,这么下去不出半年就得关门。她家的智能仿生义肢偏向高端定制,一向服务于国际市场和国内中产及以上阶层,很少照顾工薪阶层及以下的需求。受到国际政治宣传和贸易走势影响,国际订单日渐式微,这个月的订单又下滑了几个点。裁员更是下下策,无论是生产研发人员,还是销售地推,都是受过公司专业培训的员工,她无论如何也想留住他们。放走一个,公司投入的培训精力和成本又会增加,不合算。薛川又跟她谈合作、拉投资,嘴唇一张一合,几百万显得那么轻松。

当初听到薛川的大马士革计划,她心想,这纯粹是做慈善,表哥拿风投烧理想,生意黄了,他可以出国找个实验室继续当研究员。可她不行,她自负盈亏,不想爸爸一生的心血砸在自己手上。

当初爸爸送她出国去学兽医,学业困难,她崩溃大哭过两次,好不容易从本科熬到了博士,本来是想回国后做动物医生,为推动动物保护法出台做点微小的贡献。谁想到博士读到第二年，刚过圣诞节，爸爸就突发脑溢血。起初家人瞒着她，父母大概一个月都没有接视频，他们推说比较忙，何榛忙实验，也没往心里去。

薛川和何榛在圣诞前夜的集市里逛街，吃没什么味道的kebab和浓厚的巧克力甜品，薛川问她："我姑父呢，怎么圣诞节也不过来找你玩？他不是年前说要过来找你吗？"何榛这才回过神来，觉得哪里不对，立刻电话拨过去，母亲的声音有些意外。那边很吵，她听见了护士查房的声音，一如她平时观察动物时会做的例行检查。她刚问一句："你在哪儿，谁病了？"母亲的声音就像一连串滚过钢珠的流水颤音："你爸住院了。"

她赶紧订机票回国。爸爸被剃成了光头，头上有抽血孔，外接着导管，左侧身子不能动，不太能说话。她快步走进厕所，把门关上，白净宽敞的洗手台上，蓝塑料盒里，放着一块妈妈从家里带来的舒肤佳，她拿起脸盆，往盆里放水，一边放水一边洗脸，洗完一脸泪，又来一脸泪。

过去母亲常穿黑色或驼色的开司米开衫，里面穿缎面衬衫，下穿真丝双绉长裤，五厘米单色高跟鞋，背挺得笔直。每过两小时补一次淡香水，准确点在耳后脉搏和手腕处，黑亮的短发垂到下巴两厘米处，眼睛大而锐利，锋芒毕露，视线似乎从未因事物而产生弯曲和折射，丝绒红的嘴唇总让何榛想起白雪公主的后妈。

母亲要兼顾工作和照顾父亲，一下遭遇这种变故，眼睛不知被泪水浸润了多久。她眼角被泡得下垂，眼皮总是浮肿的桃红，法令纹看起来愈发深了，人也迅速佝偻了下去，脸上的骨头挂不住肉，皮轻轻地垂到腮下成扇面小坠。昔日凌厉的双眼如哀愁的月晕影绰，朦胧地转向她："小榛，你爸爸要有个三长两短，咱们可怎么办？"

何榛看一眼母亲，又背过身掉泪，母亲的头发竟全是染的，昔日青丝混白烟，家人最擅长拿小钩子钩她心头隐秘的肉。那一年，何榛来回飞五趟，父亲的治疗周期走了一年，这期间没法再处理公司的大小事务，不得已，她只能申请停课。一转眼，回国已三年。而薛川功成名就回国，可以继续自己的研究，兢兢业业地和投资大佬们吃了很多饭。她百味杂陈。

临床医学离她越来越远，很多解剖她都忘了。最后，她只记得如何把小鼠处死，它们小而白的肉身在手中一滚，红红的眼睛惊慌失措，用左手固定住它们的头部，右手抓住它们的身体，用力一拉，脊髓和脑髓瞬间分离，中枢神经系统一断，它们就去了。鼠死如灯灭。新手时期有同学断颈不好，不敢下手，会让小鼠受更多罪。甚至有运动能力强的小鼠，在断颈后还能爬起来，跌跌撞撞地走上一段。

那日，薛川让何榛去厂子里拿一盒陈年普洱，何榛开车一路北上，到大马士革幻肢厂的时候已是黄昏。天冷得树枝发脆，在空中互相敲击刮擦，仿佛褪成白骨的手指，直愣愣地令人发怵。何榛外罩着厚长的羽绒服，山里的大风还是没能饶了她，一下车人就被吹蒙了。她弓着身子咔嚓咔嚓地往厂里挪，刚到门口，正巧碰上赵魏下来取快递，他个子很高，戴着一顶渔夫帽，只穿三角帆衬衫和破洞牛仔裤，看见她就眯起了眼睛。

她走过他身边，到二层楼梯转弯处，瞥见他在楼下风口发呆，背影薄如落叶。只这一眼，似利刃入怀。何榛心里的小人儿叹了一口气，说，真好看。她在二层走廊的尽头转弯，撩开一幡用翡翠珠和宝石粒穿成的小门，只见薛川正站在朝南的雕花落地窗边，背对着她。

她稍喘匀了气叫他："哥！"

薛川回头看她一眼，忙把烟掐了，迅速推开窗户："来了？"

屋里很热，薛川穿着白衬衫和棕马甲，还微微敞开领口。她脱下羽绒服，陷进沙发里，使劲儿扇空气："又愁什么呢？你的猴儿都抄家伙跑了？"

薛川白她一眼，从抽屉里取出一个方木盒，里面是块 2008 年前的普洱茶饼，放在她面前的茶案旁："蛋卷儿，拿回去给姑父，乌总送的。姑父最近怎么样了？"

"他还好，能说话，吐字还不是很清晰。这么冷的天，你叫我这么远来就是为这个？"何榛瘫在沙发上，一头自来卷在空中抖动着。

薛川走到她身边坐下，摁下烧水开关："想喝什么茶啊？"

"珍珠奶茶。"

"焚琴煮鹤。"薛川愣了两秒，嗤笑一声，又从抽屉里拿了一套白瓷茶具，"你一会儿别着急走，晚上留下来吃饭。"

何榛挑眉看着他。

薛川洗茶具："你刚才上来的时候，看没看见一个大高个儿？"

"那人怎么了？"何榛深吸了一口气。

"那人叫赵魏，是我请来的实验员。"水又开了，薛川让何榛把门锁上，听见门锁响，他又瞥了一眼锁，继续说，"但是我现在怀疑他有问题。"

那天晚上何榛和薛川他们一起去吃自助火锅，薛川请了几个厂里的核心技术工程师，其中就有何榛黄昏时见到的那个赵魏，他穿了一件深蓝的火柴人羽绒服，愈发显瘦，被薛川安排坐在她右边。

席间，薛川介绍何榛，只说她是第三方派来的调研监察人员，今后要对幻肢痛感的动物实验进行监测和把控，那几个穿毛衣的理工男点头过后，只顾着捞菜。

唯有那个人对她微笑致意，说："何老师您好，我叫赵魏，日后还请您多关照。"

赵魏拿起一袋虾滑往锅里下。何榛惊讶地发现他的左手与常人有所不同，不仅没有毛孔，皮肤还散发着一种奇异平滑的粉色。这是自家的产品。

他见她盯着他的手，说："我这手是机械仿生的，小时候家里漏电，把之前那只给弄没了。"

说着，他还撸起衬衫的袖子，举起手来给她看，在手腕与手掌的接缝处，她看见了一个黑色的橡胶手环，下连插入皮肤的电极，上面的仪表有数字闪烁。

"这是我改良过的肌肉传感仪器，我的胳膊只要发出移动信号，它就会指挥我的仿生手进行各种动作，这数字代表着它的运动参数。"

何榛有些尴尬："不好意思，我不知道您……"

"没事儿，这也没耽误我长个儿，"他用左手拿筷子迅速给她夹了一条妖娆的宽粉儿放碟子里，"而且这手可比一般的肉手好用多了，您看我这手多稳，要一般人夹宽粉儿得掉锅里溅好几次呢。最好的是，我这手也不怕疼，他们做实验的时候，怕猴儿又抓又咬，总让我去逮。"

大家都笑，何榛也只好跟着笑。

薛川趁机说："回头你带何老师去猴场看看，正好也互相熟悉熟悉。"

"正好我们马上开始新一轮的疼痛评估，明天我就带何老师去猴场探风。"赵魏应和着，往碗里又夹了一块辣毛肚儿。

何榛随意打量他几眼，可能是他个儿高的原因，吃饭总下意识地像小孩儿一样蜷着,剑眉细长眼,脸上可见细细的胡茬,刮得不很认真,反而显得年轻,一点儿都不像三十多岁的人,倒像是大学生。

第二天见面更冷,她穿了防风羽绒服、防风裤和一双登山靴,围了一条结实的羊毛围巾,戴一双厚手套,将暖气开到二十七度。上午十点多,她按照赵魏发的位置导航到了大马士革动物实验场。实验场东面是一个驴肉馆子,那里不时传来驴的惨叫声,猴子们起初被吓得缩成一堆儿,后来都麻木了。这么冷的天,不知道毛驴们怎么受冻呢。

驴肉馆的南面是一片沉默萧索的白桦林,白桦林的东边是一所私立中学。路过那所红砖白顶的学校,穿过高大的白桦林,在林荫路的尽头右转,她看到驴肉馆的招牌"全驴宴——天上龙肉,地下驴肉",突然想到莫言写过一群待宰杀的年轻毛驴,肌肉发达,面容俊俏,它们整齐地排队前行,每一只都很害怕被挤出去。她到达了约定的地点,实验场的大绿铁门上挂着一个白色的门牌,上面画了一枝黑玫瑰,她摁了几声喇叭。

不一会儿,大门咣啷响了几声,赵魏穿着破洞牛仔裤出现在门口,冲她微笑招手,她把车开进了院里停稳。她从车上下来,看到了三间蓝顶白墙的简易房,赵魏把她引进最右的一间。一进门她就摘下了围巾,屋里很暖和,地上还铺着白瓷砖,一股猴臊味儿从里间传来。她听见了猴子打闹的呼呼声，想赶紧走进屋子去一探究竟，但是她忍住了。

赵魏从墙上摘下一套实验服递给她："猴子宿舍味儿太大了，你可以再换一双雨靴，地上不干净，省得弄脏了你的鞋。"

他带着何榛走进第一间猴子宿舍。猴子们都住在带电子锁的不锈钢笼子里，分别有不同程度的肢体阙如。看见进来一位陌生人，猴儿们一下都警惕起来，在笼里上蹿下跳，细微的灰尘和金灰色的毛自缝隙中飞起。一股浓烈的腥臊味儿传来，隔着护具，她还是被熏得有些喘不过气。"你们不打扫吗？看起来卫生不达标，没法保证动物福利，这样容易生病，得多通风。"

赵魏不好意思地笑笑："这里的笼舍每天都有专人来打扫，最近冷，怕它们冻着，通风时间不长。"

他又给她讲，北京动物园的检疫场有次从云南运来了一百二十只猕猴，分住在三间北房里，每天又打又闹，恃强凌弱，还把粪便涂抹在天花板上，让饲养员操碎了心。

这人对猴儿挺熟。何榛暗自想。

赵魏站在不远处的实验台消毒，调试痛点实验仪，因为灵长目总处在被捕食者的地位，它们容易在人类观察员面前隐藏疼痛，实验员用直接观察的方式会导致偏差。薛川为了先测出幻肢痛的标准值，采用了更直接或者说更粗暴的方式，先电击猴子们的残肢，记录相关数据来量化疼痛水平，之后再给猴子们植入大马士革抑痛电片，重新引导神经牵拉，导入奥比克义肢。

看着赵魏高得有些夸张的背影，何榛有些走神，这些矮小的旧大陆猴看到这个高大的灵长目近亲会想些什么呢，大概在它们眼里，戴着口罩的赵魏就像王尔德童话里的巨人。

"这些猴子断肢的部位都是怎么处理的？"

"以前捕猴好多都是拿铁夹子给夹的，还有装麻袋里给打断的。但咱们这是正规实验，薛总为了标准量化，指定了几个部位，人工统一处置，有麻醉管理。"

何榛点点头，没再往下问。她想到，疼痛会引起一系列可测量和量化的身体生理反应。急性疼痛和突破性疼痛会激活交感神经系统，导致血压、呼吸频率、体温和心率增加。疼痛还会激活下丘脑–垂体–肾上腺系统，导致血清中某些激素（如皮质醇和促肾上腺皮质激素）增加。薛川电击导致的急性疼痛，和平日的幻肢痛（可能是慢性疼痛）能同日而语吗？或许赵魏在实验中，会通过调节电击的强度，来模拟不同的疼痛。她准备继续观察。

实验仪器一响，猴群又开始躁动不安，戴着口罩的赵魏回过头来对何榛笑了笑，说："我给你钥匙，麻烦从你身后的柜子里拿一袋糖出来。"

她打开柜子，发现里面有一袋水果糖、奶糖和话梅糖的混装。"我说呢,你跟它们关系还挺好的,你这能保证变量吗?"

"应该没问题。"他走到她身边接过糖,"来一颗吗?"

"我还挺爱吃糖的。"

"那你拿几颗,一会儿出去吃,这里味儿太大了。"他用左手在一包糖里精确地挑出了三颗奶糖放在她手心,然后把糖在笼前又晃又敲,猴群见到糖便发出"嗬嗬"的欢呼声,都伸手出来抓。

巨人带着糖果,踱步走进他的花园,分给蹦蹦跳跳的小朋友,他们总爱偷偷溜进他的花园,最终被糖果诱捕,锁进了不锈钢笼里。何榛心想,这不太合规。

赵魏看着温柔又耐心:"来来来,见者有份儿啊,大家不要着急,我看看哪只小猴儿最积极!哟,六一最积极!走你!"

他迅速地用手环在笼锁处扫了一下,把门一开,抓着那只脸最红的猴子就把它拎了出来,用语言轻轻安抚着它。他锁上门,给猴子塞了糖,把它抱到实验台前。何榛跟在他身后,看着他麻利地固定住猴子的头部、双脚、右手和左残臂,它的脖子上套着一个编号为 DAM14 的吊牌。

六一被固定在案板上,全身发抖,眉头紧拧,眼睛因愤怒和恐惧不停地转。一与何榛对视它就悄悄龇牙,何榛被它吓得后退了两步。

"别害怕,别害怕。"赵魏不知在安慰谁。

赵魏轻轻把它紧贴着臀部的尾巴固定住，随即给它用一旁的卫生湿巾清理了屁股。六一尝到甜味，安静了些许。

"你还给实验对象取名字？"何榛不动声色地问。

"六一啊？它是这片笼子的老大，和我一样少了左手，我觉得投缘就瞎取的。擒猴先擒王，剩下的就都没脾气了。"

说着，赵魏就给六一戴上一顶脑电波检测小帽，在它身上涂上导电膏、插上吸盘，最后又在它的四肢上夹上了夹子。"何老师，麻烦您戴上隔音耳罩，咱们准备开始。"

猴子的痛点实验分为 0 度、Ⅰ度、Ⅱ度、Ⅲ度、Ⅳ度几个等级。Ⅱ度的灯亮起，六一的脸开始扭曲变形，眼睛被眼下少许的肌肉挤上去，露出尖锐的犬齿，全身剧烈挣扎，"吱吱"的呼号让她不由背过身去，捂住耳罩，心脏狂跳，鼻子被激得有点酸。六一哭了。

片刻，她微微回过身，看见赵魏平静地一边记录着液晶板上的数据，一边变换着模拟神经刺激模块，没什么反应。他耳机里放着古典乐，是布里顿的《青少年管弦乐队指南》。他花了一上午，终于把这一屋里的二十只猴子折腾完了。实验结束后，猴子们都瘫在笼子里，赵魏给每只猴子都发了水果，又加了糖。下午，他还要依次观察它们的活动水平、触诊、姿态、声音和精神状态，记入观察日志。

何榛隔着笼子看了看它们，一出屋就掀下面罩，打开窗户，被冷空气一激，直打喷嚏。

赵魏拍了一下她："要是受不了，可以在屋外等我，或去办公室休息。"

她回过头，笑笑。薛川还等着她的回复。

"你脸怎么煞白啊，中午想吃什么？"

"吃什么都行。"

赵魏又检查了一次猴舍的笼子，锁好大门，开车带何榛去最近的商业区。上车后，她又听见了对面的杀驴声，叹一口气。

"你怎么想来做动物实验监测呢？分配来的？看着有点生。"

她剥开一块糖，塞进嘴里，决定撒谎："对，最近接触的不多。你不害怕？"

"害怕倒不至于，毕竟和人相比，它们都像儿童。"

停好车，赵魏带何榛去吃牛肉拉面，她把牛肉拨出来放到盘子里，给了对方。"现在没有什么胃口。"

他给自己的碗里加了很多醋和辣椒："我起初也这样，你多加点料就没事儿了，试试吗？"

何榛摆摆手："这阶段实验还要多久？"

"我们有差不多一百八十只猴，依照断肢部位分成不同组别。大概还要一周左右，我们轮流值班。"

"薛总的实验猴子数量倒是很多。"何榛嚼了两口面。

"薛总坚持要用灵长目动物进行实验，咱们一向对医疗器械审核严苛，这样报批上市都能快一些。他从全国各地征收的猴子，当时颇下了一番苦心。"

"哦，是吗？"薛川从未跟她提过这事儿。

"这轮测试过后，我们记录它们的疼痛参数进行数据分析，对阙如部位进行反复刺激，观察疼痛信号的神经传输，如果顺利的话，再进行下一步植入实验。不过对于疼痛评估的管理比较难把控。顺利的话，由我来进行第一轮人体测试，之后就可以准备向药监局报批……"

"这也是薛川找你来当实验观察员的目的吧。不过要是员工的话，可能需要避嫌。"

眼前的男人抬头看她一眼，面色戚然。

"我因为这仿生手一直找不到工作，哪怕我解释过这手不影响工作，还是没有公司愿意相信我。直到我看见大马士革幻肢厂的招聘，薛总一看到我的情况立刻就录用我了。从这个方面来说，我很感激他。"

"之后，你也要接受电击测试吗？"何榛问，虽然她知道肯定不会。

"不会吧，应该。"赵魏笑了笑，"我了解那种幻肢痛的感觉，我可以表达。"

后来几次跟访，何榛没有看出什么问题，有时受不了猴子的惨叫，她就在办公室待着。透过简易房的玻璃窗，她看见他们拎着一只又一只的猴子来回忙碌。

赵魏常常眉头紧锁，从来不看他的实验对象，只是紧盯屏幕，生怕出什么纰漏。有时，他也会注意到她的凝视，抬头看过来。口罩下，他的表情不清楚，但她透过眼睛的弧度，猜测他可能在笑。

有天晚上，突降大雪，何榛回不去家，只能在办公室暂住一晚。那天她头晕睡得早，一觉醒来，猴子宿舍那边还有光。何榛穿上羽绒服，山里雪又深又大，她踩着雪窝走过去，全身发冷。她走进去，里屋的门虚掩着，赵魏没有注意到她进来。她没有惊动他，悄悄走过去。她看见笼子是打开的，赵魏和六一面对面坐着，六一把花生放在嘴里，咬破壳吃花生。它那只残臂条件反射似的扣在胸前，赵魏也摘下手，把残臂扣在胸前。这一人一猴儿好像在面对面宣誓。在那些实验数据里，六一将会作为广泛参数而存在，甚至会被剔除出去，个体的误差，或许没有那么重要。她把这一幕暗暗记下来，但并不打算告诉薛川。

之后，赵魏给六一按摩了它的左臂，猴子并没有表现出任何抗拒。何榛在英国做实验的时候，也有些同学会给小白鼠织毛窝，让它感觉好一些。这或许算动物福利的一种。她又观察了一阵，看赵魏准备起身，她又悄悄退出，回到办公室。她突然想到，如果赵魏出来，肯定能看见她的脚印。不过雪这么大，应该很快就能盖住。

她盯了几次，并没有发现问题，只能跟薛川说，可能实验还需要重新设计一下范式。薛川没有回复，可能是忙着产品研发。

第二天清晨何榛起床准备离开，一拉开窗帘，却发现赵魏站在门口，眼睛盯着窗户，积雪埋到他的小腿。她吓了一跳，以为他冻死了。他也吓了一跳，随即冲她笑笑，敲敲门，问能不能进来。她打开门："何门立雪呢？有事儿说事儿。"

"我是想跟你说，但不知道该不该说。"

"怎么？"何榛笑笑，盯着他冻红的鼻子，却看见了一团巨大的雾气，她的心揪着。赵魏的脸被冻得灰白，只有鼻子有些红，他就像苦寒之地的守卫者，怀揣着什么不可告人的秘密。

"你昨晚来看我们了。"

何榛点点头："怎么发现的？"

"你一进来我就听见了。"赵魏还是站在门口，没跨一步，"我期望你开口，但你没有。"

何榛叹口气："你想说什么？"

"你上次问我，我会不会接受电击测试。"赵魏灼灼的目光，盯住她，仿佛看见了她隐隐的激动和实验的心愿，"你跟我来看一下，我试试看，你再做决定。"

何榛不想问为什么，只是觉得他很莽。可怜啊！可怜的灵长目。她的脸不知为何有些红，可能也是被风吹伤了。她问他，想好了吗？他点点头。她又不放心，说我们一会儿签个临时协议吧，这题超纲了，涉及人身安全。他也顺从地点点头。

何榛闭着眼睛站了一会儿，她太久没做实验了，过往的那一切忽然像走马灯那样猛扑过来。世界只剩风拂过雪的扑簌声，她只觉得全身发烫。她拉着赵魏的胳膊进了隔壁实验室，两人录了视频，签了免责协议。何榛让赵魏坐在椅子上，用固定猴子的绳子将他捆好，捕捉，保定，他没有反抗。

她蹲下身看了看他的左手，抬起头看着赵魏："再次确认，你要做电击测试？"

"我确认。"

"名字？"

"赵魏。"

"好，我们开始。"

何榛没再言语，看准机关，轻松地卸下了他的假肢，她触碰到那温软的、带着微微热的横截面。他为了接奥比克义肢，选择锯掉了一部分的骨质。她给他的断肢处涂上了导电膏，连上了吸盘，给他安好了脑电波和心率等监测设备。

赵魏没有出声。"马六"交响曲第一乐章激昂地响起，音符在空中盘旋交错，以一种优雅的弧度螺旋上升，去往简易房的顶端，飘到他的嘴唇边，环绕着他的残臂处，音符绕着他的身体，盘旋成透明的花环，被即将到来的恐惧斩碎。

猴子的痛点实验分为 0 度、Ⅰ度、Ⅱ度、Ⅲ度、Ⅳ度几个等级……何榛盯着他,在想把刻度调到哪儿。她拨到了0。

他咬住了嘴唇。

她继续把刻度往上调,他皱了皱眉头,对她咧嘴笑了一下。

随着电流的强度上升,何榛看见赵魏的额头青筋暴起,他瞪大了细长的眼睛,咀嚼肌在鼓动,她知道他很痛苦,看来电流测验是真的,生理反应骗不了人。

他的肌肉在震颤,手脚开始止不住发抖,浑身痉挛,完好的右手攥成了拳。

但赵魏还在凝望她,努力地维持着面部表情的平静,大概还有身为男性的尊严和克制,他的眼睛里没有屈辱,甚至还有一丝兴奋,是兴奋吗?他似乎在享受这种痛苦。太可怕了。

她观察着他的反应,看着他心跳的数值急剧攀升,几乎达到了二百,她像赵魏平时做的那样,把这些都准确记录了下来。

到了Ⅲ度以后,她没再把刻度往上调,而是摁了停止键。

他抬起头:"怎么了?我还可以忍,没事的。"

何榛摇摇头:"可以了。"

赵魏没说话,等到她解开绳子,活动了一下手腕,用右手拽住她的胳膊:"你应该知道这是一场骗局。"

他坐在椅子上，个儿高，头的位置几乎到她的脖子下。何榛环抱着胳膊，低头看着那双棕色的瞳孔，里面旋转着，似乎想要发射出小行星似的子弹。这子弹逐渐冲上视网膜，他的眼圈渐渐变红，子弹发射出来，变成了汽化的泪水打转："你也看见了，这实验有多折磨人，人尚如此，猴儿怎么能受得了呢？你看你能不能回去反映一下情况，让他终止这一阶段实验。"

何榛出神，世界上有太多不可碰的诱惑了。诱惑就像猴子的糖，只能抵挡一时的痛苦。

在夜以继日的实验中，何榛看了不少猕猴被电晕后，瘫在一边，由赵魏抱走，再送进笼子里。这方面，何榛和薛川一样冷静，喜欢是喜欢，但也仅限于喜欢，不越雷池，按兵不动。薛川不会飞到大马士革的战场，她也尽量远离大马士革幻肢厂的纠纷。

"你为什么说这是个骗局？"何榛掰开他的手，后退几步。

"你不觉得很奇怪吗？为什么一个治疗幻肢痛的实验，到现在还在测量痛感阈值的大小，至今也没见到人拿出真正的产品来进行测试，这不是洗钱是什么？这些猴子白白受了这么多电击，有意义吗？"

"这个阶段的实验做完，看看是否可行，才能到下个阶段。你是在怀疑薛川根本没产品？"何榛从柜子里拿了橘子出来，剥好皮，掰下一半扔给赵魏。另一半她细细掰开，一瓣一瓣地喂给笼子里的猴子，它们伸出长着黑色指甲的小手，快速拿过去吃了起来。

"他有没有产品我并不清楚。但在我看来，这个灵长目的电击实验完全可以跳过。"

何榛并不想站队和表态："你既然如此讨厌这份工作，为什么不离开呢？"

"这是我现阶段唯一能得到的工作，我需要养家糊口。"赵魏把橘子放在手里，"再说，离开这里就相当于离开战场，我只有在这里，才能有救它们的机会。"

事情已经很清楚了，还算顺利。何榛扯了扯嘴角："那你告诉我，你为什么从来不吃那些糖？"

赵魏的喉结突然滚了两下。"马六"的第一乐章快要结束了——阿巴多在琉森音乐节上指挥的，圣咏叹在小号的铺陈渲染下，弦乐激昂紧凑，终于达到了高潮。

何榛没有告诉赵魏，她是A大兽医学院的，专门研究哺乳动物的疼痛管理和应激反应。当薛川跟她说，赵魏很多数据不准时，她就开始怀疑赵魏可能对实验动了手脚。

第一次看见赵魏给猴子喂糖，何榛就想过糖对于实验的干扰作用。糖果固然是实验的干扰项，但是糖果对于疼痛的干扰并不大，猴子不会因了糖就感觉不到疼。那只是一种巴甫洛夫条件反射，糖只是用来分散注意力的，猴子吃糖会刺激它们大脑中控下意识反应的区域，让它们短暂分神，但并不会真正地减缓疼痛。在频繁的电击中，猴子神经上的痛感依旧会传递信号到大脑里，生理反应不会骗人。那些糖亦可以说是诱发型动物模型的福利，她找不到证据，只能每天也拿两颗吃，没感觉到有什么问题，似乎就是市面上普通的糖。

同时，没有同类灵长目的模型对照组参照与对比，她无法做出赵魏干扰了实验的基础判断，表面看上去，他的实验步骤没有任何问题。没有调查就没有发言权，一切必须严格通过参照模型实验来进行比对。她一直在找这个机会，想方设法地在赵魏身上进行一次实验对比，获得相关的数据，再进行分析。没想到，不等她找机会，赵魏主动送上门来了。

赵魏没有回答那个关于糖的问题，他的表情又恢复了平静和歉疚："让你受惊了，抱歉。这只是我个人行为，跟薛总的实验无关。"

何榛在洗手间里冲了把脸，她想，她不能让这些情感波动影响到自己的判断。

那天回家之后，她把赵魏受到电击时的生理反应数据跟猴子的同波段监测记录做了对比分析，依据人类和猕猴的身体比例，对实验时的体温、心率，对疼痛和应激的耐受度一对比，她才发现了问题所在：在同波段电流的耐受度中，猴子的忍耐度和镇定程度远远超过了赵魏。

按照逻辑推断：由于捕捉和捆绑，猴子处于紧张与恐惧的应激状态，以及由于反抗捕捉引起的肌肉运动，猴子的体温和心率，无论如何都应该比赵魏高。然而在测试结果中，它们的体温和心率都普遍比赵魏低，猴子对疼痛和应激的耐受度甚至高于赵魏。

这个结果有问题，连赵魏作为成年男人都无法承受的疼痛，五岁左右的成年猴怎么可能承受得住？难道是不间断的实验，导致它们的疼痛阈值升高了？人类的样本容量比较低，但这并不符合常理。实验室里，肯定是谁有问题。

那天的事，何榛没有跟任何人说。她给了薛川一些糖，让他拿到可以化验的地方去进行检测，检测周期需要二十天。她不再去大马士革幻肢厂，而是飞去爱丁堡的灵长目实验研究中心，在那里待了半个月，订购了一些灵长目动物的肢体模型和活动数据。

赵魏没有联系过她，但她总会想起他，她反复复盘实验，觉得自己不应下手。日复一日的猴子实验让他的心理崩溃了，他才会在实验中献祭自己。可是她确实下了手，当他面对灵长目非人动物模型，当她面对灵长目人类动物模型，当他们调节电流至最高处，她不再想了。她反复观看两人的协议视频，用力捏紧手机。

每当实在困惑时，她就吃上一块大白兔奶糖，听听那首被称为"悲剧交响曲"的马勒《第六交响曲》，随便喝点什么酒，蒙头睡去。薛川那边的结果还没出来，她在等一个确切的结果。不过她的心里早已有了盘算。

这晚刚到家中，还未卸妆，她先给自己倒了一杯黑方兑冰，刚喝了一口，突然有人敲门。她走到门口的镜子前，抓了两把她的自来卷儿，看了看猫眼后开门，薛川正提着一堆水果站在门口。

薛川一进来就说："这次多亏了你，不然我也找不到问题。"

"结果出来了吗？"何榛睁大了早就眯成缝的眼睛，似笑非笑地看着薛川掏出一个小塑料纸袋，里面是一块水果糖。

"经过化验，那小子往糖里搁阿片类的药了，还有一些合成的新元素，具体是什么还在分析，但光凭化验出来的这些成分，就足以让那些猴子产生痛觉迟钝和药物依赖，我还得派人重新买一批猴子。这不仅干扰实验结果，还白烧我那么多经费，他是存心搞垮我。"

薛川倚在沙发上，把糖往茶几上一甩。糖滑行了许久，掉在了地毯上，没有发出任何声响。

"那你打算怎么办？"何榛站起来去给他倒水。

"我不打算告他，一方面是看他不容易，另一方面是怕他存心报复，再去举报，结果一出我就直接把他开了。"

何榛把水递给他，闭上眼睛："你跟我说实话，这个猴子实验有必要吗？你完全可以跳过测试疼痛和应激的耐受度这步……"

"怎么了？是不是赵魏跟你说什么了？你以为我想做

这个实验？我告诉你，幻肢疼痛在灵长目动物身上体现得更加突出，用电流刺激残肢局部能促进它们脑皮质功能重组，引起幻肢疼痛，这是研究的必经之路。当然这只是第一步而已，我们已经送去了一批猴子进行解剖，专攻它们大脑皮质重组的进程，看是否能够从中发现神经机制的重组原理，在感官侏儒图上寻找相对应的部位，把现存的脊髓刺激疗法替换成个人神经重组替代疗法，可以有效地缓解这一进程，这不是造福千万大众的好事儿吗？怎么你也胳膊肘往外拐……"

"这么说，你的产品依然还是不完善的半成品？"何榛打断了薛川的话，"你是不是想着一方面拉风投过来继续研究自己的实验，一方面对外说什么大马士革人文关怀？"

"你这么说可就过分了。咱们现在应该专注于实验的进程，一致对外。如果实验能够顺利进行，那么一切都不成问题，现在的问题是有人在故意使坏。"薛川严肃起来，他快速地喝了几口水，迅速把杯子放在了桌子上，似乎在掩饰自己的紧张。

何榛把腿蜷起，抱在了沙发上，向后倚靠着沙发："那你们第一阶段的结果出来了吗？送过去的那批猴儿呢？说到神经重组，你找到什么替代办法了吗？"

"第一阶段还算顺利，我们预备在脊髓神经里加入破坏和逆转信号，之后再派出纳米修复器，来引导剩下的神经细胞做重组和转移，让它们有路可走，这样的话，它们就不会纠缠于缺失的部分，或像无头苍蝇一般游走到其他身体部分，造成难以忍受的神经痛苦……"薛川说着说着，在平板上调出一张思维导图，给何榛进行动画展示，这是他经常拿去和投资方磨嘴皮的东西，早已经背得滚瓜烂熟。

"哦……所以你想把那部分伤心的神经细胞，通过皮下填埋和纳米机器人的牵引，导入我家的仿生假肢里对吗？这样可以在有效解决幻肢痛苦的同时，又能解决假肢的灵活性问题？"何榛晃了晃满头的卷发，用手指勾住一绺头发，若有所思。

"不愧是我的好蛋卷儿。我之前跟你提过，但没有说到这么细，因为还没到那步，你也不用着急……"薛川继续滔滔不绝地说着他的伟大宏图。

"你应该知道这是一场骗局。"何榛想起赵魏那双红了的棕眼睛，像丛林间的东亚灰松鼠，他断手的横截面，那种果冻般冰凉光滑的质感，想要替猴子们求情吗？她想他也许是对的。兽医们应该怎么对待小型啮齿类动物来着？尽量不要惊着它们，顺着毛儿捋，它们的心脏比较小，惊着容易猝死。在抓取动物时，应方法得当，态度温和，动作轻柔，避免引起动物的不安、惊恐、疼痛和损伤。

她想到这里，笑一笑，伸开腿，俯身前去，端起桌子上的黑方一饮而尽，这突如其来的举动把薛川吓了一跳。"吃水果吗？想吃什么哥给你削。我特意买了好多你最爱吃的热带水果……"

"别忙了。"何榛摆摆手,瞪大了眼睛,凑到薛川面前,残留在舌根的威士忌让她舌头发胀,"我就想问问你,现在这批猴儿怎么办呢?"

"卖给动物园?动物园肯定不收啊……灵长目动物原则上不能处死。实验结束后,只能等到它们自然死亡,饲养又是一笔经费,实在烧不起。况且,它们有了药物依赖,我哪儿还有心思给猴儿戒毒呢?都怪那个赵魏……"

"那么,交给我吧。"何榛说,"既然你觉得实验样本已经被污染了,不如批发给我,我来处置。"

薛川摩挲着手中的芒果,另一只手揉了揉她的头发:"奥比克的经营状况也不太好吧?你是不是还惦记着那个赵魏呢?"

何榛抿了抿嘴唇,盯了他几秒,又看了看桌子上的思维导图:"你这个没有两年出不来,大马士革距离咱们还是太遥远了,控制样本容量,别太造孽。"

"你杀的小白鼠还少吗?"薛川的脸色一变,把平板往沙发上一丢,"没有这个我拿什么拖住投资?我没有回头路。人类文明的发展本来就是建立在动物们的痛苦之上的,不要假慈悲了。"

"所以,尽可能地减少、替代和优化。"何榛认真地说,"你要走扎实一些。"

她又说起,最近布里斯托大学那边出了一个研究,医学社会学家潘朵拉·庞德和动物保护研究员克莉丝汀·尼科尔系统评估了从1967至2005年这三十八年里，差不多二百一十二项与六种药物治疗相关的动物研究，这些实验共使用了27149只老鼠、猪、绵羊、猴子和其他动物。大多数动物实验都对动物构成了严重伤害，其中13%的研究报告称未使用麻醉剂，97%的研究报告没有提到使用镇痛药。总体来讲，她们发现这些实验设计非常糟糕，意味着实验人员无法对临床益处做出决定性的发现。在这种情况下，动物遭受的任何痛苦都失去了伦理理由。

薛川把芒果揉捏得没有了弹性，变得软糯。

过了很久，何榛从沙发上站起来，又给自己倒了威士忌，添了冰块儿。"至于你的项目，我可以先对假肢进行优化实验，先捐出去一批顶着。你别着急，慢慢来吧。"

等到薛川走了以后，何榛才把那块糖从地上捡起来，紧紧地攥在手里。还好，给猴子的剂量，应该不至于让她成瘾，赵魏应该是仔细琢磨了一番的。这个男人心思缜密，倒是个不错的实验样本，比薛川有意思。

过了几天，还没等她联络赵魏，对方突然给她发来了简讯，他约她去咖啡厅坐坐，说有事情想要拜托她。对于那天的事儿，还是只字未提。

何榛犹疑了一会儿，答应了。

进咖啡厅之前，她在窗外看见了他的侧影，仍旧是戴着那顶渔夫帽，穿着深蓝的火柴人羽绒服，没有刮胡子，似乎更瘦了,旁若无人地摆弄着他的左手,摘下来,套上去,还来回翻转着,数着手指。他的左手型号太旧了,她想。

玻璃映出她背后的街道,光洁顺滑如婴儿的皮肤,一切都有种新生的错觉,新生。

他看着她走进来,对她微笑,问她想喝什么,她说她要双份浓缩,他又说:"喝拿铁吧,牛奶含量高,不伤胃。"

她心里冷笑,给别人下药的人,还谈什么养生。

"怪我吗?"她喝了一口拿铁,直视着他的眼睛,把糖放在桌子上,"我天天摄入阿片类药物,可不是闹着玩儿的。"

他依旧笑笑,摇了摇头:"给人的糖里没有药,你放心。"

"你为什么要这么做?"

"我进大马士革幻肢厂的前期,亲手送走了一批两到三岁的幼猴儿,很多小猴儿受过电击以后,变得惊狂,出现了严重的惊悸和躁郁情况,甚至在高升的电流下出现肾上腺素激增、保定后猝死的情况。薛川没有告诉你吧,第一批送到实验室进行解剖的那些猴儿里,有三分之一都是冷冻尸体。猴子这种高社群动物,它们看见同伴在面前死去,却无能为力的那种感觉,你能明白吗?"

"所以,你就干扰实验?"

"我至少可以让它们少受些苦。"赵魏慢慢地用手撕着桌子上的小票,有气无力地回答。

"你就是想保住你的工作而已。"何榛翻了个白眼,"社会达尔文主义进化到今天,最重要的不是优胜劣汰,而是利己。你根本不在乎那些猴子,你只在乎你的工作和你的生活。"

赵魏扯了扯嘴角,连笑也笑不出来,把一个塑料盒子推到她面前:"我不是你的实验品,何老师。"

她打开盒子,发现里面是一只仿生的猴爪,竟然也是奥比克的。

"这是我专门为六一定制的仿生小手,做了一个月才做好,你能不能帮我,回头帮它装上?"

"托你的福。我听说,前天薛川把它们都卖了。"她盯着他那张憔悴的脸,装作毫不在意。

"卖哪儿了?"他始料不及,眼神黯下来。

"听说卖给了奥比克做动物模型,有专人给它们负责接假肢,继续做生物动能测试。"她喝了一大口咖啡,心率加快,感觉敏锐。

赵魏有些尴尬地盯着桌面上的那只仿生的猴爪儿,这是他攒了三个月工资,给六一量身定做的,为此他还在它的断肢处和脊髓处悄悄埋了电极,就是为了让它日后能够装上这只仿生手。他想,他救不了所有的猴子,但无论如何,他都要把六一救出来,和他一起生活,不要再吃动物实验的苦。

他的声音变得很低,像溺水者听到岸上呼声,却因肺部吸入了水,艰难发出的呜咽。"是,你说得对。我根本不在乎其他猴子，只有六一让我产生了共情，我从它身上看见了我自己，只是一种爱屋及乌罢了。"

"接下来，你还找工作吗？"何榛再次打断了他，直线性思维让她不知道该怎么安慰面前的高个儿男人。

"你刚才说什么？什么找工作？估计慢慢找吧……"

"要不这样，我介绍你去奥比克，给那些猴子接假肢，不知道你愿不愿意？你不是说，你改良过自己的仿生手吗？正好可以派上用场，你又能见到六一了。"何榛把猴爪搭在自己的脉搏上，低下头，静静数了六十秒、一百二十次，嘴角浮现出了久违的微笑，感到一股难以言说的轻松渗进了四肢。她感觉自己长久蜷起来的神经，全部舒展了开来。

对面的赵魏，好似那种将要落日时，被晚霞映成淡紫色的天空，淡云隐没在光芒里，细长的眼睛如释重负，一天就要结束了。

"猴子是社群动物。你自己带着六一，活不下去的。"她把猴爪按在了他的手上。

薛川眉头紧拧，自从实验被赵魏动过手脚以后，他都得去大马士革实验场盯着，生怕谁再整什么幺蛾子，他把疼痛组的九十只猴子卖给了何榛，只留下了九十只常态组的猴子，从中间分化出来一半，继续进行实验。在何榛那边的努力下，猴子的强制脱敏走了几个月，它们被干扰的痛觉波段强行掰回了正常反馈。赵魏不知道跑到哪儿去了，似乎故意藏了起来。薛川也没有心情去找他算账，只能吃了这哑巴亏。

实验没进展，薛川坐立难安，资金链濒临崩溃，可他不敢跟投资人说实话，连续一周，每天只睡四个小时。从靛青色的"领航员"上下来，对着车窗的倒影挤出假面的礼貌微笑，露出左脸颊旁的酒窝，嘴角边的两条月牙笑纹，可以，出发。等会儿，少了些什么。他打开车门，用气泡水吞下两片布洛芬，这让他精力足够集中，情绪镇定，总喝咖啡睡不好，偏头痛加剧，请给我两个小时的镇定。

他茫然地盯着远处一排车盖闪亮的豪车，等药效发挥作用，他早到了半小时，够了。停车场里汽车轱辘和胶皮扭曲的吱咋声刺痛他的鼓膜，头下意识地扭向右边，是辆兰博基尼小黄牛。人耳底部有三个负责感知躯体变化的半规管，内淋巴液在半圆形的骨膜内向左撞击流动，他有些晕：如果去掉其中的两个半规管，那么我是不是分不清三维世界的方位，这样我的骨肉皮分开，躲在车底的是我不愿出门的心脏，大脑留在大马士革，双耳留在车里听歌，脾肺肾肝大小肠和生殖器带到宴席上去。我的大脑还是纯净的，它在大马士革。

实在憋不住，薛川又给蛋卷儿打了电话，叫她去翠园吃饭。

一改往日的气定神闲，薛川眉头紧锁，靠在椅子上，随便穿了件黄色的棉绒帽衫，胸口印着红色的logo，头帘松散地遮住眼睛，胡子也没刮，嘴角往下撇着，盯着小竹笼里的豉汁凤爪。这颜色又让他想到了那些猴子，棕色的小手抓着笼子栏杆，黑青色的方形指甲，有的缺了指头，巴巴地看着他……

何榛倒是没什么负担，她夹住一只凤爪，飞速地吸进嘴里，再快速地嚼掉肉，吐出骨头，舔了舔嘴唇上的酱汁，直到吃掉第三笼凤爪，她才抬起眼睛，喝了一口珍珠奶茶："哥，你怎么不吃？"

"你吃吧，多吃点。"薛川勉强挤出一个微笑，"我没心情，最近胃口差。"

何榛看了看表哥发青的脸，默默地放下手里咬了一口的奶黄包："哥，别愁了，科学研究说，不能空着肚子想问题。"

"我的厂子要倒闭了。"薛川乏力地咬了一口奶黄包，"这帮猴子几乎把我给搞垮了。"

"风投呢？"

"不乐观。"

何榛叹了一口气："那你找我来？"

"我想你能不能给我投笔钱。"薛川几乎是从牙缝里挤出这些字，说完这些话后，他就垂下头，不动了。

何榛看着眼前垂头丧气的薛川，想起他博士论文通过那天，特意坐上北上的火车，一路赶到爱丁堡，去找她喝酒庆祝。圣诞节前夕车票紧张,他抢了最贵的头等座。一出火车站,爱丁堡的哥特式建筑直插入眼,山上的建筑如阿拉丁翻滚的飞毯,蜿蜒着铺在坡上,城堡与方楼,一切可以随时扭转过来,充满悬置的乐趣。

薛川给何榛打电话时,何榛正在实验室,刚刚投喂了鼠粮,看着小白鼠嗑着鼠粮,手里笨拙地摆弄着毛衣针,她准备向好友 Rachel 学习,给小白鼠们织一些毛线小鼠窝,提升一下它们的福利水平。小鼠在经历疼痛后,有建造巢穴的强烈倾向,何榛在实验后,把这些软窝织好,里面放上镇痛药,这样小鼠们应该会高兴。薛川不容置疑,他从来都是这种不容置疑的态度,疲惫的声音中有压抑不住的兴奋,还有粗粝的喘息声:"蛋卷儿,你跟哪儿呢?宿舍还是实验室?"

"实验室,怎么了?"何榛停了一下手里的活计,有个钩花太难了,她需要停下来想一想。

"哥终于能毕业了!"薛川喊出这一句后,觉得轻松了不少,"我刚到爱丁堡,想把这份喜悦分享给你!你给我地址,我谷歌过去。"

何榛的嘴角不由上扬,心如冬日沾地跳跃的北方家雀,声音被冷气激得清澈:"你到我们大学门口儿,我去接你吧。想吃什么,我们今天好好庆祝庆祝。"

"门口有小狗雕像那个吧?叫什么 Greyfriars Bobby's Bar?"

"一会儿见。"

You can always tell the winner from the very beginning, and someone is born to win.（你总能从最开始时就看出谁是赢家，而有些人生来就注定要赢的。）在何榛眼里，表哥是顺风顺水的赢家，从小到大，在任何游戏里，他都不出意外地赢。赢完之后，他毫不在意似的，把几个骰子往空中一扔，又牢牢地握在手心里，面如陶俑。

似乎空气中还氤氲着苏格兰的味道，何榛用力吸了吸鼻子，哥哥的骄傲毫无悬念地直线坠落，雨天毫无防备被踩成蜗牛软体碎片，汁液连着雨水都疼。酒吧不出意外地爆满，每个人脸上都洋溢着威士忌的红光，麦芽的香气在空中浮动，酒精好像把被北风吹冷的骨头烧暖了。那天薛川自己就喝了两排 shots，说自己短时间内终于可以不动脑子了，这一年憋着没喝的酒赶紧趁机灌一回。那时候他们还都很年轻，以为博士毕业，就是攻下了人生的一座大山，以为从此可以无所畏惧，兵来将挡，见佛杀佛。

何榛暗自在天平上给薛川加折中的筹码：我把资金缺口给他填了，他能把东西做出来吗？"你不是说你在英国已经把这个实验做得差不多了吗？现在距离你派出纳米修复器还要多久？"

"我正在对猴子的脊髓神经进行纳米牵引，这个纳米牵引的成功率不会高过百分之三十，我在提前找资金备着，找你来，也是为了给我自己留后路。"薛川的嘴唇干燥得起了皮,他往下一撕,流出了血,眉头都没皱,可何榛的脑后神经"滋儿"地抽了一下。

我不能帮你,哥哥。何榛想,你太顺利了,你对于痛苦缺乏感知力,你会把我们都毁了的。她笑笑,把荷叶鸡打开,摊到薛川面前。她看了会儿远处的黄光,从舌头底下翻出来一句话:"帮你可以,我们得签个对赌协议。"

薛川把碰到鸡肉的筷子又放下了:"你要多少?"

"百分之三十。"何榛笑了笑。

薛川的脸就像瞬间收紧的黄绸扇子,在想象中,它发出了铁帘门垮下来的沉重响声。"蛋卷儿,你这要得太多了,怎么我落水了,你也追着咬我一口?"

"哥你别忘了,皮下填埋和纳米牵引过后,还要导入我家的仿生假肢里,这儿我可以提供产品,我们算联合开发,我拿出一部分来自负盈亏,你上哪儿找这么好的慈善公司?"

"……"薛川眯起眼睛看了看眼前晃动的一头卷发,仿佛奥德赛在帆船的颠簸中,看见绿色的海岸上,塞壬正坐在那里唱歌。耳朵被堵住,他听不见她的声音,只看见她的嘴唇一张一合,他似乎是刚刚察觉,那个总跟在他身后闷不作声、长得像小洋娃娃的妹妹,一下儿就长这么大了。她下巴的线条锋利,微微向上勾起,等待着他的回答。

"得。"奶黄包一点滋味都没了,"成交,一会儿吃完我带你去签合同,晚上乌总叫我过去一趟。"

九十只猴子，常态组四十五只，牵引组四十五只，重启实验的第一百九十七天，第三百零四杯咖啡。薛川撕了撕嘴上暴起的干皮，和实验员一起盯着显示屏上的电子显微镜，尝试着用纳米机器人的生物信号慢慢引导神经细胞往外迁移。一只年轻的公猴，编号DAM68，躺在实验台上，勉强转着头，嘴里被塞住了阻隔物，防止它咬住舌头。它左后肢的脚面处呈圆柱形，已经被新生的毛皮覆盖住了，在正中心的位置，有根细针刺入肌理内部，外接磁极导管，持续输入纳米机器人，用弱电流持续牵引。

DAM68的心跳很快，神经细胞内的动作电位，正常导向其所支配的靶器官。突然，受到了生物信号指引，神经细胞有些紊乱，神经递质卡在了胞吐的位置，无法再向上传递信号，趁着这三十分之一秒，纳米机器人突然开始分裂复制，形成了一段阻隔的墙，初步拦截成功。

接下来，这些生物纳米机器人开始入侵肌体的神经运动细胞，并模拟神经细胞的运动方式，威逼细胞向缺失的地方进行移动，那里的导管处，正有与肌体相连的电流震动相抵，能够对这部分运动神经所传递的痛感信号进行清洗、消解和重构。

DAM68的断肢处有些血液和组织液渗出，隔着阻隔物，它发出细微的呻吟，眼里有眼泪外渗，皮带紧紧地勒住它的四肢，随着它的挣扎，皮带频繁地鼓起一小片浮面，这片浮面来回扭动、挣扎，似微小绝望的海洋。

助手向前，把模拟假肢的滞痛震动装置扣到了DAM68的导管断联处，摁下红色的V字震动按钮，那皮带的浮动慢慢平息下来。薛川盯着试验台，想起他在跑步机上摁下了停止键后，慢慢减速的履带：跑完十千米，慢慢地降速下来，他的脸涨得通红，眼眶周围也发胀，血一下涌上来，汗大滴大滴地落下来，肺部一大片空白，轻松感凶猛地涌出来。

"DAM68号的心率在下降，归稳，体温和血压正常！"

助手抑制不住激动，嚷了起来，薛川看见他的唾沫以抛物线缓慢地抛出去，几乎是一帧一帧地，砸入空气里。他搓了搓头发，睁了睁肿胀的眼睛，笑着跟助手说："我可以着手写论文了，这可是个重大突破，咱们的春天到了。"

他扫过那群坐在笼子里无精打采的猴儿："把其他的四十四只都拎出来，挨个再重做一遍实验吧。"他的瞳孔放大，血液蜂拥，神经的脉冲快要超出负荷，他的兴奋感官还在延伸，传感神经似乎也被纳米机器人横刀截断了。

他想给蛋卷儿打电话，但那次在翠园多少有些伤他的心。他想了想，还是摸起手机："乌总，您在吗？告诉您一个好消息，我们的实验初步成功了。"

乌总回复了一个笑脸，说："等你好消息，加油。"

赵魏正在埋头给猴子调节手的能动性。猴子们的精神状态明显好了一些，可能是对他熟悉的缘故，这些灵长目模型不怎么挣扎，但见到别人，会有所反抗。他表面上不动声色，实际上心里暗喜，瞬时变成孙悟空，心里默念："孩儿们，待咱们快快痊愈，咱们耍子去也！"

自从进了奥比克工厂，他在试验台这边，很少见到何榛。来了以后听别的工人谈起，才知道何榛是这家工厂的代理CEO，和大马士革幻肢厂的创始人是表兄妹，他一时无法接受，方才觉悟自己是被卧底了，兄妹俩联手下的一着好棋。不过，他现在的工作待遇还算不错，薛川那边也没有来追责，他庆幸有何榛帮他，可以躲过一劫。他想到这里，用微力掰了掰猴子的手，试了试弯曲和可动性，脸上又浮现出微笑。

周围的人知道他是何榛介绍来的，也不敢欺负他，反而觉得他和猴子们似乎是从同一星球来的生物，皆有电子机械四肢，面容沉郁，经常处在保定状态中。平时他们戏称他为"花果山大将军"，他也不恼。

"忙着呢？"耳边突然响起何榛的声音，正撞在他心里的那张小肉皮鼓上，丁零零的音波。他一抬头，看见她眉头微蹙，有些戚戚地看着他，似乎要从他脸上揪出些什么似的。

"嗯，还行，我正在给它们调灵敏度，看看它们能否和猴子的思维进行正常连接，确保之后的正常运转。"

"这个还得看猴子们的主观能动性，要清楚这是来代替曾经的肢体，需要时间。"何榛略有轻松地笑笑，"向大家宣布一件好消息，大马士革幻肢厂的滞痛产品已经研发成功，我们需要后续跟进技术补偿，把咱们的假肢拿过去和他们的产品结合做联动，这事儿需要有人盯着……"

赵魏没说话，回过头继续看座椅上被保定的猴子，它的眼睛正左右乱晃，他心跳加快，嘴里嗫嚅地安抚它，想看数值却怎么也无法集中精力，有一种要被抓起来的警觉，他似乎和它一同保定了，何榛的声音散在身后嗡嗡飞，他听不清她在讲什么。他轻轻握了握猴子的手，背对他们缓缓站起，他想溜去洗手间。他个儿很高，刚站起来就听见何榛停顿了一下，他抬头，两人对望一眼。

他眨了下眼：我先闪。

她手指抚了下额头，头一歪：好。

不料，刚走到门口，刚好看见薛川穿着呢子大衣，风风火火地带着他的前同事从电梯口出来，他们手里都拎着模型箱。他刚侧过脸，薛川赶上两步把他拦住："赵魏，你怎么在这儿？"

"哦薛总，我只是过来看看这些猴儿，现在就准备走了。"赵魏把手缩起来，往后退了半步。薛川只比他矮一点，大概是穿了靴子，两人视线平齐。薛川半信半疑盯着他的脸，眉头紧皱，瞳仁上顶，红血丝在眼白上集聚，好似下一秒就要揪住他的领口。

赵魏的心率飙升，手腕刺痛，电流不稳，他能感觉到他的手指在抖，他知道他给薛川添了大麻烦，这次是怎也躲不过去了。"薛总,对……对不起,我给您添麻烦了,我……"

"你等着接传票吧,我最近没工夫跟你耗。"薛川的脸又恢复了那副淡然的麻木,只是咬牙鼓了鼓腮。

何榛的脚步声近了:"哥,你怎么这么快就来了,你不说明天才来吗?"

薛川又狠看赵魏一眼,顿了一下,声音不比往日轻柔:"嗯,何总,我们提前拿模型过来给您看看,事不宜迟。"

何榛没有看赵魏,礼貌地对着薛川和那几个工程师笑笑:"快进来吧,今天寒流入境,外面刮大风,你们赶紧进来暖和暖和。"

赵魏低下头从侧面溜走,他从应急楼梯一路跑了下去,在每个楼梯口穿行的瞬间,听大风打得玻璃直响。他跑到旁边商场里坐着,心里很慌,要了两支甜筒,第二支半价,糖对于身体健康并不好,对于抑制焦虑却有奇效。眼看时间过去了二十分钟,他又有些慌:万一薛川下楼以后,看见我坐在这里,那时候没有何榛,谁来替我解围?他站起来,大步走到垃圾桶附近,迅速把甜筒包装纸扔进去,转身钻进了地下一层的美食城面馆。他要了份重庆小面坐在那里发呆,如果真的失去这份工作该怎么办?当初就不该抱着侥幸心理,要做猴子面前的英雄,他能救猴子一时,可他救得了它们一世吗?这样的身体条件,他不好找工作,又怎么能救那些猴子。

他掏出手机，点进银行存款，里面还有不到两万块钱，这是他全部的积蓄，也是在薛川那边工作时攒下的，花了一部分还了奥比克仿生手的贷款，后期调整又买了一些零件，还有一部分拿出来给猴子做糖吃。工作以后，他回到家，躺在床上盯着墙。床有些小，得把腿蜷起来或斜着睡，暖气不够，先打会儿哆嗦。

刚出意外那会儿，母亲和父亲互相责怪，天天大打出手，互相看不顺眼。他裹着纱布面对着墙壁默默掉眼泪，闭着眼睛，多么希望一睁眼就能长大。母亲的责骂没有间断过，从和父亲离婚到现在，仍接连不断地钻进他的耳朵里。

长那么大个儿有个屁用，连送个快递人家都不要你，我这么大岁数了一身病，都说养儿防老，我他X指望得上你吗！让你不要去鼓捣那些玩意儿，咱家电压不稳，你偏不听。当时怎么没把你电死？电死我倒是省心了！我怎么当时没有再生一个，就你这拖油瓶害的，我恨自己也晚了。

我就你这一个实验品，要是再有一个，绝不这样惯着你。当年和你爸离婚后，自己只知道起早贪黑上班，累死累活想多挣点钱，以后能使孩子过好点，家里的日子过好点，手术也不舍得休病假，一瘸一拐地去上班，开始一周，从家里走到车站都走不到，一身虚汗，腿也软，才舍得打个三轮去车站。

之后，我感觉自己有劲儿了，就早点出来，天还是黑的，路灯都没开，自己在大雪天，脚下有结了冰的，也有没结冰的，小心翼翼地走着，为了给自己壮胆，在好走的地方才敢跑一段。没有手电，天上的星星照着我去车站，在车站左右跺着脚，数着数，盼公交早点来！

你怎么就不想着挣点钱呢？天天鼓捣你那破手有用吗？知道家里不富裕，还花那么多钱买那奥比克的手，你家是有金山银山吗？还给猴子弄手？你就可着钱造吧！

他两眼直愣愣地盯着墙，墙上有排细小的汉字，歪歪扭扭的油笔印儿，"爸爸妈妈别吵了"，那是他十岁时写到墙上的。他真的以为他们离了婚家里就能安静了。可妈妈的话语一年比一年凶，那句歪歪扭扭的笔迹也没从墙上抹掉，那些话语像封闭的银针，根根穿过门缝，顺着风钉在他身上，把他扎在墙上，钉进那行字里。"妈妈别吵了"，一个人是如何迸发出这么多难听的词的。

他想起小时候凌晨五点从床上惊醒，家里一片漆黑，是妈妈去上班带门的尾音。他睁开眼睛，尚未适应黑暗，黎明的晨光就从那薄布窗帘中透出来，他裹着被子，透出一点小缝，目睹着一个黑色的小人儿从楼梯口出来，再左摇右摆地向前走去。霜打了茄子色的羽绒服，外面是扎扎实实齐小腿深的白雪。妈妈，别走，我害怕。妈妈你辛苦了，可你的孩子也感到恐惧。在学校里那些孩子都笑我"一只手，一只手"，说我就像被黑猫警长崩掉一只耳朵的"一只耳"。老师看我可怜，把我当作采访对象介绍给小学生杂志，当寒暑期意外事故的典型例子，说我怎么自强不息，花比别人慢三倍的速度，仍然用胳膊肘摁着答完了卷子，回家之后还坚持用右手炒菜，煮方便面给下班的妈妈吃。

眼前的小面由模糊至清晰，他又重新对焦到这碗红油辣面，回去后又会被母亲大肆责骂。之前被辞退，她似乎已经猜出了七八分。她年纪大了，又检查出了甲状腺结节，界线不分明，不敢去穿刺。她每天照旧去上班，雾霾天还是不戴口罩，说都是他屋里的油漆害的。

关门声照旧，可他已经不会在凌晨惊醒。他靠着在网上接模玩的代工和拼涂，每次 60—100 元，一个月最多能赚三千多元，碰上航模比赛，给小学生做小型飞机还能多点，一架一千六百元。为了喷漆时通风，大冬天他紧闭屋门，把窗户打开，让北风凛冽地灌进来。左手还好，肉身的右手被冻得像红砖头，工作五分钟就要揣在怀里摸一摸热手的暖手宝。北京的冬天怎么这么久呢？

他知道妈妈怕什么，她怕自己出事以后，他无法自立。妈妈长年处在重度焦虑中，他理解她，他接受她。如果再失去何榛这边的工作，他只能再去别处试试，他一边吃面，一边翻看着手机上的招聘软件，他需要钱，万一母亲的检查结果不好，要动手术，家里只能靠他。

一碗面吃了一小时。等汤中的油凝结，能够映出晃悠的灯影时，他接到了何榛的电话："薛川走了，你回来吧，我有话跟你说。"

他把筷子摆放整齐，放在碗沿，站起来，男人的头几乎顶到了天花板的灯。

一进办公室，他看见原本摆在何榛办公桌上的东西撒了一地，可不知为何她没有去捡。他刚想帮她捡起来，就听见她说："别，不用。"

何榛的眼睛有些肿，睫毛膏花了，不知道她是不是哭过，为了遮掩干枯的脸，嘴上的唇膏似乎才涂过。她扭头对他咧嘴笑了一下，他看她像保温箱中的小鹌鹑，或是闻到美食气息探头出来的小鼠。他似乎成了占据主动的角色。

"薛川的意思是，让你走。他跟我说，如果你不走，他完全可以走流程毁约，反诉我利用商业间谍，合作欺诈。如果这次生意不带我们，他也可以跟别的更便宜的厂家合作，强强联手，降低开发成本，一定能够一举击垮奥比克的高定仿生义肢生意。他这是在威胁和变相报复，因为我当时不信任他，管他要了百分之三十的股份。他明明清楚我家里的情况，知道我不是趁火打劫，是时势所迫。"何榛向后退，用椅子抵着墙壁，说话时一直看着桌下的假肢模型，"他刚才避开所有人，在这间办公室里对我大发雷霆，说我是见不得他好，故意和他作对。"

"我不知道为什么他会这么想。我猜他只是想对我发脾气。他只是无法忍受你在我公司，觉得是对他的背叛。

从小到大，哥哥对我的控制欲就很强，哪怕我们只是表兄妹。我大概在他身后唯唯诺诺久了，偶尔撼动了他的主角地位，他才会爆发危机感……这么多年，他似乎觉得我是他的实验品，被驯化的白鼠和猴子，不说也罢。"何榛深吸一口气。

赵魏伸手过去给她递纸巾："没关系，我走就行。我不是猴子，离了群体也能活，不用担心我。"他用右手礼貌地、轻轻地握住她的手，抬起头眨了眨那双细眼睛，"我肯定还会找到其他工作的，我这么大个儿。而且，你家这手这么好用，没事儿。"

她把金银花束般的手指，慢慢搭在他的左手上。不知为什么，他竟然隐隐地感觉到了那些手指毫无温度，他又把右手覆盖上去，果然是冷的。

她对他说："你先躲一阵，帮我做点零工，喂喂猴子，我付你工资。等到薛川忙起来，他就想不起来这些了，到时你再回来。"

赵魏笑了笑，细眼睛边出了细小的皱纹，风太干冷，吹着吹着就把人吹皱了。他抿了抿嘴唇，用力攥了攥她的手指："不用担心，再见。"

"你说的这个方案肯定不行。什么大马士革，不就是给外面看的噱头吗，咱们上哪儿找叙利亚难民去？"

乌玲钰穿着银灰色云锦西装，里面配渔网开领羊绒衫，露出胸口的九枚缅甸弧面蓝宝石项链,折射出十二射星光。乌总的儿子比薛川小几岁,在加拿大定居,不喜欢读书,自己开工作室做电子流行音乐,很少回国。有时她谈起她儿子的近况,说她是多么羡慕薛川的妈妈,儿子是个年轻有为的科学家,可偏偏她儿子不成气候,穿的衣服也松松垮垮,以后怎么接她丈夫的生意?他隐隐感知到她的忧虑,江湖风传那位陈总在外有几个女人,其中一位的儿子在国际学校上初中。所以她自己的投资必须要见到成效。

"乌总,我可以找难民 NGO,通过他们先行对难民捐赠一批,找一些外国的商业媒体帮我们进行宣传。这样,我们的国际声誉就能立刻提升,也有助于日后的订单和客源……"

"咱们前期成本投入太多,这样一来,你的技术极易被有心人剽窃,你想想,咱们辛辛苦苦白手起家做出来的东西,说被偷就被偷!比生个孩子还要快!"乌总脾气上来,胸口气得一鼓一鼓。

他往后微微仰了一下,闭了一下眼睛,可怎么也记不起那个黑发女孩的脸了,连那个老城布满水烟的夜晚也被蒸得模糊起来,是在梦里吗?好像那天去大马士革时,他在发烧,酒吧里的酒也不太对劲儿,那迷蒙的水烟蒸汽缓慢地笼了整个屋子,里面年轻人的脸色在昏黄的夜灯中闪闪发亮,他们笑着闹着,似乎丝毫没有受到各方势力激战的影响,甚至也没有多少恐惧,他们在享受末日降临前的狂欢。酒吧里是欧美流行金曲和失真的重鼓,青年人在喊叫。她的皮肤像奶油那样白皙,似乎如果伸手掐她的脸,就像把手指没入奶油,深陷的眼窝下有青涩的夜象,她的嘴唇如鲜嫩的玫瑰芽。

"……总之,捐赠这点肯定是行不通的,你这样做,我们只能终止合作。小伙子我是为你好,不会坑你。只有这样,我们才能互利共赢,你说是不是呢?"

薛川低下头,看见乌总给他递过来的宣发计划表和风险评估报告,心头忽然提起一口重锤,猛地砸向五脏六腑,这是彻头彻尾的卖身,从他的脑子到他的身体,没有一件能留在大马士革。女孩的头发是黑的,她给他的玫瑰也是黑色的,这是错的。不知怎么,周身又暖洋洋地舒适起来,击碎的心脏上,又浅浅地飘起了一层血沫。玫瑰应该是红色的,这是对的。那个女孩死了,脸书上有她朋友的悼念,那是他和她聊天后的第二个月发生的事情。再也实现不了了,肉身的神经痛苦可以牵引,可灵魂缺损后呢?

"行。"他没有什么退路,车是管合作伙伴借的,表是租来的,只有那身皮是自己的。

赵魏在睡梦中听到一帧一帧断裂的细细碎碎的呜咽声,随即变成了楼下金属砸地的丁零哐啷声儿,他眯着眼睛微微伸了伸腿,以为是来淘垃圾的人,准备继续睡。突然,他听到了开笼子的异响,这熟悉的声音立刻将他惊醒。

他一个骨碌从床上站起来,血液跟不及,脑袋发晕。他拉开窗帘向下看去,借着路灯,他看见地上摆着十几个笼子,外面零散地出来了一些毛茸茸的猴子,它们惊惶地转动着脑袋,犹疑地挪着四肢,三步两步,又停下回头看着笼子。

光秃秃的黄光里,他看到,六一一瘸一拐地跑到垃圾桶边上,窸窸窣窣地扒着一个鼓鼓囊囊的黑色塑料袋。他后退两步,披上羽绒服,开门冲下楼去。

三昧真火

有什么东西彻底燃尽,夏日也已死去,
南海借了杨枝甘露回来,她要好好饮上一杯。

我恍如从东土大唐看见漫天的曼陀罗盛开，禅中余音拨弄着耳中的漩涡神经，我好像才饮了黄河的水，又破戒喝了天竺的酒，似醉非醉，似醒非醒——如何解得《般若心经》，师父说我解得是无言语文字，方是真解。我说解得解得，不走这若干路又如何解得。既吃过蟠桃，也吃铁弹，又喝铜汁，五百年没吃过茶饭，响当当的铜豌豆，五行大山也压不住我的筋斗云。甭管是菩提老祖、玉帝老儿、观音菩萨还是释迦牟尼，不如在花果山打一杯鲜榨果泥……十方、三世、一切佛，诸尊、菩萨、摩诃萨，摩诃、般若、波罗蜜……

闷蒸的热天，太阳的芒刺从云朵里伸出，钩住了眼皮，恼人的刺痛。陈娜迦时不时就想到小弟阴沉的脸，发青的嘴唇，黑白分明的大眼，像被天狗咬剩的月，黑瞳里游荡的只有空。

八岁那年，娜迦被迫懂事，爸妈吩咐她，若在家，要带好五岁的小弟,谁人敲门也不许开。"生"字能出头,"工"字出不了头。爸妈一直在用打工的钱做小生意,跟着潮水走,循环往复,败了还来。爸妈去进货躲债,她便带小弟躲进大柜里剥花生和瓜子。门外的粗话像潮水那样冲进门缝,潮起潮落,卷噬灵魂。他们用铁棍痛扁门窗,音弹从高空落下。

她骗小弟是在做游戏,等外面人一走,他们就胜利了,可以出去买辣条唐僧肉、仙人掌大辣片和奥特曼子弹糖。

他们捂住耳朵,凝神看着彼此,没有掉过一滴眼泪。

小弟忽闪着眼睛讲:"阿姊,有钱乌龟坐大厅,没钱我们躲衣柜喔。"

她把手伸过去,摸摸他的小圆头,头发掠过手心,像青苔那样柔软毛绒:"小弟真巧[1]!待伊走了,阿姊挈你去粘田婴[2]。"

那日,保生大帝巡境,他们在自家门口摆出香案,蜡烛、敬茶、香、金纸、五果和糕饼点心。小弟起床太早,实在肚饿,偷食了一块龟粿,由此受了罚。之后,阿嬷提起来就要怪妈妈,慌慌乱乱,没给小弟吃饱饭。小弟后来变那样,厝里人都说,是小弟偷食的错。

很多说唱歌手都暗里比谁穿得帅,范思哲的棒球

---

[1] 巧:闽南方言,形容小孩聪明。

[2] 田婴:闽南方言,蜻蜓。

衫，OFF-WHITE 的裤子，ROA 的皮靴，一件衣服顶娜迦（Nagaraja）几次出场费。她很羡慕，但穿不起。有段时间，为了多赚口闲饭，她会在"甜蜜蜜"打工，四处凑演出拼盘，挣录音的钱。

上次在街头击败快乐王子后，粉丝们几乎扒了娜迦一层皮。那天现场簇着那个男孩的歌迷，满满一场都是烧水壶的尖叫。当主持人举起她的手，粉丝们大闹，嘘声四起，攻击她的长相与打扮。她压低帽檐，慢慢地从她们面前走过。那些年轻的脸，被愤怒扭曲，失去了美丽。新款手机掷过来就像臭鸡蛋，屏幕碎了一地，蛮像蛋壳。她想捡起来还给对方，想着它还有抢救的机会，但很快迈过去，责备自己的财迷。

那晚，她熬了很久才躲别人的车出去。手机上的私信多了几百条，攻击、谩骂，怎样新鲜的词语搭配都有。后来她才听说网上有个"口吐莲花"的生成器。

也就是从那时起，她开始关注一些说唱歌手的名牌衣物代购，想穿一些体面的衣服。有小姐妹介绍莆田系给她，她便跟着一起买。家里的剪标货和出口原单堆了两个简易柜。算下来，还不及成都的街娃儿一身。好在夜场灯光暗，没人细看她的针脚到底匀不匀。

直到一次去给人打碟。一个满头小辫子的知名说唱歌手，戴着黄玻璃偏色镜，唱完从台上跳下来，盯着她胸前的老虎头看了一会儿，随即丢一句："嘿 girl，你的老虎跑线了。"

娜迦装没听见，把碟狠搓了一下。舞池里的一些人向她看来，窃窃地笑，吹起斑驳的口哨。

那晚回到家，她把所有 A 货都装进一个老式的红色的布皮行李箱，像装一具尸体，刚好够她的重量，拖到楼下那个橙色的衣物回收箱。她查过，乱扔衣服不环保，不如进入回收。

做完这一切，她坐在回收箱边抽烟，伸直腿，摇着双脚。拖鞋上香奈儿的白山茶花有点像象牙色，被行李箱磕碰半天，她以为这朵花已经掉了，莆田系到底是结实。她脱下鞋，准备扔到身后垃圾站，又心软了。

她站起来拍拍屁股，留下了那双鞋。她发誓在出人头地前，要好好留着这双结实的假山茶花。走上楼，拎了空空的行李箱，这才感觉到心酸，恨不得把那些衣服再从回收箱里掏出来。算了。

当晚，娜迦放着 XXXTENTACION 的歌，抓着头发喝着速溶黑咖啡写了一晚上的 verse（说唱的主歌部分），心就像一颗土笋冻，截断的星虫在里发颤。写到天空既白，打开手机，没有一句新的问候，也没有什么厂牌邀请。她发誓一定要把这首歌唱给那个小辫子听。

拉开窗帘往下一看，夜晚去地下王国跳舞的猫咪们回来了。她只有打折的猫粮给它们。她趿着那双山茶花，下楼去给它们添猫粮，刷干净放猫粮的塑料盒。她抚摸着那些粗糙的猫猫头，流到下巴的眼泪怎么也抹不完。

大兴，六环外高速边，废弃工厂房改造的一片 loft 公寓楼，花三千块就能租到的二十八平方米的上下小隔断。早晨七点半，会有工厂用大喇叭放进行曲，来督促附近服装厂的工人早起做操。这时她总想到儿时住的古厝，每逢有什么大事，总先播一段南音，再通知各种事。

受到启发，她让好友制作人 NeZha 李截取了福建南音《梅花操》中的一段做 loop（重复旋律），对此进行升调和加速，琵琶音色加上偏 disco 的鼓点，配上古老的丝竹管弦，让最后成形的 beat（伴奏带）变得更加现代，海浪中打拼的摩登闽南。NeZha 李学民乐出身，家里要求他回武汉，继承船厂零件的生意。他誓死不从，现在主要给厂牌"武昌鱼"和一些独立歌手做歌。方言不是问题，很多摇滚乐队都唱家乡话，旋律的作用大于歌词，大众会更加痴迷旋律，哪怕是复杂的闽南话，粉丝们也会鹦鹉学舌地跟着一起唱，只要副歌够吸引人。

这首歌上架后，短暂地激起一阵小浪花。

过了两个月，是 China Bling Bling MC Queen（中文说唱武则天）的华北区决赛。她索性穿着"甜蜜蜜"的工作服，黑色 T 恤，左边胸口贴着一只胖墩墩的小黑熊，举着它的冰激凌，衣领之间蒸发着黑珍冰激凌的甜和茉香奶绿的香，短暂缓解了她的紧张，让她重新回到了那个不停唱着《甜蜜蜜》的小柜台里，无人认识她，可以机械做事，双手打好几支冰激凌的轻松又回来了。她戴了小黑熊的棒球帽，压低脸，默默坐在角落听歌。不想见到那些似曾相识的脸，对她这身行头冷嘲热讽。

后台女孩们互相交流，有人拿来作嫁妆的金链子戴在脖子上，互相夸张地称赞。她想，真是够拼，可我一定要赢。

地下拼盘练就的灵活控场，在那天全部迸发出来。她的喉头不再发紧，甚至咬字都比以往更加掷地有声。在最后的一对一环节，她碰上了留美回国的说唱歌手雾都辉夜。两人将用即兴说唱的方式来进行对决，谁的话语更锋利、赢得的呼声更高，谁就能拿下华北区的女子说唱冠军。

雾都辉夜有一头闪闪发光的栗色大波浪，金属浅紫色的吊带和银纹流动的流苏斜裙，耳朵边的钻石长坠飞出两双翅膀，声音缠出很多棉花糖，伴着夜场的波浪黏在身上。

哟哟哟 whassup（怎么着），怎么今天没穿你的杜嘉班纳，甜蜜蜜反而成了你的独家，还不赶紧回去做你的波霸，反正卖多少杯奶茶也成不了 2Pac……

台下响起哄笑和热烈的欢呼，不断有尖利的口哨声传来。巨大的镁光灯后，颤抖的乌暗，似小弟的眼睛，冷冷地望她。

她这才知道他们早就看破，甚至传为佳话，她的汗凝在鬓边和后背，居然是冷的。手中不断交换着麦克风，等一段新的beat——

嘿，哟，看个动漫就以为自己是四宫辉夜，到哪里走都装作大小姐。当你觥筹交错我忙碌在每一个深夜，我早已写完《琵琶行》你只会嘈嘈切切。这位虚荣又无知的missy（小姐），要论听说读写，你还不如我的椰椰拿铁，S-A-D（悲哀）！

一个从头上倾倒饮品的手势，干净的爆点，没有一句粗话。她无疑炸翻了整个池子，观众山呼海啸。她低着头，汗才热起来，头稍微抬起一点。

哟，check（听着），都什么年代还在翻老掉牙的唐诗，A货林黛玉快点来学会真实。我生来就在争斗从来不肯认输，对付老娘之前请先摆摆态度！当你在北京搬砖而我在洛杉矶发新专，我乘着宇宙飞船到了银河系的边缘，哦你还在地心想啥子地球的方圆。你来自底层而我从来就在顶峰，我想告诉你不是啥子百万富翁都来自贫民窟！

用了重庆方言，标志性的娇憨，雾都辉夜绵里藏针。惑人的摆动和夸张的手势，烘得台下的气氛烈火烹油。

你的说唱就像乌鸡国的小儿，哭哭啼啼我根本听不清楚？Hold（等等）！嘿来自雾都的辉夜小姐，你刚才说落汤鸡还是什么落山鸡？高仿的"麻辣鸡"（Nicki Minaj）不如来盘辣子鸡！你在怡红院做你的红楼梦，我在花果山大话我的西游，闽南的热天我在工厂的流水线，太上老君的熔炉里我历经淬炼。再说一遍，老子去西天取的是真经，不信看我现在三打白骨精！

娜迦用力甩了麦，摔了可赔不起。台下的欢呼一浪高过一浪，她知道自己赢了。

本来，那些人并没有对女性说唱歌手的即兴对决有多少期待。国内女性说唱歌手始终被什么压着，似乎不适合过于激烈的对战和人身攻击。毕竟大多数女孩都被教得很乖，克制住自己，降伏野性，不要出头，踏实工作，快点结婚。女性说唱歌手要背负着比男性更多的压力，更少的曝光量，也要承受更多的质疑和冷嘲热讽。临场的爆发力、遣词的攻击性和控场的强大，无一不来自多年的磋磨，甚至是深藏的火焰熔浆。

蛋糕就这么大，更何况这个行业的男女比例严重失衡，有些女说唱歌手只能帮一些男说唱歌手唱 hook[1] 或比较抓耳的副歌，总被称赞声线优美、有记忆点，仿佛进来就是

---

[1] hook：钩子，指一首说唱中特别勾人的部分。

做蛋糕上的漂亮裱花。有些女孩太爱美国说唱明星卡迪碧，便注射丰唇，涂亮色唇膏，一切向偶像看齐。有些女孩剃短头发，以此来挣脱洋娃娃装扮，风格中性，自成一派。

最后一段几乎不用比了。

雾都辉夜的眼睛如蒙上一层蓝雾，娜迦很久都没有见过这种蓝雾了。上次还是站在台上，穿着普通，不费吹灰之力就将那个快乐王子击溃的时候。

娜迦走下台，狂欢的人群纷纷打手势表示尊重，或是冲过来和她撞肩拥抱。很久都没这么多人压过来，她浑身不自在。她礼貌露齿微笑，笑线僵化，心脏像进入黑洞旅行，被扯碎在黑洞的边缘，进入无的状态。

又走出很远，站定，娜迦才敢装作不经意地回头一瞥。雾都辉夜仍站在舞台一侧，没哭也没笑，只看着她。那也许是看见灰姑娘盛装上了南瓜马车的眼神。娜迦既没有华美的衣裙，也没有仙女教母，只有小黑熊帽子陪着她。她此刻只想喝一杯春风蜜桃，多加蜜桃酱。

拿了奖牌，连连鞠躬，和几个厂牌的主理人打招呼，随便聊聊创作计划。终于解放去洗手间，有人拿着酒杯，半路劫了道："嘿，台上挺帅啊！我看你跟我挺像的，不如一起做首歌儿，怎么样？"

刚好她疲于应对，心里七上八下，听到悦耳的声音，像被人群赶至悬崖边，纵身一跳，燥热的身体坠入海中，水母在肋边游走,清凉刺痛。定睛一看,一顶渔夫帽,钻石耳环和项链,晒得均匀的棕色皮肤,穿着海魂衫和白短裤,脚踩一双蓝格的 Vans 滑板鞋。他的脸似乎很熟,但她一时想不起来是谁。

盛夏的夜晚,热气蒸这么狠,彩妆的汁液流进眼中蜇得有点痛。对方眉骨上一道疤痕在这种疼痛下撞入她眼睑。涂了金粉的浅浅眼窝,眼皮折出细褶儿,西域般的高鼻梁,薄薄的嘴唇被酒精点得很红。她忽然记起他的歌:"手持金箍棒,掀起万钧雷霆,我已成佛奈何还掀不翻这天庭!"

当年这首《斗战胜佛》因为多变的韵律、抓耳的副歌和颇具内涵的歌词,传唱度相当高,频频上热搜。前后种种原因,上下架几次,杨青桃坚持不改,错过大火的风口,却成了地下的传说。早年,美猴王杨青桃曾在地下说唱对决大赛"长安几万里"和"燕云十六骑"中勇夺双魁,用丰富的词汇量和现代派反押韵来肢解传统说唱。他很少说粗话,也不唱香车宝马,而是利用碾压式韵律技巧和天马行空的想象力将听众的心脏牢牢囚禁在乌鸡国的小儿笼中。有人叫他大圣,有人叫他师尊,美猴王的出场总能带给大家无限惊喜。

从高中开始玩儿说唱,美猴王早就以悦耳的中国风和精妙的歌词赢得了大批听众。他甚至没有很多说唱歌手的地下漂泊史。他仿佛一出江湖就带着些道法自然,古典音乐的音律、非洲部落的鼓点、昭和时代的霓虹,信手拈来。

……氛围环绕的音乐，极度透明的人，下雨天的池塘边点上一滴蜻蜓的水，高炉边就黄酒撕几块烧鸡填满燃烧的胃，在暴雨的昆明湖中坐着小船，绿色水藻缠绕着清凉的龙尾，消去几百年风雨后那些疲惫……

如今，唱出这一切的美猴王杨青桃就站在她眼前。她说："好，但我想先喝一杯饮料，口很干。"

美猴王哈哈大笑："来吧，我请客。"

她第二句话是："您是美猴王？您怎么会在这里？"

他说这场比赛的主办方是他哥们儿，也有熟悉的朋友，赞助方的咖啡很好喝，过来尝尝。没想到有惊喜。俩人走在暗夜里，避了炽热的大灯，穿过喧闹的人群。娜迦比赛时的汗凉下来，湿衣服贴着后背，周身浸泡在湖里。

她又问："不会是因为我说去西天取经，让你想到了斗战胜佛吧，咱们先说清楚，我可没有套你的词。"

他又是大笑："那倒不是因为这个。"

周围的酒吧挤满了看比赛的人群。美猴王说可以走几公里去另一个叫"杜子美"的酒吧，那边环境不错。

"肚子美？哈哈哈这名有意思。"

"是杜甫的名字，不过就是兼顾两者的意思。"

两人走出环岛，绕到高耸的立交桥下，雾霾如怪物的上颚抵在天边，一口吞不下又吐不出的闷。

娜迦在古唐时，想象中的北京可比现实中的北京要精彩得多。摩天的灯红酒绿，穿梭的空中电梯，永不停歇的巧克力喷泉，在云霞和玉宇交相辉映的地方，拖着长腔的京剧，跳迪斯科的人群和音乐节的酒精。说唱歌手不惧这一切，说唱歌手看透这一切，说唱歌手敢唱很多个紫禁城。

北京的说唱在当年是全国的传奇，南城的几个著名说唱组合都爱闹天宫，他们很有态度，经常提着口舌兵器去敲敲南天门，闯进王母娘娘的桃园，说这蟠桃尝起来都是民脂民膏，而玉帝面前的宫廷玉液酒，也不止一百八一杯。他们看到这座城市很快修起云梯，可以供人们攀上天宫，可下方却狼藉一片，人们在爬云梯的过程中逐渐被云梯吞食，变成云梯不可替代的骨头。可到了天宫，发现里面也不过就是些海市蜃楼和红粉骷髅。

最开始，大家都用最原始的技巧唱一些有深度的歌词，哪怕是脏话，哪怕是抱怨，哪怕是些片儿汤话，出来还有些"喻世明言"的味道，虽然听起来粗糙，但确实原汁原味，能闻到立交桥下的尾气和建筑工地的土腥味。他们去livehouse或音乐节上表达自己的态度，保持态度和呼吸，做出新的歌，发出新的声音。直到新鲜的资本注入，将说唱提到台前，包装出很多光鲜的舞台对垒，制造出大量抓耳的旋律和空洞的歌词。每个人都在说自己的艰辛和不易，想快点吃上蟠桃盛宴，喝上宫廷玉液酒。北京的说唱组合有些被迫隐入烟尘，有些尝试新风格，有些守着老三板，有些到处跑，想分上一杯羹。最后，地域特色剩下的大多是口音，城市故事里不过都是些陈情表。全国的厂牌霸天竞自由，地方口味最终开成了连锁店，特色菜都变成了预制菜。

在那间叫"杜子美"的酒吧里，墙面书柜里果然放着精装的杜甫诗歌全集，这里四处坐着打扮文艺的男女，但没什么人看杜子美，大家只想要肚子美。没人来打扰，嗡嗡的人声让她感觉安全。她狂饮几杯柠檬水。

杨青桃说他最近在做一张以《西游记》为主题的专辑，可以卖推广曲，赚点钱。但他又不想做得太茶，最近灵感枯竭，想请她一起来看看，有什么新的想法。

她手一摊，因紧张又要了杯海盐鸡尾酒："我可不会给你唱 hook，先告诉你，我不会唱副歌。"

他呷了口"蜀道难咖啡"，用勺子在瓷杯上敲出音阶，偏黑的皮肤显得年轻，但也看不出什么表情："钻石、黄金、琉璃、宝珠，这天地间有一切的好东西。卷帘大将打翻了琉璃盏被流沙河里的人头所吞噬，沉香劈开莲花峰本想救母却带来了新的末世。如果叫你来就是为了唱副歌，岂不是大材小用。"

"你说的，当真吗？"

"真假美猴王，我是六耳猕猴、赤尻马猴、通背猿猴还是灵明石猴，你靠肉眼就能看出来吗，你只要知道孙悟空是盘古的心脏，就够了。"

"原来你是大猩猩。"娜迦被他拽的词弄笑了，手心里出了汗。

他伸了个懒腰，微微一笑。

她把头埋进臂弯里，细嗅自己的汗味，有些像铁锈。

他的声音凉下来："这早已不是一个爱与和平的世界，多点张牙舞爪也没什么坏处。我听过你那首闽南语的歌儿，如果用闽南话唱会怎样？"

"唐僧有遇见过说闽南话的妖怪吗？更何况我已经很少讲闽南话。"

美猴王哈哈大笑。他们聊到酒吧打烊，天一拳地一脚，仿佛在喊山，仿佛在移山。她起初头昏脑涨，慢慢冷却下来，进入他拿语言浇灌出的绿色湖面，看河狸在水中漂流，啃咬柳树枝，忙着拼凑起温暖的小窝。

当晚，有人将她的对决视频传到了网上，随即繁衍出无数标题："甜蜜蜜员工说唱比赛夺冠""甜蜜蜜的幕后奶茶大佬""奶茶小妹娜迦对阵白富美雾都辉夜，跨阶级的逆袭暴打！"……

正值《甜蜜蜜》这首广告歌火遍大街小巷的时段，她作为"甜蜜蜜"的临时工，很快被人曝出来。努力这么多年，吃了这么多苦，却因为偶然的视频和病毒式的传播，将她的形象重新钉死。从"地摊公主"到"甜蜜蜜"，无论是哪个称号都让她觉得好逊。她并不希望通过这种形式被固定形象，可却注定被包装和被再次创作。

视频迅速火遍大小媒介窗口——"仿佛看到了小人物的崛起,在看一出平民英雄传。""英雄不问出处,总有人大闹天宫……""是不是有点儿美猴王当年那意思?""最高端的食材总是出自最简单的烹饪……""娜迦是不是受到了说唱圈儿的排挤?我记得她之前对战Amber的那场,被快乐王子的粉丝冲得太厉害了……"

"娜迦以前总穿些原单衣服。据我所知,一些说唱歌手没红的时候都这么干过,但不知为什么就她成了靶子,可能得罪了谁吧。后来她因为这个被圈里人嘲笑,这次她穿上甜蜜蜜的战袍平地翻身,这就是咱们贫民窟的百万富翁。"

娜迦仔细看了看那段科普评论,觉得这人语气很眼熟,看了看ID——NZL。一时又想不起来是谁,刷评论到半夜,默默睡了过去。

"甜蜜蜜"的小店里竟出了一个说唱歌手,一些文化类媒体和特稿记者闻风而动,几乎打爆了总部、分公司和小店里的电话。微博堆满了各式各样的私信,打听她的、采访她的、赞美她的、说闲话的甚至是来羞辱她的。娜迦又一次经历了备受瞩目的风暴。虽说这次不像上次那样被网上的食死徒抽走了灵魂,她拉上窗帘蒙着被子,在三十多度的天气里,蝉鸣高嘶时仍然觉得寒冷。这是复出的第一战,也是打的一场翻身仗。她口干舌燥、扬眉吐气之余,心中还是寸草不生。望着略带光芒的星,她想,赢的不是该赢的。

没有厂牌,没有公司,更没有经纪人。她只靠圈内的朋友介绍,所有物料信息都自己在群里对接。她不断接到各种大小媒体的采访,直到最后说话已经练出了肌肉记忆。

只有奶茶店的店长打电话过来告诉她要小心谨慎,现在的网络喜欢造神杀神,可以瞬间捧你上天堂,也可以瞬间让你下地狱。店长还说,不知是谁泄露了她的这个打工地点,自拍杆和稳定器蜂拥而至,比北京动物园看大熊猫更甚,甚至影响到了平日正常的生意。店员忙得不可开交,治安的都来过好几次。听那架势,娜迦还以为自己夺了格莱美。店长劝她先不要来,又紧急招了几个实习生,怕她来了以后导致更严重的拥堵。

"那我还能回来上班吗?"

店长在那头哈哈大笑:"行,如果你还会回来上班的话,你之后把假期补上就可以了。"

"苍蝇腿也是肉。"她小声在这头念,看了看晾在阳台的工作服,一阵伤感像把隐翅虫不小心拍在皮肤上,转瞬洇出刻骨的刺痛,灼伤的红疤又痛又痒。她在打雪顶咖啡时,总是想象雪顶咖啡的顶端是乞力马扎罗或是珠穆朗玛峰,都是她还去不了的地方。每次看谁又成功登顶珠穆朗玛,她都在想,那个人为什么不是我。

这样想着,雪顶咖啡的尖就歪了,崭新的奶油纹路,冰激凌细腻的肌肤,被夕阳染成了金色山脉。之后,她迅速用塑模机一压，金色山顶就压塌了，封好口，递给顾客。

算了，那个人怎么也不会是我。

如今，在时尚杂志里，她穿着香奈儿的西服和芬迪的短裤，又提了巴黎世家的编织袋、范思哲的黑帆布，扎了一头张牙舞爪的小辫子。整个人看起来就像刚从北京动物园批发市场出来，准备赶绿皮火车去广州集贸市场进货的。

她很想开口抗议，我只是卖奶茶的，哪怕没有星巴克那么高端，出单量还是大的，到底有没有搞错。但她还是保持了礼貌的微笑，任造型师将她化出风吹日晒的沧桑感。

灯光将她的脸打得惨白。她在取景框里表现出一种枯竭的奋斗感，一种绝地反击，轻轻咬着嘴唇，涂的是圣罗兰的贪婪，柿子红里带着些樱桃，眼神空而远，琥珀色的瞳仁映出远处的枯枝，细看去，枯枝上似乎还站着一只灰伯劳。不自觉咬紧嘴唇，竭力收腹，做出胸口疼、腿疼和腰疼的姿态，努力拍好这些照片。

一说收工，整个人的脸像冬天的柿饼，被灯烤得通红，还挂着层流油的糖霜。来不及洗脸，拍拍吸油的纸巾，赶往下一个目的地。

妈妈打来视频，正麻利地串着多春鱼。她说经过报刊亭，看见查仔在封面上光芒万丈，忙喊老板买下来，回来给店里的人炫耀："看这系吾婴囝（这是我的宝宝）。"

店里便响起啧啧声一片，称赞水渣某（漂亮女孩），即个真厉害,成大明星了!又问她辛不辛苦,赚了多少钱,小弟也听说了她的事,为她欢喜……

娜迦靠在快车的椅背上,困得神游物外。一听到小弟,蜂子蜇了心,一万只马蜂在皮肤里游。她慢慢问道:"小弟缺钱了?"

妈妈的喜悦夹在眼角,粉熠熠地生出愕然,随即又堆上笑脸:"你还是保重自己要紧。"

她细细看,妈妈眼角颧骨处似乎有乌青,肿起来一块,她皮肤黑不太显,还是用粉遮了。

"爸爸打的?"妈妈摇摇头。

"小弟打的?"妈妈不说话。

娜迦和妈妈各静止半秒,随即她挂掉视频,给妈妈转了三千块,账户里还剩下两千块,够用了。妈妈恐怕以为她成了明星,家里终于熬出头了。她拼命想摆脱、远远逃离的龟壳,终究又像金钟罩那样把她压在地上。

她默默揩眼泪,擤擤鼻涕,把帽檐压很低,重新补了妆,又涂了层口红。快车司机戴着口罩,从后视镜里盯着她。她知趣地戴上口罩,把纸巾团成一团,捏在手心。

她很早就把小弟拉黑了,担心他会用狐朋狗友的电话打过来骚扰她。为了离开那个家,她很早就逃来北京打工。绿皮火车都要走三天,永远也不要留在厦漳泉。说唱也不敢用闽南话,生怕被家人发现追来。他们以为她最远也就到广州。

大概有很多年，她推说工作忙，没有再回过家。

收工后，她走向地铁，站都站不稳，手机里很多条信息。她来不及甄别回复，直接回家埋头大睡。睡到凌晨一点多，手机多了很多来自厦门的未接来电。她直觉是小弟，浑身发抖，连忙屏蔽掉。很快，又看到了杨青桃的消息。

他说："最近看到好几个你的通告，还忙得过来吗？歌曲有什么想法了吗？"

她睡意全无，遂发消息过去："还没睡？在写词吗？"

对方很快回复："我在看《西游记》，找找新灵感。最近听了 The Brave 的"Scared Spirit"（勇者无畏乐队的《带伤的灵魂》），美洲原住民布鲁斯和古典乐的融合，小提琴合奏的旋律特别柔和，里面的吟唱又像咱们的老头儿民歌，有时候你会感觉整个世界没什么差别。"

"哈哈哈，老头民歌，是信天游吗？"

"是你们的歌仔戏，哈哈哈。"

杨青桃的初步想法是，去西天取经的那几首歌，可以用梵音风格的伴奏带，再加点电子乐进去。像许镜清做《西游记》主题音乐时，用线条化的电子乐营造出那首如梦似幻，又充满探险精神的《云宫迅音》，音乐攀快速阶梯上升，给人以无限的神往和快乐。

"大之则弥于宇宙，细之则摄于毫厘。无灭无生，历千劫而亘古；若隐若显，运百福而长今。上报四重恩，下济三途苦。若有见闻者，悉发菩提心。同生极乐国，尽报此一身。十方三世一切佛，诸尊菩萨摩诃萨，摩诃般若波罗蜜。这是他们最后取得正果之际，作者给他们写的大结局赞歌。"

"十方三世一切佛，诸尊菩萨摩诃萨，摩诃般若波罗蜜。我觉得这句做 hook 不错，特别有历尽千帆、众神归位的感觉。"娜迦把这句话发过去，又用语音发了一遍节奏，"十方、三世、一切佛，诸尊、菩萨、摩诃萨，摩诃、般若、波罗蜜。"

这句念慢，一句定，天地开。她缩在小屋里，天还是乌的。鏖战后拨开云雾而天地瞬开，瞬开后只有一丝金光。

她在聊天中很快睡去。

文化杂志的记者染着一头棕色的短发，戴着黑框眼镜，大眼睛藏在眼镜框后，不时咧嘴大笑。和娜迦怕说错话引起网暴相比，对方显得如此轻松。娜迦暗生羡慕。

对方问起她的童年，关于那些创伤，娜迦选择一笔勾销。她给自己虚构了一个打工者的家庭，说虽然父母总是在外面做工或做些小生意，但总体来说，家庭幸福，母慈女孝。

"你还有别的兄弟姊妹吗？我听说你们那边当时由于传统，家里如果第一胎生的是女儿，那么第二胎可以要个儿子。"

正中痛点。墨西哥娃娃蒙着眼睛打中皮纳塔,正中胸口的闷痛。有那么一瞬间,她希望小弟从这个世界上消失,那种无法摆脱的梦魇,不断纠缠又不断大笑。仿佛是美猴王面对六耳猕猴时那份羞辱,痛苦、不甘和冲天而起的愤怒。只有地藏菩萨和释迦牟尼知道,哦,还有那头大象。

她张了张嘴,绞动手指,补了一句:"可以不写我的家庭吗?"

"好的。没问题,我写完后会给你看一下稿子的,别担心。"

娜迦微微挪了下屁股,椅垫上有些黏。

大众感兴趣的是她在"甜蜜蜜"奶茶店上班的这个点:怎么一个说唱歌手可以甘心去"甜蜜蜜"上班呢?是因为接触社会多了,才可以写出更深刻的句子吗?还是因为受了什么挫折,想换种不一样的方式生活?还是故意炒作,用"甜蜜蜜"的工服来制造噱头?

"你不知道老孙是盖天下有名的贼头。我当年偷蟠桃、盗御酒、窃灵丹,也不曾有人敢与我分用……"恍惚间,她想起杨青桃给她发的这段话,说这段话唱出来会很帅,搞一个现代的朋克孙悟空。杨青桃不叫自己孙悟空,而是用了更为理想主义的"美猴王"。

娜迦托着腮,没头脑来一句:"您觉得孙悟空为什么要去做弼马温呢?"

"他那时并不知道玉帝骗他,大家都是来看他笑话的吧。"记者愣了一下，随口回答。

"是这样的，'甜蜜蜜'是我们附近一个店长加盟的，我老去买就比较熟。之前有段时间比较低沉，她说让我去店里兼职，赚点零花也透口气。钱不多，但人一忙起来，就不会想太多没用的。我穿'甜蜜蜜'的工服就是想穿而已，也没什么其他好选择。"

对方笑笑："有想过会爆火吗？"

"我是觉得，孙悟空去西天取经也没什么意思，无论如何也没有在花果山自由快乐。"娜迦的咖啡酸了，她喝了口柠檬水。

"即使是孙悟空也得去西天取经，没办法。"

娜迦笑笑，不知该怎么接话。

她逐渐适应了这些密集的采访，看见自己年轻的脸出现在各个杂志和娱乐版块，一些歌唱节目和活动的邀约滚滚而来。名利是雪花球，是孙悟空拔下的毫毛，四散去远方。

我恍如从东土大唐看见漫天的曼陀罗盛开，禅中余音拨弄着耳中的漩涡神经，我好像才饮了黄河的水，又破戒喝了天竺的酒，似醉非醉，似醒非醒——如何解得《般若心经》，师父说我解得是无言语文字，方是真解。我说解得解得，不走这若干路又如何解得。既吃过蟠桃，也吃铁弹，又喝铜汁，五百年没吃过茶饭，响当当的铜豌豆，五行大山也压不住我的筋斗云。甭管是菩提老祖、玉帝老儿、观音菩萨还是释迦牟尼，不如在花果山打一杯鲜榨果泥……十方、三世、一切佛，诸尊、菩萨、摩诃萨，摩诃、般若、波罗蜜……

杨青桃给她发来一些颇有印巴风情的伴奏带，说它们旋律变化多样，编曲时总能跟着那颇具特色的人声吟唱，激发出很多不一样的灵感。他尝试着录了一段小样发到了各个平台上，收到了不错的反响。

"第一次听到了咖喱味儿的《西游记》，感觉很奇特。"

"哈哈哈哈在花果山打鲜榨果泥也是醉了……"

"用鲜榨果泥押韵释迦牟尼，不得不说咱们猴儿哥真是有两把刷子的！"

娜迦看了网友评论笑得不行，随即问杨青桃，他的鲜榨果泥是不是抄她的椰椰拿铁。

他说："我觉得在歌词里加一些新鲜元素看起来很 juicy（多汁），你那边有什么新的想法吗？"

"我能不能从妖魔鬼怪的角度去写？"

"我觉得也是个不错的选择，白骨精？红孩儿？小钻风？奔波儿灞和灞波儿奔？还有什么？金角大王和银角大王？"

"你没有说女儿国的国王，我真的是很感谢了。"

"女儿情，若有来世……被说过太多次，都审美疲劳了。"

她从未想过杨青桃是这样活泼，交流起来很有安全感，你永远不会觉得你的话语落单，遁入空寂。这是一个靠得住的朋友。她没有跟任何人说起和美猴王合作这件事，甚至是说唱节目认识的好朋友，只是觉得一切在待定状态，没必要多说。最重要的，还是保证眼下的作品。

深夜，从节目现场出来，出舞台后门透口气，身上贴着被汗水浸湿的塑料演出服，汗一下变冷。周围有工作人员蹲在地上抽烟，疲惫到无法聊天，只有粗声的呼吸和短暂的轻咳。天空中的星子贴着还在燃烧的脸庞，那亿万年外的冰凉气息吹进脖颈。娜迦恍然觉得自己浸泡在遥远的星际尘埃中，星河涌进她的四肢和躯干，将内脏变得锋利透明，世界退她很远。

想起刚才在舞台上那首不得不唱的《闽南热天》，最简单的修辞和最古早的旋律，在视频软件上被切割成碎片。到处都能听见她那快节奏的"闽南，闽南，关关难过关关过。再难，再难，再南不过过闽南……"

她强迫自己屏蔽这不停的旋律，放空大脑，去听听星子擦过风的声音。这里没有聚光灯，她走到背离人群的草丛中，看到被塞满盒饭的垃圾堆和惊惶讨饭的流浪猫咪。忽然想起小弟曾拿着红瓦片重重打向墙边的小黄猫，她那时大叫一声："累匆虾米？！（你在干什么？！）"

小弟回头咯咯笑起来："阿姊，猫仔不听我的话，不听我话就会猫赞哇（死得很惨）。"

如今想来，小弟别有一份语言天赋。如果小弟很小就开始砸小黄猫，那……她不敢再往下想。最初她还想过，要赚钱，带小弟来北京去看最好的精神科医生。她看报纸上说，只要积极治疗，未来还有希望。

起初阿嬷宠小弟，坚决不肯承认小弟有病，只是说小男孩长大了，难免脾气冲撞一些。况且男人是要出海闯荡的，当然气势要足一点。妈妈翻白眼，说团仔长大又不会去打鱼。可小弟的脾气不只是变差，他甚至无来由地用铅笔去扎同桌的眼睛，对方把他踹倒在地，正中下体。小弟吃痛举起小椅，砸破了对方的头，那小孩子破了相。

万幸小弟没有扎伤对方的眼睛，不然倾家荡产也赔不起。两家人经历了报警、厮打和调停，各自找宗族撑过腰，又上了乡镇法庭。经医生检查判断，小弟的问题显然比对方小孩脸上的疤严重。小弟的下体肿得很高，过了一段时间，就像摘了豆儿的荚，再无什么精神，不知是否影响日后的生育能力，简直是要了全家的命。妈妈身体不好，生小弟大出血，不能再生养。

法庭判决对方赔八万块，对方不服，又提起上诉。后他们和家里磨到六万，又不给钱，打算趁天黑一跑了之。

听人报信，爸爸妈妈叫了一帮亲戚，抄菜刀持铁棍，气势汹汹冲去对方的家门。平日素来点头哈腰，给各种老板赔笑脸、求人宽限几天的爸爸，脸憋得像关公，眉毛从脸上飞起来，整个人炸起几倍大，将那小孩的家门用铁棒砸得震天动地，里面的狗叫得声嘶力竭，似要把这多年的气都撒到那家人身上。到群情激奋处，还要打破那家的神龛。那家人报警，警察来是来，可沾亲带故，又讲不动情。

家里蹲了两日，对方才肯松口，举手投降，赶紧赔钱。

日子久了，小弟又常常闹，阿嬷看出缘由，再也不说是脾气大，而是怪妈妈没看好小弟，让他吃了保生大帝的龟粿。妈妈气不过，跟阿嬷大小声，说还不是阿仄（叔叔）一家赶他们走，立刻甩了锅铲带小弟走。

阿嬷呆呆地坐着，对着墙骂，说是夫妻俩造孽不该做生意，追债的追到头上，把小弟吓病了。娜迦站在一边，缩手缩脚地帮阿嬷往碾里浇凉水。

阿嬷会做各种各样的糕和粿。小弟出事以后，她日日都要给神龛和宗祠送糕送糖，雪白的米浆，掺上红糖白糖，做成各色糕粿，一歪一扭挪出门去。儿子给的生活钱几乎都捐给了厝里的公庙。

做这些事情时，阿嬷嘴里念念有词：一枝草，一点露，求观音菩萨保庇我的细囝平安无代志（平安无大事），阿弥陀佛，观世音菩萨保佑。观音塑金身，华美殊胜，衣袂飘飘，善财龙女与善财童子左右侍奉。

没出事前，他们两个小孩在阿嬷家看《西游记》，看到观音菩萨收红孩儿。阿嬷递来西瓜说，你们都要好好拜拜。你看那红孩儿本事再大又怎样？还不是被观音收做善财童子啦！

小弟赶忙大叫道：阿姊！原来善财童子就是红孩儿啦，阿嬷的观音边有红孩儿啦！又跑去门外神龛，装模作样拜上几拜，不知在拜谁。接着小弟又跑回来，一脸快乐地对她嚷：阿姊！龙女长得好像你！那我就是红孩儿啦！原来我们都在观音身边喔！

阿嬷每天都早起，拿晒了太阳的圣水，往观音身上点撒一遍，希望观音显灵，让小弟的病早点好。做这些事的时候，阿嬷从没看过娜迦一眼。娜迦也习惯了沉默，一直帮阿嬷打下手，期望爸妈的生意能早点稳定，快点，快点离开古厝，去城镇读书，远远地离开这漫长的溽暑，听说城里空调很足。高温捂住她的口鼻，她不停地擦滚进眼睛里的汗，想快点做完手中的活计，去食一碗冰。

刚刚聚光灯下，旁边的模特趁着休息夸她的皮肤闪闪发光，浅浅的棕色甚至让光都折射出了奇异的金，问她平时都怎么保养皮肤，连一丝毛孔也没有。娜迦随意答，多运动就好了。闽南的风都可以吹黑人，那时还不懂得擦防晒，日久，自然晒了这样一身铜色。过去的岁月竟然算镀金，好可笑。

手机忽然响起，晚风吹得她一个激灵。她没有看号码，以为是节目组打来叫她去收尾。

"阿姊，是我……"

她猛地把电话摁掉,噩梦方醒。有人从后背拍她一下,她吓得几乎弹起来。"娜迦老师,节目还剩最后一点……"

等到一切终于结束,她已经困过了劲儿,脑子像被裹了一层塑料膜,沉湎在深沉的雾中,难以再应对任何复杂事。手机上弹出一些信息:"阿姊,你现在很火,你一定很害怕大家知道有我这个小弟吧?我也并不是要怎样。最近不太好混,你那边有什么工作吗?只要你肯,我绝对不会惹麻烦。阿姊,你看到了吗?这么久不回家,爸妈和我都很想你。只给你一天时间。看到回复下。"

她知道这一天早晚会来,小弟是苍蝇,嗅到肉就冲来。那么多年,他装疯卖傻和混吃等死,四处混到音信全无。全家人提心吊胆怕警察找上门,看见报纸或网络的命案都吓得好几天睡不着,每次都怕是小弟闯祸。

对方发来最后一条信息:"我很快就能坐车到北京,列车班次发给你了,你看着办。"

陈娜迦眼前一黑。

当夜做梦,又梦见小时的弟,还是那张阴骛的脸,黑白分明的大眼睛和紧抿的嘴唇,穿着洗旧的科比篮球背心和裤衩,全身湿答答地站在河塘边:"阿姊,你为什么要丢下我?"

说着,手指竟长出很多绿水草,远远飞过来,用力地窒住她的脖颈。她瞬间憋醒,发现手摁在胸口,久久不能喘气。还好是梦,可是这个噩梦的成长版,就要到来。

还好，这段时间通告赶完，她可以匀出半天去接小弟。

夏日的北京，湿度竟然赶上了闽南，皮肤上包裹的这份湿度，窗外浓艳刺眼的绿色和暴躁夸张的蝉鸣，又将她带回了那个午后。

那天和杨青桃说到以妖怪入手，她下意识就想到了红孩儿。自从受了刺激，小弟失了魂魄，变得怪里怪气，如红孩儿那样惹人讨厌。后来阿嬷问得紧了，他便砸碎阿嬷侍奉的观音，像红孩儿当年袭击观音菩萨。在家里人看来，简直是大不敬。可是谁也没有怪在她头上，小弟竟然也没有说她什么，甚至装作什么都没有发生。只是从那以后，一切都变了。她从那以后，不许任何人碰她，小弟也不行。以往她很喜欢抱着小弟去各处，似乎从那以后，她再也没有抱过小弟。

地铁里冷气开得很足，好在现在大家都戴口罩，她穿得再普通不过。没人看得出来她是谁，哪怕不远处的综艺小广告的边缘，还闪着她的脸。小弟打来电话，说还有一个多小时到站。她随即挂掉，给对方回复"收到"。

她是那么害怕小弟，连个字也不敢吐。小弟手指放出的水藻，缠得她无法喘息。她更是恨妈，竟把她的联系方式给了小弟。她早就在悄悄寻找另一处住所，想趁小弟不备，以工作的名义，远远逃离。可惜小弟来得太快，她没法迅速脱身，甚至不敢撒谎。真恨自己使不出白骨精的金蝉脱壳计。

穿过一众连锁店的招牌，她在出站口等小弟。过了两股人束，还是没有小弟的影子。她大大松了口气，心想也许小弟只是在耍她，心中的小鼓慢慢弱下来，后背的蚂蚁也归了巢。等到零星几个人，她正转身要走，忽然肩膀被敲了一下，她吃痛转身，撞上了那双黑白分明的大眼睛。这双眼就像蜻蜓的复眼，狠狠瞪她，复眼折射出无数个她，她差点叫出声。

小弟拖着灰蓝色的行李箱，穿着耐克的白色短袖和黑短裤，趿拉着一双拖鞋，个子没怎么变，瘦得像个螺钉，皮肤像在酱油里泡过，呈现出油亮的棕色，像刚从海里打鱼回来，周身还散发着潮湿的腥气。火车上的汗热，人都馊了。

她回过头，面无表情往前走，经过李先生牛肉面、星巴克、麦当劳，留意商店的橱窗反射，看身后的小弟会不会突然掏出什么凶器。她觉得自己神经过敏，又不住害怕，毕竟他经常推搡妈，妈又不敢说。

她把他带到地铁，他才突然开口："怎么？你现在连个车子都没有？"

娜迦的怒气点满："没有，不坐就滚。"

小弟的呼吸加重了，想说什么，又嗫了下嘴唇。上了地铁，他盯着那张海报看，又侧过头盯着她，盯得她有些发毛。她转过头瞪他，又往一边挪了几步。

他凑到她旁边低语:"水渣某哦水渣某(漂亮哦漂亮)。"

她不说话。

他又说:"阿姊,好久不见。"

像是十三岁那年,一家人去派出所接他,他出门就踢飞一块石:"妈你怎么才来,我肚好饿。"

她气得浑身发抖,跟在爸妈身后,想狠拍他的脸,又怕爸妈说她吓飞了小弟的魂。那时阵,小弟已经开始跟网友拉帮结派,年纪小,下手狠,没人管,也抓不住,给人当催债马仔,给人家门泼红油漆,写债鬼上门,得一两百块。冲去网吧,全充了炫舞飞车,跟人斗舞,常常摔坏好几个键盘。爸妈把门锁了,他就喊人拿锤子把窗砸开。

爸妈在家门口放了火盆驱邪,他一脚把火盆踢得老远。院子里阿嫲送来的鸡鸭吓得四处飞,翅膀差点被燎出洞。火盆里的符纸瞬间黑化炭灭。爸妈还是什么都没说,爸爸去收拾,妈妈去炒海鲜。娜迦脸色铁青,一口都没吃。

小弟没吃两筷,就跑去了网吧。他走了很久,妈才在洗碗池边抽噎起来。

下了地铁,她问小弟想吃什么,要不要一起去菜市场看看。小弟点点头,像小时那样乖。她一时有错觉。

放了行李,两人打车去物美挑青菜。小弟把几个货架看了一圈:"北京水果太少,不如我们那里。咱们还在厝里偷过莲雾,你还记得吗,你最爱吃的。"

她冷冷地说:"早就不吃了,快点吧。"

小弟在人参果那里看了半天,最终拿了两个。他坚持要付钱,她冷笑讥他:"还有钱买菜?"

她想好了,妈妈挨打是她一向惯着小弟,她必须每一句都压过小弟,不然小弟真对她动手,她根本打不过。报警又会激化矛盾,不利于事业。她不想三番五次出现在冲浪榜单上,免得别人总说她是靠炒作出位,败坏路人缘。她躲惯了,受够了网暴,不想再惹事。

这是她渴望已久才得来的机会,绝不能让小弟毁了她。

他们付了钱,经过海鲜市场,她问小弟要不要。小弟摆摆手:"算了,这里不便宜。"

她赌气似的装了几斤北美白虾,拎在手上,径直去了收银台。经过酒水柜,她对小弟说:"想喝酒自己拿。"

等她结账,小弟放了几罐燕京啤酒:"我尝尝你们北京的啤酒。"

两人回到小屋,小弟身上的味道更重了。她催促小弟去洗澡,想起小时候她给小弟洗澡。小弟把黄皮鸭子放在嘴里咬,吃了不少泡沫,害得她被阿爸吼。

白灼一盘虾,又炒了两个菜,电饭煲煲了米饭。她给自己倒一小杯白葡萄酒,加了冰块,投屏看《西游记》。小弟穿着背心短裤出来,瞪大了眼睛看她:"看这个干什么?"

她不耐烦地敲筷子:"工作需要。吃完饭你刷碗。"

这集放的是奔波儿灞和灞波儿奔。她觉得这两个名字很适合押韵,心中默数节拍。小弟呆呆地剥虾,看着电视出神。过了一会儿,他说:"阿姊,我觉得我也像孙悟空那样,戴了个紧箍,时常头痛,什么事也做不了。"

她被打断思绪有些不悦,刚想发作,又想起小弟是真的有病,或许她应该听听。小弟穿过束身衣,做过电疗,如果这也算紧箍咒,倒是贴切。她问小弟:"那是什么感觉呢?"

小弟拿眼睛瞥她,喉结上下滑动:"就头痛啊。"

"你进医院穿紧身衣,是不是很痛苦?"

"勒得喘不过来气,胳膊也抬不起来,像鬼压床。"

"既然难受,就控制住自己。"她努力勒住怒马,"打你妈大逆不道,早晚雷公要劈死的。"

"那又不是我,我有时候鬼上身。阿嫲说我是偷吃了保生大帝……"

"你不要跟我在这里搞神神鬼鬼!北京医院很多!"

"那你还看什么《西游记》!"小弟咕哝一句,"咻"地站起身,冲到行李箱前。

娜迦以为小弟要拿箱子砸过来,下意识地弹到厨房边,抄起锅铲看着小弟。

小弟在行李箱里翻找半天,从里面掏出几盒药扔到茶几上:"你妈是不是没有跟你讲我每天都在吃药?"

下一秒，小弟反应过来："你这样子是在干什么？"

她拿着锅铲抱着头，顺势瘫在沙发上，望着窗台上的仙人掌，深深浅浅地喘气。

小弟冷笑几声，就势躺在地上，皮肤擦过瓷砖，水渍声作响。过了很久，地上才嗡嗡传来一句："我该吃药了，不能乱时间。"

"喝酒能吃药吗？"娜迦深深吸了口气，"你骗鬼吧。"

"喝酒没关系，就是会昏头睡到晚上，起来熬夜没什么的。"

娜迦夺过他的药，随即在手机上狂按一气，小弟的身份证号她熟稔于心，很快挂了北大六院和安定医院的号。

地上传来小弟的碎碎念："碳酸锂我一直在吃，一天三片，医生说不能再加了。妈是被我推了一下，不小心撞到门框的。对了，喹硫平还有好几盒，我朋友帮忙拿的……"

她闭上眼睛。幼年的小弟躲在柜里抱着头，闪着极亮的大眼睛："阿姊，有钱乌龟坐大厅，没钱我们躲衣柜哦。"

现在的小弟躺在地上，像条刚被刀拍晕的鱼。

晚上，杨青桃来电话。娜迦有些心烦，说小弟来家里了，还没顾得上想这些。杨青桃在那边叹口气，说时间有点儿紧，有什么灵感，他可以也帮着一起想。

小弟在远处玩游戏，脸上闪着红绿紫的色块，眼睛射出缤纷的光，偶尔骂一两句。此时的他，看起来和正常年轻人无异。

小时候,阿嬷抱着小弟在竹椅子上纳凉,夸阿婴的眼睛比月娘还要光,火金姑看了都羞死,一面嘴里念念有词:"一年仔倥倥,二年仔孙悟空,三年仔吐剑光,四年仔爱膨风,五年仔上帝公,六年仔阎罗王,阎罗王……"

全家所有欢喜只在臭弟一人身上。

杨青桃在那边叫她很多声,她才回过神:"先挂了,我跟你打字细说。"

娜迦不想让小弟知道自己是以他为灵感写的歌。他是一个太过沉重的负担,这么多年来,她还躲在那个衣柜中,阴暗发霉。只有小弟的眼睛闪闪发光,把生命全部输给她的那种发光,让月娘也害怕。她有时梦见自己从柜子里出来,柜子里却空空如也。柜子吃了小弟,或小弟从未存在。

"我有想法了,结合闽南童谣,做首红孩儿的歌。"

"那太好了,一定要比《闽南热天》还要炸!我周四正好去三环的录音室,咱们现场选一些喜欢的 beat?"

娜迦双臂前伸搭在桌上,掐指算算,周三送小弟去医院,周四就要去录音棚试词。她还有几天零碎时间来仔细琢磨红孩儿和小弟。她已经想好要以闽南童谣作为 intro(引子)和 outro(尾声),用阿卡贝拉的方式呈现,进歌的时候不要太急,不赶拍子。

快递到了,她消毒后拆了包装,是中华书局的典藏版《西游记》,杨青桃推荐的黄周星定本西游证道书。

杨青桃说他更想带给听众的是一种绝妙的氛围，似在云中，又在雾里，腾云驾雾，眼花雀乱。说唱不只是攻击与愤怒，写出好的歌词和钩子一样重要，跳出情绪的叙事说唱更加恐怖。

杨青桃说完就出门跑步，他说坚持锻炼身体对维持气口儿很重要，也可以保证快嘴的时候口齿伶俐，不至于让观众要看字幕才能听得懂。杨青桃对于自己的咬字要求很严，他不喜欢自己的表达带太多北京滑音。

圣婴大王红孩儿——娜迦看到红孩儿的名号，玩味地想，"圣婴大王"和"巨婴大王"都令人头疼。她拿手指弯成望远镜，窥了眼小弟。

不如让杨青桃以孙悟空的形象介入到这首歌中，说一些接地气的浑话："你既是好人家儿女，怎么这等骨头轻？""我儿呵，你弄甚么重身法压我老爷哩！""想我老孙五百年前，曾与牛魔王结七兄弟。这妖精是他的儿子，若论起来，还该叫我老叔哩。"

不知何时，小弟已经站在了门边，灼灼地盯着她。娜迦看他一眼，视线又飘回草稿纸上的涂鸦。红孩儿比小弟的本事大，小弟是古厝里的红孩儿。古厝里有个弟就够受的了。

小弟问她："你最近在做什么？有什么工可以让我做？"

"你除了会混还会做什么？"娜迦冷笑，"如果让别人知道我有个这样的小弟，我还怎么混？"

"你不说，谁会知道？"小弟伸出手来，"要么你给我一笔钱，我自己去想办法。"

"我看你是真疯了，现在工作这么难找，你有案底有病史还会打人，谁要你真他娘的鬼遮眼。"一看见小弟那无辜作态，她就想起妈那乌青的眼。

小弟占尽热爱又不成器，别人穿金戴银，我只能穿莆田。小弟发疯起来，咱厝全知道，都说他是邪魔附体。爸妈溺爱他，进出医院十几次，生意败了再换一家做，热炉添炭，着力紧败。这样，小弟的病总是反复，总也治不好，回家总跑出去，不然就把家里翻个底朝天。

阿嬷还是照常在家庙和公庙里拜，说小弟不发作的时候是天使，发作的时候是天神荡罪。可小弟再也没看过阿嬷一眼，连古厝也不再回去。

阿嬷搭着进城卖西瓜的三轮电动车，带着大包小包的吃食，顶着逐渐升起的日头，和西瓜们一起摇摇晃晃地寻到镇上，再转车去他们家。每次上门，婆媳都会吵一架。再后来，阿嬷生了癌，走不动。臭弟只去医院晃几下，又不知道跑到哪里去。阿嬷最疼的阿婴，也没能在她床边。

阿嬷紧拖着爸的手说些天公疼憨人的安慰，又拉着娜迦让她帮小弟渡难关，说小弟最听阿姊话，只有她能拉小弟一把。可她给小弟发的消息、打的电话都石沉大海。从那时日起，她彻底对小弟心死。

日头一天天从东到西，爸妈从最初的绝望过渡到窃喜，还好小弟没有沾上毒品和赌博，否则早就衰到贴地，一家落土。而她十七岁职高毕业，学了美容美发，去一家台湾人开的理发店里实习，手日夜浸泡在药水中，烧得脱皮。

那年，Eminem（埃米纳姆）和 Rihanna（蕾哈娜）合作的一首歌火遍大街小巷。很多人都爱听蕾哈娜唱的副歌，娜迦只觉得埃米纳姆的吐字惊为天人。在此之前，她只知道周杰伦、陈奕迅和林肯公园。她有空就插着耳机听这首歌，在网上四处搜寻组织，认识了很多年轻的说唱歌手，知道了东海岸、西海岸、Old School、New School、Trap、2Pac、Biggie、Nas、Wu Tang、Jay Z……走在路上就听 2Pac 吟诗，琢磨他的技术和吐词方式。她每天下笔写词，却发现匪帮说唱中那种愤怒她无法抽出，她只有热天的白昼，出门黏在身上的潮湿。那种潮湿从皮肤撕拉出来，撕出来透明的一个小弟。她只能不断延续在初中的习惯，不断读诗词和小说，解决心中的慌乱和词汇的空旷。

正好小姐妹要来北京见网友，两人一起，坐上了去北京的绿皮火车。整顿好行李，落了一身的汗，看着站牌上那三个字逐渐远去，终于可以告别这热天。这场告别用了这多年。她在心中播种，默默攒钱，终于长出藤蔓。她顺着藤蔓爬出厝边头尾，甩掉湿漉漉的闽南。

多年来，通过妈妈的无数电话，她成了小弟的不在场证人，小弟害妈的，再双倍给她。爸妈坚信小弟会越来越好。这几年,小弟跑回家的次数越来越频繁。抑郁发作时,小弟看起来像个正常人,瘫在家里,几日不起床。妈中午开电动回家,带餐厅的沙茶面给他吃。就算这样,爸妈也很满足。

小弟把门打得嘭嘭响。她吓了一跳,回过神,对他嚷:"再敲给林北歹歹去边透(再敲给老子滚一边去)。"

"我跟你说了好久的话,你一点反应都没有,到底谁鬼遮眼?"小弟看上去很平静。

"没有工作给你,我这里钱也不多。不过你帮我一个忙,我自然会给你钱。"娜迦拿笔敲着纸,"我想问你,你控制不住的时候是什么感觉?"

澄净的一片海,翻着波光粼粼的金。我的内心很平静。我是神的凡间体,只有神才可以支配一切,谁都不能阻拦。一切人在我眼中退到像蚂蚁那么大,根本不了解我这种幸福,可以凌驾万物,我踏裂一片高楼,城市在我脚下如尘埃般逝去。这种掌控广袤的快感和爆裂的预约比任何肉体的高潮更甚。不知道这样对阿姊说,她会不会觉得我是变态。那种奔涌激烈的感情,我不知道怎么说,好像是心中有片大海,我恨不得剖开我的胸口,让那片大海倾泻而出。小时候看武侠片或者奥特曼,我喜欢对着墙壁或者柱子打拳,似乎可以运出我的拔鼎之力。如果不用力,全身都像有虫在爬。邻居在电视上看了,跟爸讲我是多动症,让我爸妈带我去厦门的大医院看，不然会很影响学习。爸妈忙于生意，四处缝补都来不及，哪顾得上我俩呢。

阿嬷那边还有阿仄一家要照顾，追债的人有时上了阿嬷家，阿仄先是拿着棍子隔着门骂，再转过头跟爸打电话，经常爆粗口。总之，他是不想我们借住在阿嬷那里。到了暑假，我们就只能待在自己家。而那些追债的人，自然是不肯放过我们的。千两银毋值一个亲生囝，多吓几次小孩，爸妈自然就会快快还钱。

每次我们看电视一到兴头，要债的人便循声而至。阿姊拖着我躲进衣柜，那种热气让我窒息，我不断在里面站起又蹲下，闹着要出去。阿姊便给我剥花生和瓜子，最久的一次，我们在里面待了两个钟，我在柜子里昏昏沉沉睡去。我害怕门外的人，也不想躲进衣柜。闷热，窒息，还有阿姊和我的汗味。我的胸口像是被插了把刀，又好像这把刀从我胸口破土而出。如果有什么神明鬼怪，一定是那阵在我身上落了根。那些潮气在我的皮肤下扎根，悄悄地潜入我的骨髓，日夜撕咬我，我的身体里拧出一团粗麻。他们将线头留在了我脑子里，日日夜夜在头里搔我，告诉我，有朝一日，会将我点燃。

我们的古厝靠海，我总想去海边或者水池。我爱水浸我身,可家里看我很紧,就这一个囝仔,出了事会毁了全家。算命的说我命里火太多，缺水，家里怕我贪水，给我起名叫力源。可阿姊不怕，她从小就比我胆大。每次等那些人走以后，她都要带我去戏水。有时从海边带沙回来，会被爸妈发现，我们只能穿拖鞋去几里地以外的水塘。

那里的蜻蜓真的是世界最漂亮，还有头顶蓝绿相间的美丽蜂虎，天气越热，那些蜂虎飞得越欢快，它们飞快俯冲下来，一瞬，就将正在交尾的蜻蜓衔进口中，又急速冲向电线杆。小时候我的视力很好，能清楚地看见蜂虎胸前的羽毛，黑色的过眼纹下，灵活的红棕色眼珠中，能瞟见远处波光粼粼的大海。

那日，阿姊带我去捉蜻蜓，我正得意扑到最漂亮的那只，把在手中赏玩。阿姊忽然在我身后大叫，我一回头，鱼塘的看守阿伯那头老猪哥，正把阿姊往一边的野树丛里拖。正值午后，大家多在午睡，没有任何人注意到这边的河塘。我跑不快，根本来不及。我大声叫："阿姊！""阿姊！""阿嬷啊！阿姊啊！"

树丛在摇动，阿姊的声音越来越小。我扔掉蜻蜓，捡起几块石头冲进树丛，用力地掷向那人的头。那人被我砸得头破血流，吃痛转过身，光屁股站起来，一把抓住我拎到水塘边，把我扔了下去。

我曾经那么渴望能拥有一只栗喉蜂虎，将它紧紧地攥在手里，用嘴吸吮它的喙，在口腔中感受它柔软轻盈的羽毛，然后一口吞进肚中。我的皮肤逐渐纤维化，变得透明，生出绿色的覆羽，眼底更加清灵，能看见每一只蜻蜓的翅痣，可以迅速扎进水塘，捕捉正在点水的蜻蜓。我甚至能感觉到它那双复眼中的惊愕，那有两万双瞳孔的复眼，无一不惊异于我从小男孩儿变成蜂虎的飞行轨迹，它能准确而敏锐地捕捉到每一丝空气的颤动，却无法躲开我的致命捕捉。我甚至能感觉到我的嘴里塞入它精美透明的翅膀，折断的清脆声正如玻璃海苔，我衔住它的肉身，满意地准备飞回。

我听到了阿姊的哭叫，我才发现水浸没了头顶。我看见了一只巨脉蜻蜓——很多年后我才知道那是巨脉蜻蜓，生活在三亿年前的石炭纪，翅膀展开有七十五厘米，是世界上已知出现过的最大的蜻蜓。这些都是我在网吧搜的。那只巨大的蜻蜓，正划翅破浪而来，它的复眼有阿姊的头那么大，它的咀嚼型口器钳住了我的头，将那团乱麻从我的腔里抽出来，不断抽走我的一切，我的内部空了，被全部吸光，变得像水流一样冰凉而平静。我和池塘中的水体同化了。我变成漂浮的一颗卵。

醒来已是几天后，我浑身酸痛，听爸爸在门外大声咒阿姊，说师公反复交代不要让我去水边，她还要带我去水边乱乱蛇[1]，就是想害死我。

可能阿姊都不记得这些了。我起先只知道他欺负阿姊，并不懂到底发生了什么。家里人报了警，把那头猪推我下水的事闹到了派出所，但阿姊的事，他们选择瞒下来，怕

---

[1] 乱乱蛇：福建方言，到处乱逛的意思。

阿姊以后嫁不出去。光杀人未遂这一条就可以送他去坐监。但乡下人十嘴九尻川[1]，流言蜚语很快传开来。那个暑假，阿姊几乎一直卧在床上，蒙着被子，我怎么逗她，她也不笑。遇到人来，我只能自己躲进柜里，怎么推阿姊，她也一动不动。

到了夜里，我总是做噩梦，醒来有时看见阿姊在窗边走来走去，头发疯长，背对着我，像个女鬼。漫长的病假结束，爸妈借钱，把我送去厦门一个全托的学前班，而阿姊被送到了远房一户亲戚家，转去了厦门的外来务工子女学校。只有过年或是佛生日，我们才会回到古厝。不知为什么，阿姊离我越来越远，眼睛里生满了毒刺，看我一眼，我浑身发疼。无论我怎么讨好她，剥花生和瓜子给她吃，她都会躲开我。我体内的那团麻不断扎我，扎得五脏六腑发疼发痒，好像菩萨上身。我没办法控制自己的愤怒，在汉语拼音听写时，我总会用橡皮把纸搓个大洞。我一直不明白，为什么阿姊会那样恨我，为什么她拒绝和我拥抱。那天之后，阿姊彻底将我关在了门外。

一日，同学笑嘻嘻地羞辱我："听说你阿姊脱光光去救你喔？秋秋累！（羞羞脸）"周围的小孩哄堂大笑。像是被一口钟压成了肉泥，他的声音在钟内无限扩大。那些笑声都变成了鼓励，几乎要震碎我的头盖骨。插在我心里

---

[1] 十嘴九尻川：闽南谚语，形容人多口杂。

的刀破土而出，我拿着铅笔扎他的眼睛，他捂着眼睛反击，狠狠踢到了我的胯下。

剧烈的痛让我无法呼吸，我突然就看清了，一年多以前，在水里见到的巨脉蜻蜓，是我的阿姊。原来那蜻蜓的复眼，真的是阿姊的头。

阿姊救回的是我的身，可是属于我灵魂的一部分却永坠池中。我的学习越来越烂，我恨我周围的每一个人，我甚至恨我的爸爸妈妈，为什么没能保护好我和阿姊。他们让阿姊独自负担了这么多，让阿姊也恨我。

无数次，我一入睡，都梦见阿姊躲在柜子里，长长的头发遮住脸庞，不断地给我剥着花生和瓜子，剥到指甲破裂，血流如注，染红了花生和瓜子组成的大山。我拼命叫阿姊别剥了，她头也不抬，什么也听不见。在梦里，她也始终未看我一眼。

"你走以后，我去厦门海边玩过，不过厦门水不好看，泡着也没意思……"

"海……水……红孩儿的三昧真火，正是被观音菩萨用南海的水给熄灭的。"娜迦短暂忘记了小弟的事，完全浸入创作，为什么小弟说得如此精准，好像是真的红孩儿出现在眼前，让她感到恐怖。内心的茧被什么东西啮破，几乎要将她吸入那黑洞，经历那缓慢的粉碎。为了抑制这痛苦，或是被吞没，她飞速拿起笔写下歌词。

这种感觉就像有爱情喜剧里加了一帧恐怖镜头。人眼无法捕捉到这种帧数的异常，只会感觉到好像有一幕奇怪的东西闪过，意识并不能确认那是什么，潜意识却早已敏锐捕捉到，并将电信号传入大脑，引起了肌体的莫名冷战。

水与火，共工与祝融，哪吒和龙王三太子，红孩儿和南海观音，水与火的两种图腾代表，也许是人体的邪气和愤怒，喷火太旺而烧尽人心，无法控制住便需要水来收。这火焰燃尽后又是什么。娜迦又问："你每次发作后，有什么感觉吗？"

"就像刚打完一场拳，全身轻松。"

"你不后悔伤害别人？"娜迦捏紧了笔。

小弟说："哪里有那么多后悔，做都做了。"

娜迦冷笑，安慰自己无挂碍故，无生恐怖。

周三，去了医院，医生建议小弟还是按照计量吃药，并叮嘱娜迦做好监督。小弟坐在桌子前，腿大大咧咧地分开。医生看了看满头乱发的娜迦："病人嘛，需要长期服用药物，只需维持精神稳定就可以。家属要实在压力大的话，也可以去做几个量表。"

很快下一位。娜迦和小弟走出诊室。门外的走廊里坐着很多衣着光鲜的年轻人。他们在其中，看起来再普通不过。在这个精神病人都因人口巨大而比例更多的超级都市，小小一个臭弟，又算什么。或许我那隔壁的邻居，也觉得我每天的念词是发疯。小弟在我身边,仍是一个定时炸弹。可惜爸妈受过的苦,注定要渡到我身上。

走出医院,外面的绿树叶都被光打得颤滚,北方高大的白杨树,叶片像打了蜡,高温让扰流变得明显,可是有的树叶还是过早地下落了。人只有一条路,那就是向前走。还是要做事情,只有做事情才能抵挡一切未知的恐惧。未成名时,总想着成名之后的各种造型,现在的娜迦总会在做造型时睡着,手里还攥着各种台词。

回到家中,她塞给小弟半个西瓜,给他打了一些钱,叮嘱他好好吃药,继续去忙。小弟在她身边也好,起码不会出去惹事。

写的词删了改,改了删。中途听了一些摇滚乐,愈发觉得头痛,吃了布洛芬,压不下去。小姐妹推荐了卖红参口服液的厂家,她又让小弟去便利店买些红牛和力保健,小弟回到家,还带了两杯绿豆冰沙。

陈力源杀完最后一局,抬头一看,阿姊的屋门似乎还透出亮光。他悄悄推开门,看到桌上有一杯未喝完的冰沙水,而阿姊已经歪在靠枕面包上睡去了。他把阿姊散乱的金发从脸颊边拨开,看着那淡淡的眉毛,大而深的眼窝,平缓起伏的鼻梁和微厚的嘴唇,不施粉黛,还是记忆中阿姊的模样。他松口气。

那些短视频和海报里的人看起来艳光四射,他们把阿姊画得像盘丝洞的妖精。金发被卷成大波浪，眉毛被勾勒得很弯，半扇墨绿的金属眼影，横扫出一片孤寂冷侘，戴了深绿色美瞳，猩红的上唇翘着，露出不可一世的笑容，俯瞰着众人，仿佛全世界都在她的麾下。和出事后剃了短发，在人群中总是缩头含胸，戴着鸭舌帽和耳机的阿姊全然不同，和此时在靠枕面包上熟睡的阿姊也毫不相同。她似乎要把古厝的那个女孩从身体里永远撕出去。

他用手摸了摸阿姊的脸，如同摸到水流那样软，被空调吹得又有些冰。她没有醒，只是皱了皱眉。他低下头，像小时候那样，亲了亲阿姊的脸颊。接着再用手指去探，还是那么软，那么冰，丝毫没有因他滚烫的嘴唇而升温。他把她抱到床上，关了空调，盖上被子。五岁之前，阿姊抱住他，给他念从阿嬷那里学来的闽南童谣。有时他要抓住阿姊的胳膊，阿姊总嫌热，必把他的手捏起来，放回他自己身上。

娜迦梦见了幼时古厝的那片山野，不知道为何，那片山野中层层叠叠冒出许多空中的楼梯。楼梯呈蛹形，不断变幻上下的方向，而她攀住一根梯子，不断从底层的污泥处往上爬。身后的旷野中，有什么东西在隐隐约约逼近。这让她感到恐惧，她不断地往上爬，想逃出这漫山遍野的绿色。周身好似裹满了泥浆与水汽，越来越难以呼吸，想要将她从天梯上摇下来。正在爬着，她蓦地惊醒，睁眼感觉有人在身边呼吸。

一转头，小弟在床的另一端，空调被关了，挤得她浑身都是汗。她翻了个白眼，摸来遥控器打开空调，又拿了凉毯来给他盖好。

窗外的月娘竟这样光，白惨惨的打得人心透亮，她觉得整个胸膛都被照得很满。多年荒唐，小弟显得比她更老，甚至过早地有了抬头纹，细看，满脸密布着晒斑。他的睫毛在睡梦中抖动，闭着的眼睛在骨碌骨碌地转。她坐在床边，想起小弟小时的睡脸，那时阿嬷夸小弟是菩萨送来的团仔，真古锥呀真缘投（真可爱真好看）。如果将过去看成许多盘磁带，而小弟这一盘，她可以选择听或不听。如果我将那一盘有病的磁带永久销毁，就这样一直过，不知可否？

她想起明天要赶的通告，看看手机，凌晨四点多，准备起身去做事。刚挪动，就被小弟抓住了手腕。小弟的手掌提醒她，小弟不再是那个有着小肉手的团仔了，而是个成年男子了。

她无奈地说："去做工。"

小弟迷迷糊糊："阿姊不要丢下我。"

她只好坐在床上刷微博，脸被打出不同的光斑色块。小弟也慢慢坐起身，月光下，眯着大眼睛，眼袋鼓出，迷蒙地看着窗外的月影，月娘在他眼中凝成两个小点。

他喉结滚了几下："阿姊，你有过男朋友吗？"

"问这个干什么?"

"……你会不会被迫要做一些事……"他松开她的手腕,盘起自己的腿。

她感觉小弟的眼睛像钻出一万只火金姑,来咬她的肉。

"人变成什么样子,都是自己选择的结果。"娜迦倚着窗台,"人要是想烂,会一直烂下去。"

其实她很想跟小弟讲,刚来北京那阵,晚上十二点和小姐妹结伴从理发店离开,沿途碰到持刀抢劫,俩人的手机和钱都没了。俩人去隔一条街的派出所报案。回家已经是两点多,倒头就睡。第二天还要早起去店里排队,等着店长复盘训话。她发誓凑够钱买部新手机,立刻辞掉这份工,去找音乐相关的工作。

同好给她介绍了个小厂牌的制作人,那制作人看她漂亮,唱得还可以,说给她介绍团队,慢慢混起来。那人不让她再去理发店上班,而是让她多混混圈子,人脉才会起来。她听一帮人坐在沙发上吞云吐雾,喝洋酒吹牛,只能自己悄悄塞一只耳机,藏在头发后面悄悄听歌。

这些局里,偶尔会有一个叫 NeZha 李的说唱歌手出现,他戴着眼镜,皱紧眉头,只叫一杯星巴克,抱着一个笔记本在角落里调音乐工程。他会玩一些很新的东西,比如把民乐和军鼓融在一起,敲进副歌打底。她有时会向他去讨教,他跟她讨论一些欧美说唱歌手的音乐技巧和各种乐器的音色和应用,说起这些技术性问题简直停不下来。他说比起当歌手，他更想做制作人。她也开始学习，知道了音乐可以像方程式那样进行计算和铺垫，通过数学计算来编曲，十分有趣。两人合作，出了几首有意思的小曲，远在"地摊公主"的头衔到来之前。

这些小弟永远不会知道。

她挨个回复完信息，头靠着面包靠枕，等着天空像Coldplay的"Yellow"（酷玩乐队的《黄色》）那样逐渐亮起来，小弟不知何时又昏睡过去。她一瞬间想和小弟互换。

赶到三环那间录音室，美猴王压着鸭舌帽走进来，头发剃得很短，录音室里的人都停下了动作。娜迦在试那段总在卡壳的三押，脑中不断回旋汤显祖那句"不妨拗折天下人嗓子"，怎么也找不到感觉。她放下试词，金发散落在手边，夜晚下肚的鸭血粉丝汤，残余的白胡椒面在喉头发起来，汗滴到下巴。

杨青桃站在玻璃外，和录音师聊天。看她有些局促，就说："你可以先用闽南话找找感觉，普通话也许没有你说方言有感觉。"

她笑笑，声音拍在录音室的墙上："你又不是闽南人，又如何定义闽南唇。"她在有响棒和沙锤的前奏中念完那段民谣，感觉很好。前奏用一种极空灵的鼓引进，在心腔轻轻地锤。重新回到广袤的榕树下，冰凉的老石板路，滚烫的脚板贴到石壁。韵律像池塘，她也如藻花。

接着，杨青桃和她一起选了一些曲子，仔细琢磨其中的节奏和鼓点，想着用怎样的词组、呼吸和押韵来配合。杨青桃更想从中得到惊喜，闽南的民谣之于北方，有着更多神秘与陌生。最终，他们选了一首西域风格的伴奏，不仅可以织造出变幻的韵唱，还可以有更多"加肉"的空间。杨青桃刚录完一首《避水金晶兽》，他说这首受她的启发，觉得从妖魔鬼怪入手不错。

时间已晚，打车回大兴太远又不安全。她在城里这几天都有录制，杨青桃的家在附近的老小区，问她要不要暂住一下。她有些愕然："这样合适吗？"

"我离婚都三年了。"杨青桃皱皱眉，"我不喜欢跟我的合作伙伴搞什么花边新闻，纯属有病。"

杨青桃还跟她解释，如果一个人要打美猴王的人设，至少在做专辑的这段时间里，要保持童心本源。至少要进入西天取经，要有玄奘那般心无旁骛的心境，不要被外界声色所诱惑。

她说他入戏太深。杨青桃连忙双手合十："阿弥陀佛。"

娜迦看着街口那间黑灯的麦当劳，不得已打消了夜宿麦当劳的念头。过去还有很多快餐店可以坐一夜，一些流浪汉会帮麦当劳收拾桌子，来换在里面坐一坐。最近几年，很多二十四小时的店都关门了。她哼着流行歌,压低帽檐。她跟着他上了老破小的楼梯，隔着薄薄的门板，还能听见楼里起夜老人的咳嗽声。

直到杨青桃打开家门开了灯,她才发现,和那陈旧楼道不同,他的房子宽阔明亮,橡木色的地板上,巨大的羊毛地毯摊在地上一如化开的奶油,地毯侧面是一排通顶的透明手办柜,里面摆着造型各异的动漫角色,旁边是一个立体的生态循环缸。他邀请她进门,在手边扶椅上换了鞋,招呼她早些休息。她坐在豆包沙发上,看见一整面光洁的电影幕布和圆盘形的 B&O A9 音响,看起来像是家中支起了外星信号接收器。

她知道 A9 这款音响,他们平时开玩笑都叫它大铁锅。她歪着头半躺在豆包沙发上散神,忽然看见小弟带着彩色塑料耳机,坐在火车上闷闷听音乐。她的心像是被装进了大铁锅里翻炒。小弟的最后一条消息是"阿姊你早点回家"。不知多少年未回闽南,当地的比赛也不敢参加,过年都推说工作忙,和同样不愿回家的朋友一同 K 歌喝酒。偶尔去南方商演或者活动,最南也不过江浙沪。

躺在客房,深蓝色的床,进入未知的海洋,水母的身体闪烁着星光,窗外起风了。一个人在北京,能睡在这样安逸的房中,当然有心情读《西游记》。

闹铃响起,她迷迷糊糊摁掉,又挣扎起来看消息和工作,准备洗漱出门。杨青桃在茶几上摆了早点,他在幕布上放了一早的球赛,说以前熬夜做歌,有时候累得睡不着,看看夜里的比赛,很快就能入睡。醒来以后,球赛刚好播到集锦或早间体育新闻,觉得自己并不孤独。

杨青桃吃完葱花油条，喝了两口豆浆，去厨房冲了两杯咖啡。两人看着球赛，在屏幕的亮光处，看见上浮的空气不断荡漾，扭出各式各样的轮廓，似乎已经相识了一辈子。

被迫按下的静止键里，她得到了一分钟的舒缓。有那么一分钟，她能在回忆的暗盒里，不去想小弟这根刺，或是那个暗盒忽然张开一道缝，射出许多光。

很快，手机铃声响起，不是甲方，竟是小弟。"你在哪里，怎么没回家？"

"我有个小节目要录制，这几天都不回家，在外面住。你照顾好自己。"

"哦——"电话那头传来一声长叹，"你是不是在躲我？"

"没事先挂了。"她挂了电话。

又是一个禁区内的射门，没成功，左边锋抱憾。杨青桃拍了下大腿："是你弟弟？"

"我不想他问太多。"她挥挥手，拿出了歌词。"大铁锅"放着选好的 beat，她和杨青桃在客厅中对了对词。

《三昧真火》

Intro（引子）闽南童谣：

一年仔俇俇，二年仔孙悟空，三年仔吐剑光，四年仔爱膨风，五年仔上帝公，六年仔阎罗王，阎罗王……

Verse 陈：

看，从吐鲁番烧起八百里火焰一直刮到闽南

他生来体内便有三昧真火烧到东海也无法平静

铁扇公主太过宠他甚至无视他所带来的灾难

无数次轻飘飘对土地公说一句保佑我团平安

圣婴大王喝酒打牌讨债上门爸妈寝食难安

眼看他将古厝土地内的无数生灵骨髓吸干

Bridge（主歌到副歌的过渡衔接）杨：

你这小畜生，不识高低！看棍！

Brigde 童音啸叫：

泼猢狲，不达时务！看枪！

Hook 杨：

混世的圣婴大王，嗡嘛呢叭咪吽

混世的圣婴大王，嗡嘛呢叭咪吽

Chorus（副歌）陈：

莲花座，降魔杵，步步拜去珞珈山，解得我苦

杨柳枝，一点露，泼过这三昧真火，终得极乐

Verse 陈：

总是逃避四处祈求哪个神明会发慈悲显灵

看业火烧干他青春我在深渊内默念手足情

惨绿的盛夏我在咱厝里看遍山烧出的红云

无可奈何我背井离乡去冰天雪地躲避瘟神

雍和宫的佛与菩萨能否助保生大帝一臂之力

山河湖泊四海龙王日夜雷电可否驱得煞气

南海也好东海也好只求菩萨借一点甘露吧

Bridge 杨：

妖精！你如今赶至南海观音菩萨处，怎么还不回去？

Bridge 童音啸叫：

咄！你是孙行者请来的救兵么？你是孙行者请来的救兵么？

Hook 杨：

混世的圣婴大王，唵嘛呢叭咪吽

混世的圣婴大王，唵嘛呢叭咪吽

Chorus 陈：

莲花座，降魔杵，步步拜去珞珈山，解得我苦

杨柳枝，一点露，泼过这三昧真火，终得极乐

Outro（结尾）闽南童谣：

一年仔悾悾，二年仔孙悟空，三年仔吐剑光，四年仔

爱膨风，五年仔上帝公，六年仔阎罗王，阎罗王……

"成了。"杨青桃弹一下稿子，"这歌儿绝对炸，等你结束这两天的活儿，咱们就去录。"

她也从密不透风的罩子中撕了口空气，转身歪到沙发上，问他有没有可以录视频的地方，她需要录个线上节目，需要好一些的麦克风和录音设备。杨青桃很快将书房收拾干净，给她装好了设备。

终于录完一期节目，已经接近下午三点，她刚假笑着退出会议，就接到了小弟的电话："阿姊你到底在哪？你是不是故意要甩掉我？"

受不住这样黏腻的小弟，恨不得躲到爪哇国去。新歌的顺利也无法冲淡她这种沮丧，一股闷腥的感觉涌在喉头。

她喝口水，把那股邪火强压下去："我在录节目，至少要几天才能回家。你今天吃药了没？小心我给你妈打电话，把你抓回家。"

"你妈能管我的话，干吗还叫我来找你？"小弟又变得黏糊，"总之你快点回家，我一个人待着没意思。"

她敷衍着挂了电话，门外就响起了敲门声。

杨青桃问："垫点儿东西吗？下午三点了，晚上再出去吃点好的吧。"

她跟着他去了厨房，看见挂面，不由摇头。刚来北京那时阵，泡面还算贵，为了省钱吃盐水挂面，彻底吃到伤。

她问有没有云吞之类的速食，他说冰箱还有速冻饺子。打开冷藏室，那根光杆司令胡萝卜分外惹眼。

她问他是不是不怎么在家吃，冰箱里唯一的绿色怎么都是些无精打采的芹菜。杨青桃苦笑："都怪我，经常在外面跑来跑去。不过我囤了好多碳水，足够我坐吃山空了，是不是有点像玉帝降罪的那个米山和面山。"

接着他拉开储物柜，满满一柜的泡面、挂面、荞麦面和意大利面，还有各种酱料和调料包。看见娜迦苦笑，杨青桃又安慰道："没关系，鸡蛋也会有的，蔬菜包也会有。"

娜迦摇摇头，她冲了点麦片。

麦片、薯条和汉堡包，快速果腹为这快节奏，午夜那快餐店的金字招牌，工事繁忙总让我徘徊。娜迦想起一个老掉牙的问题："喂，你觉得说唱对你来说意味着什么？"

杨青桃靠在沙发上，拨弄着一把小尤克里里，即兴颂念："是火焰山的芭蕉，是蟠桃盛宴的佳肴，是炼丹炉的巽位，是取经路上的魑魅。有时候舞台上看起来很辉煌，可缝纫的每一刻都感觉那万千奔腾的雄心，都要靠那些深山鬼岭里的魑魅魍魉来磨。直到把雄心那方宝剑都磨得看不清剑身，被岁月斩得斑驳，过后又自我腹诽，觉得自己在创世纪的同时又觉得生命毫无意义。为什么要穿这层美猴王的画皮？恐怕是因为我属猴儿，很小就将孙悟空当成偶像，总觉得背靠着那一座与天同寿、长生不老的大山，就觉得自己有无穷无尽的力量。"

娜迦歪着头，说："而我只想远远地离开闽南，永远不再回去。"

"离开家这么久，家里人不会想你吗？"

"如果你的家就在你身上，而你想远离的那个人就像水蛭那样甩不掉，何谈想不想。"

"闽南有很多榕树，枝干落地生根，是不是像你说的那种家庭关系一样，彼此连接紧密，怎么也无法挣脱，牢牢地系于那棵老树，一代一代缓慢又强韧地生长下去？"

"如果有选择，我只想做一株南洋杉，我受够了榕树那种盘根错节的家庭关系。"

"嗯，我能懂。我想做芒果树，我爱吃芒果。"

"芒果是我们那边用来吸尾气的。"

"你说的是'我们那边'。"

"也许短期内很难逃离这种话语圈套，就像我们的口音、家乡景色和固定用语。"

在两人都空闲的时刻，杨青桃带她看电影《新神榜·哪吒重生》。电影中的哪吒转世李云祥正在孙悟空的指导下进行内火外导。"说来也很巧，哪吒和红孩儿都是用的三昧真火，他们在修得正果前，性格都相当偏执。哪吒的元神，自古都被称作杀神，但现实中咱们的 NeZha 李应该还行，我看他人还比较温和。"

娜迦点点头："他是我好朋友，一直帮我做歌。他不是武汉人嘛，又在'武昌鱼'厂牌。才饮长江水，又食武昌鱼的，自然水克火哈哈哈。"

于是，他们共同决定让 NeZha 李来制作这首歌。

后两天，她要在城里参加一个语言类的综艺节目，便借住在杨青桃家，在客厅背词。现在这种语言类节目繁多，不是唱歌就是演话剧，还要跨界碰出所谓的火花。她总怕做不好，看着节目组给的台本反复练习。小弟不停地给她打视频，她看见小弟窝在床脚一团，黑黢黢的，只看见两只阴暗中闪光的大眼，真想喊他起来做事。

小弟总是问她些怪话，什么北京哪里有河可以摸鱼抓虾，想去秦皇岛看大海，问她在哪个录音棚见什么明星，他想去闲鱼上兜售签名。又说他买了体育彩票，中了一笔大奖，可以载她下五洋捉鳖。她都只听几句，让他自己做点饭吃，不要打扰她。

不胜其烦，她将小弟的来电设为静音，打算等节目结束后再说。

"我们本该共同行走，去寻找光明，可你却把我，留给了黑暗。"娜迦正在读这句话，忽看见指间有雾气冒出，结成青紫色的薄雾，笼住她全身。一股辛辣的刺激包裹知觉，让她几乎不能呼吸。好在，杨青桃走过来，问她要吃什么，那股白日梦魇才慢慢散去。她看见杨青桃的嘴一张一合，耳朵里却什么也听不清。她拿着台词摇了摇头，心跳却越来越剧烈，可能太累了。想要看看几点，却发现手机已经关机。

她觉得纳闷。等充好电才发现,手机里是铺天盖地的未接来电。

邻居家燃气爆炸。小弟刚好在屋里。

爸妈从厦门赶过来,两个黑黑瘦瘦的人,被泪水浸得皱皱巴巴。她站在病房门外,墙角两边都长满了家属,像建筑边的野草,东倒西歪地立在墙边,等着抢救结果通知。医院的冷气被沸腾的眼泪蒸干,护士提示多次保持安静,暗涌的呜咽凝聚成一座九层妖塔。嘈杂,炎热,眩晕,人肉相贴。她压低帽檐,遁入虚空。干枯的爸妈相互搀扶。爸捂住眼睛,粗大的骨节,指缝稀疏变形,枯枯巴巴地呻吟。妈向娜迦投来祈求的目光,娜迦则一直盯墙壁或是看手机。大家都戴着口罩,没人能认出她。很多人摘了口罩靠着墙涕泗横流,她才感觉到,自己的口罩是干的。她尚未从那些电话的余震中缓过来,甚至怀疑这是不是一场提前预谋的真人秀。她悄悄转头,企图从这些变形的、湿漉漉的脸庞中找出一个黑洞洞的镜头。没有。她开始商量人生这场大型演出,到底何时可以谢幕。她不愿意面对如此逼真的事。

昨天得知消息,她才感受到剧本结尾那通天的巨雷,正将自己贯穿劈碎。她刚崭露头角的事业,又像席卷而来的泡沫,在乌黑的岸边,喑声破灭。在父母的声声责问中,她开始怀疑自己随身携带着什么鬼怪,让小弟一次次替她挡了灾。

她捶半天胸口,憋出一声尖叫,瘫软在地。听到响动,杨青桃戴着麦从卧室里冲出来,不断拍她后背,试图把她扶到沙发上。平素精于锻炼的杨青桃,也拖了三四次。她不断哽住,只吐几个字,又陷入大哭。杨青桃握住她的手,用力抱住她,不断捋着她后背,想将那股寒气顺出。她很快不能呼吸,全身发抖,手指僵硬,他把毛巾塞在她嘴里,防止她咬舌头,迅速拨打了120。

呼吸性碱中毒。杨青桃按照医嘱,将一个纸袋子套在娜迦的头上,希望她将过度呼出的二氧化碳吸回去,可以缓解一定的压力。娜迦瞪大眼睛看着这一切降临,口不能言。头被罩住后,她好像在看一出默喜剧。

急救车终于赶到。杨青桃松下来,忽然觉得很多词汇都憋在气口,一个也吐不出来。

小弟在爆炸中受了重伤,还好保住了四肢,除了开放性骨折,还有多处外伤,部分皮肉阙如,需要自体和异体移植。他们转院去全国最好的骨科和烧伤科。小弟的异地医保要转手续,报销又麻烦。爸妈就像节日祭船上的木偶,她暂停了很多工作,拉着那艘破破的小船在干涸的陆上走。

她不由得也怪妈,给小弟偷吃保生大帝的龟粿。心中如此恨,恨又无气力。

爸眼眶红肿,口舌和手指被烟熏得焦黄,眼睛像磨花的玻璃珠,珠子茫然转向她,怎么也揩不掉磨损的花纹:"怎么会这样,怎么会这样?小弟怎么刚来就这样?你当时去哪里了?"

这样说来,好像做错的是她。闽南的神明在北方水土不服,符咒从古厝的墙上滑落,观音菩萨也未能镇住这场业火。她一想到小弟在床上呻吟,便觉这一切竟像谶言。她写下的是对小弟的诅咒,让那场火从闽南烧到北京,好报多年前的水中之仇。

杨青桃来看过她几次,每次都约在医院地下的餐厅,跑过来安慰她。NeZha李也跟着来了,戴着一顶度假的草帽,要一杯雪碧,把玩着一块五花肉耳机套。他让她不要担心,这首歌一定会让她风生水起,比《闽南热天》更炸。他说:"祸兮福所倚,你要相信人的生命力,你看哪吒变成了莲藕,也能活得很好,无生无死,无死无生。"

娜迦吸一口杨枝甘露:"你说的都太玄了,放自己身上根本熬不过去。"

她坐在床边看着小弟,小弟的脸裹在白惨惨的阴影里,像一只巨大的炭烤蚕蛹,隐隐有焦黑色透出。赔偿和官司看起来有一顿扯,妈拉着她悄悄问:"你还有多少钱?"

她转过脸:"家里钱不够用?"

妈看着她:"上午有募捐的人来,可以给小弟在线上筹钱,你看要不要搞?"

"别开玩笑,"她语气冷酷,"小弟在我这里出的事,我会给他负责的，你不要理会那些人。"

"是，你现在出名了，不会不管小弟。"妈妈像潮间带上的河蟹，不断地从嘴里吐出泡泡。妈妈嚼着海藻之类的细小物质。娜迦看着自己被蟹钳紧紧夹住斩碎，送入妈那一开一合的嘴。

好巧不巧，杨青桃又打来电话催录音。她接起来，不待他说话，就说马上过去。娜迦握了握妈的手，想象中的蟹钳，常年浸泡在水和泡沫中，粗糙冰凉，纹理深刻。妈想说什么，又闭上了嘴。她又回头看了眼小弟。护士进来了，准备给小弟换药。她略一颔首，不忍看，走出门去。

《三昧真火》这首歌作为美猴王和陈娜迦合作的先行曲，一经推出，很快点燃各大音乐平台，有营销的一番造势，播放量增长很快，评论叠楼很高。

"这首歌的制作人是 NeZha 李，考虑到红孩儿和哪吒都练三昧真火，如今这首歌霸榜也就不足为奇了。"

评论最高赞是"这首歌聚齐了天庭三大刺头：哪吒、美猴王和红孩儿"。娜迦在被窝里看了这条评论，勉强笑了笑。这条评论的落款还是 NZL。

莲花座，降魔杵，步步拜去珞珈山，解得我苦
杨柳枝，一点露，泼过这三昧真火，终得极乐

这段用电子垫音，朗朗上口，一经放出，于各个音频视频软件上步步生莲。很快这首歌被买走，给一部西游改编的现代剧做主题曲。关于这首歌的分成，她一直没来得及和杨青桃谈。她现在也顾不上这些了，有人在医院认出了她，也发现了她是爆炸事故伤者的家属，趁她不在的时候跟她父母套话，把这些事发了出来。

《三昧真火》和爆炸事故，有诡异的巧合。陈娜迦怎么在事故之后，还有心情发歌？好似一窝失控的马蜂，它们找到攻击热源，轰向娜迦的微博。它们在杨青桃的微博下面说他们吃人血馒头，妄想借用那场爆炸来为自己造势。

更有甚者，编出了一套阴谋论，说是在建筑业奠基和电影行业开机时，有时为了大火或改命都要搞一些"人偶祭"，传说什么钢筋水泥工地里有捆绑在地基上的"人柱"，让楼基扎得更稳。

看客议论纷纷，甚至比《三昧真火》的热度更高。

"很难不怀疑陈娜迦是为了自己可以大火，故意制造了这起爆炸，希望警方严查……""这场爆炸本身就十分诡异啊，她弟弟爆炸的时候她还不在家……""看业火烧干他青春我在黑渊内默念手足情……你看看哪个写歌的会这样诅咒自己的家人？业火烧干？完全是诅咒，陈娜迦居心叵测，不敢深想……"事情很快失控。

娜迦的爸妈刷到那些，对她的态度也变得古怪。偶尔打电话来，话里话外含沙射影，说她和小弟换了命，若不是小弟，哪里有她今天。如果她不肯给小弟掏钱，他们就要把这些事都告诉媒体。

刚吃下一碗泡面，娜迦就在听筒这头吐了出来。她干笑两声，挂了电话。接着，她将马桶清理干净，跑到镜子前看自己通红的双眼。看了许久，想从印堂中看出端倪。

杨青桃打来电话，大叹一口气，说因为这些谣言，自己的新专发布也要拖后，他在四处找人帮忙。他发布了澄清视频，但质疑声更加凶猛，又多了很多下流猜想。他看到那些，怕娜迦受影响，劝她先出去躲一躲。

她将很多客户端卸载，电话也关了机。各处活动暂停，可能面临着巨额违约金，经纪人忙得焦头烂额，四处赔礼道歉。他们开了几轮会议，都不知如何澄清如此诡异的巧合，最终决定先沉默应对，小公司也放了娜迦的假。

她买了备用手机，让经纪人帮忙办了新号，存了一些必备号码，打了一笔钱给家里，买了张机票直飞海南，跑到天涯海角去，远远地逃离这一切。如果这世界上真的有观音，她只想跳南海。

落地先睡，睡了两天，昏天黑地。被一个陌生电话打过来。她接起电话，是 NeZha 李。还未等他开口，她问："请问哪吒三太子，如何剔骨还父，削肉还母？"

"你现在要伤害自己，在外人看来不就是于心有愧？"NeZha 李的声音听起来比较轻松，"你现在在哪里，我来找你。"

"我在海口的一家酒店,靠近海边,随时可以跳海。"

"定位给我,你一定要坚持到我飞来见你,我再告诉你莲藕 MAN 的秘密。"

"好。"

"从现在开始,你不要关机。一路跟我保持通话,直到我上飞机。"

"嗯。"

NeZha 李过来已是深夜,打车长驱到她酒店边的海滩。他穿着短袖和牛仔裤,帆布鞋系带拎在手中,赤脚走在沙滩上。她还是穿着那双假山茶花,拖拖沓沓地走在沙滩上。那时她已经喝了一些洋酒。

黑暗里,她看不清 NeZha 李所有的颜色,只看清他的双眼,就像动画片《哪吒闹海》里那样,在海风和浪花的湿度中泠泠闪着光。见她来,他变戏法似的从口袋中掏出两瓶虎牌啤酒,用牙齿咬掉盖子,递给她一瓶。

"心情好点吗?"他问。

"很难说好,还是想死。"她喝了一口啤酒,反流的食道隐隐发胀,"我只是不明白我这么努力,怎么还是一摊烂泥。"

海边有路边 KTV,在绵热的海风中,她隐约听到伍佰那大剌剌的嗓音,缓慢有力的鼓和抒情的电吉他 solo。很快 NeZha 李的声音响起,比伍佰克制,更像是一首歌的贝斯。

他们行走的四周被黑暗吞食，只有海保持了可怖的湛蓝，头顶的月娘是那样亮，亮得仿佛整个人都冰冻透明，五脏六腑都变成果冻，被广阔的蓝吮吸，要从她身体中将魂魄都吸走。

他们继续向更深的夜里走。NeZha李说，她的事闹得很大，问她知不知道始作俑者是谁。他似乎想开口，她制止了他，说她不想再知道，不愿意再生事端。如果这是命，一定要认。

娜迦从沙子中间慢慢滑落下去，直到流沙封住她的头顶，她的意识全然被压垮。热带的月娘，怎么会这么冷。闽南的月，有时晚上也黏黏糊糊。她忽然理解了"冰轮"和"广寒宫"。

刺骨的月光里，NeZha李将她头上的沙拂去，试图将她从那虚幻的沙中拔起，可怎么也拖不动她，索性也跳入流沙中，和她站在一起。他说："我从小有仇必报，我用心做出来的歌，不愿意被这种谣言毁掉。我想说的是，咱们要不要再合作一首歌反击……"

大概过了一个月食那么久，意识才逐渐归位。娜迦好像从地狱中梦回，发现自己的头正枕着NeZha李的大腿，发黑的宇宙将她砸昏，手中余下的啤酒流了一身。她缓了很久，才想起词汇如何组合，张了半天嘴："我想吐。"

他托住她的头，慢慢扶她起来。她脸发烫，胡乱裹着些沙，不知怎么好像被风吹得失去灵魂，发了烧，在水中浸泡。眼前的 NeZha 李似乎长出了三头六臂，将她揽入怀中。她一时间迷惑起来，那个只会抱着电脑，跟她分析旋律的男孩，怎会发出如此强烈的热。他的这种热情究竟从何而来，是三昧真火？可是和小弟的那种毁天灭地的火全然不同。她的眼前浮现出一幅画，好像是孙悟空大战哪吒三太子，又好像哪吒和红孩儿用三昧真火在斗法。

这个拥抱来得太快，似乎又来得太晚。她立刻推开他："我还想问你怎么割肉还母。"这种触碰对她来说还是点到为止得好。

她开始回想这些年发生的一切，似乎串起来早有预兆，又似乎是她一直蜷缩在果壳中没有察觉。但她有一点很确定，她不爱吃藕，不喜欢藕炖排骨，不喜欢桂花糯米藕，也不喜欢凉拌藕片。

NeZha 李推了推眼镜："很抱歉，我也想摆脱我的家庭。但似乎可能性不大，搞这一行，有时还需要父母接济，所以我才会用 NeZha 的拼音而不是'哪吒'。"

"不如我就留在海南算了，当个酒店保洁或服务员。闽南我回不去，北京又很累，还有那么多 haters（键盘侠）。"

"这一切也许不会过去，但为什么要在乎？我们继续写歌就好了。哪吒从不服输。"

"但没多少人是哪吒。"

"这么好的夜，不游泳，可惜了。"

"这么大风在南海里游泳，会不会被刮到南半球。"

"南海有观音的,不要怕。"

"这么多年了,观音在哪里?"

广寂的海面上似晕出无限光环,面前忽现出一艘极精致的象牙宝船,桅杆风帆均缀满宝石,嵌珠镶贝,海豚从波浪中逐出,围绕在宝船周围。这是艘幽灵宝船,船的周身在颤抖,在引诱她开启摇曳生姿的海波之旅。她默念"南无大慈大悲观世音菩萨",随即跟着那指引上了宝船。一味清澈浸入意识,薄荷酱涂抹在白面包片,视野逐渐被湛蓝填满,嘴唇化成血红的珊瑚,牙齿幻作水中发光的水母。她感觉皮肤像海豚与儒艮那样光滑,又不受吸盘与爪牙的困扰,她逐渐失去四肢百骸,伏于海中,变作一瓮海龟祭坛,一座呼吸的海礁,一只海滩上试探的勺嘴鹬,一只净瓶中飞翔的军舰鸟。她入宝船中一方洞天,在竹林间以斧破竹,劈开四季缤繁花雨,似得了宝训,又听得箴言。箴言无形无色无痕无感,只顺着波浪将她摇入深海更深处。她再念一遍话语,又似乎将所有的话语念出,世间所有苦厄一齐涌入心中,海啸翻出几十米高度,小船倾覆,又复翻转回来,风平浪静。藏经楼有一百零八个孔,她在第一百零八个孔隙中看见了小弟的那双眼,隔了纱布,还能感觉地狱之火在烧。幡然醒悟,悔又无悔。空荡的船顶,密密麻麻地布满蛛丝网,怎么也无法从榕树的深根中将自己拔出。

她回过神,天边微微发亮,南海龙王吐出甘霖,龙女们用人鱼的碎鳞装点天空,朝霞变作碎波荡漾,大鲸跃出海面。NeZha李躺在沙子上睡得迷迷糊糊,她拍了拍他:"我们再一起做首歌吧,不然我欠的债也没办法还。我是说真的。"

NeZha李从地上爬起,摇掉很多头上的沙粒:"嗯。我们还可以再做很多首歌。"

天完全亮后,那片湛蓝逐渐罩上一层透明的薄壳。他们去街边的小摊,买了陵水酸粉和海南粉吃,陵水酸粉配上黄灯笼辣椒,酸辣的滋味和细细的粉,吃在嘴里像很多小人儿在跳。

"第一次我被网暴,我去了周围最高的一栋楼,真想跳下去,可是窗户推不开,那些窗户早就密封防人自杀了。我只能揣着手,坐在角落里听西海岸说唱。"娜迦手臂像波浪那样滑动,"我忽然想起小弟。我以前也跟你说过,他是我最大的心病,无药可医。我不是想他长大后有多烂,而是小时总跟在我身后,唱'天乌乌,欲落雨,鱼担灯,虾拍鼓'。霓虹阵与车流的红灯交汇,风从窗户缝里吹上来,恐怕不少尾气。我的心也像有虾在拍鼓。我想办法逃到北京,北京也没多大意思。人生哪有什么意义,不过是像我阿嬷那样每天拜观音。"

"《闽南热天》和《三昧真火》都很好听。"NeZha李拍拍胸脯,"毕竟都是我做的,你每一首歌我都会评论。"

天雷一闪,原来NZL就是他。娜迦勉强笑笑:"没想到,最后还是要靠闽南。"

后来几天,他们白日各自昏睡,趁傍晚出街,逛骑楼老街,看青椰在夕阳下散发粉金的光,仔细研究为什么海水会这样蓝,又琢磨水中鱼如何看见这水波,学用动物的眼睛去看世界。娜迦不再化妆,晒得更黑,几乎没人能认出她,认出她也无所谓了。已经背上了恶名,再下一层地狱没区别。

他们谁都没再提杨青桃,据说大圣还在敢问路在何方。

一个略有些阴的下午,两人坐在海滨的咖啡厅,正讨论要不要做一首偏东海岸风格的歌来澄清这一切。忽然,NeZha李被朋友发来的消息轰炸。他匆匆瞥了一眼手机,便忙叫娜迦让她看视频。

镜头中,小弟半坐在病床上,被纱布缠得整个人发着白光,甚至看起来气色好些。他艰难张嘴,一句句澄清那些谣言,有时牵拉到痛处,表情还会扭曲。她从未听小弟说过那样标准的普通话,甚至郑重得有些像演戏。

"我阿姊这么多年来一直照顾这个家,现在因为网暴,我阿姊消失不见了。你们都知道,谣言是会杀死人的,乱说话的人是要下地狱的。警察找我做过笔录了,"他举起责任事故认定书贴到镜头前,"大家看清楚,这完全是一场意外,跟我阿姊的新歌没有任何关系。"

视频最后,那双阴沉的大眼睛也变得像玻璃弹珠了,和爸爸一样,花得看不清。小弟变了乡音:"阿姊,回家吧,这不是你的错,我从来就没有怪过你。"

娜迦还没来得及反应,经纪人的电话就打过来了。

"娜迦,托你弟的福,危机解除。美猴王这些天一直在联络江湖的各个朋友,帮你转发澄清,大家录了一些歌在转发。现在爆上了热搜,大家也愿意跟这个热点。之前的合作方说继续合作没有问题,你赶快回北京,最快的航班是哪一班?"

接着经纪人顿了顿:"包括和你有 beef(过节)的雾都辉夜,她也愿意为你发声。"

娜迦看着 NeZha 李,两人对着抽烟,一言不发,任由经纪人来安排她的春回大地,北方的夏天就要入秋。

"是美猴王去拜托她的,娜迦,这次真的是猴子给你请来救兵了。"

"嗯,替我谢谢他们。"

两人舍了咖啡去海边。娜迦将手中喝完的椰子送进碧蓝的海中,椰子在海面上浮了起来。

"我听过一个故事,以前东南亚有人无意中发现有片海岛的椰子很好,而且从来没有人登陆过,可以摘来卖钱。但椰树很高不好摘,而且只要他们一靠近,岛上的猴子就拧下椰子来砸他们。于是,他们想出一个好办法。船一开过去,人就用石头打猴子,猴子们非常生气,纷纷摘下椰子冲船上的人砸去。椰子砸不中,都飘在了海上。这些人不费吹灰之力,就得到了这些椰子。"

"我还听说,泰国有人驯猴,让猴子帮他们摘椰子,一天摘三百个,有只猴子实在不堪重负,最后拿椰子把主人砸死了。"NeZha李说。

眼看那只椰子越漂越远,娜迦脱下那双假山茶花,走入水中摁住它,将它慢慢带回岸边。NeZha李将她从水里拉起来,笑说:"猴子捞月。"

娜迦舔了舔嘴唇,海风有舒适的咸:"我小弟一直想看大海,可厦门的海不好看。环岛路海岸东边有巨大的妈祖像,夜晚看起来有点巨物恐惧。"

"这里也有海上观音,到了夜晚,都会让人有点敬畏。"

"那就借菩萨这一净瓶。"她说着,想起那天看《西游记》,里面有一段奇怪的闲话:

悟空,我这瓶中甘露水浆,比那龙王的私雨不同,能灭那妖精的三昧火。待要与你拿了去,你却拿不动;待要着善财龙女与你同去,你却又不是好心,专一只会骗人。你见我这龙女貌美,净瓶又是个宝物,你假若骗了去,却那有工夫又来寻你……

可谁都知道,无论是孙悟空还是美猴王,皆无贪痴欲念,他无非就是想借一点杨枝甘露,来泼了红孩儿的三昧真火。

回到北京，事业迎来回春，甚至比之前要更火，她因此事更加出圈，当然也伴随着各种质疑。

日程一直被塞满，甚至连杨青桃都没顾得上见一面。租了个大点的房子，好让爸妈搬进来照顾弟。小弟不再黏她，由于行动不便，很少再打游戏。他的脾气也因没法活动手脚，而无法施展出来，只好憋在绷带里，扭来扭去。小弟似乎真的像红孩儿那样，被观音收在了木吒的莲花中，全身被缚，一步一叩，做了善财童子。

和家人如若碰面，也像池塘的浮萍，碰碰就散。好在她忙得只剩最后一口气才回家，也不用交流什么。从头回忆是困难的，记忆被油炸得酥脆，变成奇形怪状的虾片，各种奇妙的马卡龙色，想象中嚼嚼，沙沙作响，真是"田螺举旗叫艰苦"。

《三昧真火》重新上架，但娜迦不想再听，也不再点进去，很多人只是跟风，来庆祝她劫后余生。又一个深夜，她倒头躺在床上，想起曾问美猴王："诶？小西天、灵山、万寿山、四大部洲，你们北京的地名好像都跟《西游记》有关系，好神奇。"

"有意思吧，有时间咱们都可以去逛逛。"杨青桃回复。

如今约美猴王会显得很怪，NeZha李刚好回了"武昌鱼"，小弟还躺在床上等待康复。闽南的龙女决定自己走一遍那些奇怪的地名，好像是她去西天取经。这是一场极大的业火，眼看一岁一枯荣，眼看春风吹又生。有什么东西彻底燃尽，夏日也已死去，南海借了杨枝甘露回来，她要好好饮上一杯。她闭上眼睛，决定明天先去小西天看看，不知道那里有没有小雷音寺和黄眉大王。

在瓦伦

永远年轻,永远热泪盈眶。
当我们踏着海浪,微笑着谈论死亡。

我们坐轻轨去海边，瓦伦港很安静，到的时候是将夜。十月的月亮温柔，海边的沙子微湿，沙滩入口立着一块深蓝色的牌子，三道白波浪画出一个宽阔而美的笑脸，十分可爱。苏铁一根接一根地抽烟。这边儿烟太贵，当地人都买一包烟草，用糯米纸卷烟草，能抽好久。不过，舅妈应该不知道他抽烟抽这么凶，我看了也觉得吃惊。

他的手有震颤，卷烟不利落，随着海边的风一起反复颤抖。烟卷起来又胖又软，一会儿就潮，点不着。他勉强嘬几口，塞进随手喝完的玻璃瓶，又哆嗦着掏出一根。我没法帮他，我也有震颤，遇冷就发抖。

"要不怎么说，咱们是亲姐弟呢。"苏铁一说，我就笑死了。我们彼此一点一扬头，天生的默契，就剩下笑了。

苏铁穿着黑棉短袖和牛仔裤，个子很高，微微驼背，腿又直又长。他长了张轻描淡写的脸，卧蚕似的浓眉，水汪汪的眼睛，装饰似的小圆头鼻和薄薄的小嘴儿。他爱抓抓他那头精心离子烫过的卷发，回北京开辆小破捷达，一边开一边说笑话,那精气神儿,简直凯鲁亚克在世。

这次我无论跟他说什么,他都心不在焉,似乎很有心事。

"姐,我带你去那边的桥看看。"苏铁皮肤黑,在黯淡的海边,我只能偶尔看见他的眼睛闪烁。不远处是一座跨海大桥,像梁龙的骨架被挖了半截。

这片海滩的沙很细,人字拖拎在手里,我用力扭出沙窝,在结实的滩涂里感觉很棒。十几厘米的浪花在海夜里极白。我说,咱这时可以放一首刺猬的《最后,我们会一起去海边》,苏铁拿出手机,哆哆嗦嗦开始放歌儿:*永远年轻,永远热泪盈眶。当我们踏着海浪,微笑着谈论死亡。*

港口边阻浪的是硕大的白色十字形岩石,像巨人随意堆叠的积木玩具。几块石头上有红色的西语涂鸦,血红的颜料顺着字母滴下来,圆形的锯齿边有些惊悚。

他凑近看了看,脸色微微一变:"这个人说,我的儿子葬在这里。"

于是我让他把音乐给关了。

我们站在桥上,黑色的海水向左边的海岸奔涌过去,速度很快,地中海受到月光的指引,将自身撞碎在岸边,像倒在舞台上的黑裙女人。进攻的、雄性的、快乐的、摧枯拉朽的美,没有鱼、没有碎蟹、没有水母,只是叠拥在一起的海浪。

"是地中海吧。"我说。

"嗯,地中海。我心情不好的时候,就会来海边看看。"

"也是,咱北京没有海。"

"咱们只有北海。"他终于笑了笑,"给你划个小船儿,不错了!"

正说着,手机响了。他接完电话对我说:"咱们回去吧,他们叫咱们喝酒,你可千万记住,别说你是我表姐,就说你是我一同学,过来看看我。"

"这有什么好遮掩的?"我鼻子一哼,打了下他的胳膊。

"听我的就完了。"他脸拧得能滴出巧克力,让我不得不听。

苏铁是我表弟,北京四中毕业,上了北外的西语专业,会拉小提琴,有一支乐队,说三门语言,打了四年网球。他还是北外的话剧社社长,每天看各种文艺演出,朋友一大堆,算魏公村一风云人物。苏铁几乎实现了我的所有心愿。他干什么都手到擒来,这让我感到羞愧。

三年级我开始学长笛,拿着长笛头揍同桌的铅笔盒,把长笛头磕出好多小坑,回家被我妈捋直了铁丝衣架抽手心,有多少坑儿抽多少下,我在楼道里哭天喊地。集体演奏时我站在最前排,我爸说我是南郭先生滥竽充数,只看手指乱飞,根本不敢出声儿。初中时我在家楼下用板砖拴着练网球,我非常卖膀子力气,直到有天大风,网球飞走了,也带走了网球公主的梦想。

反观,苏铁生下来就没费过劲儿,他从没担心过任何考试。家里每次聚会，舅妈都会提苏铁中考是怎么从朝阳被拔到了西城的大重点。苏铁给大家才艺表演拉小提琴，我爸妈起初还会让我跟着吹长笛，不料我滥竽充数得厉害，他们只能借口去帮姥姥洗碗，全溜了。

研究生时，我去了伦敦读英文，主攻英语现代文学；苏铁去了瓦伦西亚读西文，主攻拉美文学，然而他的板鸭[1]导师对拉美文学没什么兴趣，我倒是一直很爱马里奥·巴尔加斯·略萨。老马里奥已经八十多岁了，十八岁那年，他带着姨妈私奔去秘鲁，为的是找一个结婚登记的地方。我俩都觉得他很酷。

英国学制一年，交完论文，我第一站就去了西班牙。苏铁要在西班牙读两年，比我轻松些。我从巴塞坐高铁来到瓦伦，苏铁去车站接我，给了我一个短暂的拥抱。我们在一家水蓝色装潢的玻璃房里吃了简餐，四周都是通透的落地玻璃。我们吃蟹肉三明治，喝了牛奶咖啡，看着手边的行人走在凸起的椭圆鹅卵石上，这里物价比巴塞便宜很多。我对瓦伦的物美价廉赞不绝口，苏铁说如果能留下来买套房子，真是再好不过了。

吃过饭，我们向老城区走去。一个穿海军蓝连体裤的华人女孩儿出现在道路的那头，皮肤白得像快要融化的奶油冰激凌，那澄净的海军蓝衬得她皮肤发光，迎面走来，

---

[1] 板鸭：西班牙昵称。

如浮出海面的加尔默罗圣母。这无疑是个漂亮姑娘,略施粉黛,眉宇间皱着嘲弄般的哀愁,略薄的双眼皮,一双瞳仁飘忽的大眼睛,连眼白都沾了微微的蓝,丰满的嘴唇噘成一个娇俏的小三角。

苏铁说,这是他的房东,叫西拉,他们目前住一个房子里。虽然她要的房租极低,但他最近在看房子,想快点搬出去。

我还没问为什么,女孩就径直走到我们面前,问他去哪儿。

苏铁说,我们这就回去。女孩儿不看我,飞快用西语道了别。

晚上九点四十五分,我们重新回到教堂旁边的公寓,青年男女成小群站在街边聊天、吐出烟雾,整个广场像是被人声、桑格利亚、威士忌和鸡尾酒蒸沸了。我们上了二楼,房子很大,装修用了随意的地中海风格,墙面被刷成了淡黄色,地面上铺着红色的波斯图案地毯,右侧是放鞋的架子。从走廊望去,每个房间都关着象牙色的门。

几个中国人已在客厅,两男两女。客厅正对面是一扇大开的窗户,下面就是热闹的街巷,除了酒柜、圆桌、几把椅子和一张米色沙发,几乎没有别的家具。桌子上摆着几瓶酒、瓜子、花生、青口、玉米和吃剩的烤牛排。在英国,大家课不同,基本都是独来独往,我扎在洋人堆儿里。如今和这么多同胞坐在一起,我感到亲切又怪异。

西拉坐在我对面。她二十岁出头，少年时跟着爸妈移民到了马德里，目前正在瓦伦读景观设计，家里给她在瓦伦买了一套靠市中心的大房子，方便她出行。西拉可能觉得孤独，便将它租出去半套，一面读书一面收租。

房东西拉换了条红色的吊带连衣裙，下身宽松，是很多西班牙女人都会穿的那种。她半倚着椅子，露出半圆的胸部和一颗水滴状的红宝石，像点缀着红樱桃的宫廷奶酪。昏黄的灯光泻下来，在她光洁的额头和高高的鼻梁游走，一双桃花眼紧紧盯着我，温度足以融掉我脸上的残妆。她面前摆着两瓶酒，一瓶伏特加和一瓶杜松子，还有一桶绿雪碧。旁边坐着一个脸上有痘痘的女孩，穿着棉布印花睡衣，一边吃青提，一边在手机上背着西语单词。

我坐在西拉对面，她眼睛睁得更大了，凝神看我。鲜红的嘴唇微微张开，欲言又止。风从她旁边吹进来，带来一阵阵的烟味儿，她责怪站在窗边抽烟的小张，让他把烟掐了过来喝酒。小张说："怎么苏铁抽烟你就不管？"

西拉不理，小张讪笑地掐了烟，坐到了青提女孩的旁边，问她背到哪儿了。

苏铁坐在我左边。他身后的沙发上坐着一个穿着深蓝短袖的男人，戴着黑框眼镜，正目不转睛地盯着西拉。他叫段洲，看上去比我们都年长几岁，和西拉一样都在理工大学读书。

西拉看了看苏铁，动手拧伏特加盖子："咱们开始吧，段洲大出血，拿了一瓶蛮好的杜松子，不过咱们先喝伏特加吧。"

段洲从冰箱里拿来冰块，每个人都分几块儿，倒上酒兑了雪碧。西拉三口喝完一杯，把杯子摔在桌子上。

大家碰了下杯，西拉又把杯子放在桌子上倒酒。苏铁扭头把烟雾吐向一边。段洲问西拉："你今天怎么喝这么快？"

"姑娘这么喝行吗？"我问苏铁。

苏铁说没事儿，她酒量能干过我们一堆人。西拉直催他快喝："怎么小苏今天不行了？"

苏铁斜脸："你喝慢点儿。"

西拉不听，继续往杯子里倒。大家问她怎么喝这么急，她反而喝得更快，不断拿眼睛瞟着苏铁。段洲夺下她杯子，二人僵持着。我感觉到尴尬。

高度酒把西拉的嘴唇烧得有点儿肿，她露出整齐的牙齿，街灯愈来愈亮。她站起身，走到门边，把屋里的灯关了。我们浸在夜海中，地中海温热的浪涌向我的双臂。蓝黑的空气中，西拉发着幽幽的白光，苏铁几乎隐入黑暗，只看见红热的烟星。段洲的镜片闪着光，他把手搭在西拉椅背上，两人碰了碰杯，他轻声让她喝慢点。两人用南方话急切地说了些什么，我们也听不懂。

接近午夜十二点，有两人告别，回到了自己的屋里睡觉。苏铁径直走到窗边，跨坐在阳台上，把烟对着窗口。

西拉喝得脸色煞白，跟苏铁说："你如果现在跳下去，我是可以和你一起跳的。"

"你有病。我只想长命百岁地活。"苏铁避开她的眼神，晃着头发，看着窗外。

西拉举起空空荡荡的酒瓶，在昏暗的光下晃了晃，歪嘴笑笑。她又摸索着打开一瓶杜松子，段洲握住瓶身，帮她打开瓶盖。

等我从洗手间回来，苏铁已经跳下来，站在窗前，余怒未消。

西拉站在阴影里，扶着桌子，看似醉得不轻。段洲想扶她，她把他推开。

苏铁刚要开口，段洲拦在西拉身前："算了算了，她喝多了。"

苏铁严肃地看着西拉："你丫别喝了，你现在该去睡觉了你知道吗？"

晴朗的夜空、割裂的光块、起伏不定的黑暗、快速掠过的远光灯，灯塔在搜寻迷失的帆船。西拉转过身，走出了客厅，随即去洗手间里吐了。段洲连忙去厨房接水，为她鞍前马后，还不忘随手给苏铁递上一支万宝路，苏铁接过，叼在嘴里。等段洲背过身去，他又露出不屑的表情。

我疑惑地看着苏铁，苏铁也瞪着我。

直到听见西拉的门锁扣上，苏铁才惊魂未定地坐到我身边："她刚才突然走过来，跟跟跄跄地，一走近，又用力一推,差点给我推下去。"

楼下是热烈的聊天声,时不时传来歌声和掌声,有人在吹萨克斯,好像是瓦伦的民歌。窗户的缝隙并不大,一个人侧身仰下去还是有可能的。段洲看了苏铁一眼,并没有什么表情,又探出身子看看窗外,语气有些责备似的:"她怎么今天喝这么急?"

苏铁把烟摁灭在手心:"老段,你明儿早晨是不是还有课呢?"

段洲在西拉的门口徘徊了片刻,反复敲门确认她没事儿,这才告辞回家。他就住在隔壁,和西拉一墙之隔。

"你是不是有什么事没跟我说?"我试探着问。

"明天吧。"苏铁把桌子上的酒兑着雪碧喝完了。

喧闹的人群构成了稳定而交织的背景音,间或有焦灼的气味传来,整条街似乎都浓缩在雾中。人们在酒吧里相遇,打招呼,握手,警车偶尔鸣笛,趋于阑珊。

"教堂旁边的这个酒吧堪称瓦伦西亚最躁的酒吧,太躁了。真的,你再也不可能找到这样一个地方了。我每次孤身一人坐在酒吧,只要和任何一群人对视,他们都会请我喝酒,每次都是这样儿。"苏铁把手插入头发里往后梳着。二楼非常低矮,似乎伸手就能够到下面人喝的酒,随意高声语,手可摘琼浆。聊什么都可以,反正人家听不懂。

"废话,你想想,咱们要是在中国的酒吧里看见一个外国人坐在这儿,"我学着他的样子抓了抓头发,"还这样儿，咱们也会过去拉他玩儿的。"

我俩笑得不行，他的心情似乎好了点儿。

"我去墨西哥交换是欧洲杯那年。当时正比赛呢，我一个人站在酒吧门口，那酒吧人满了进不去。一陌生的墨西哥大哥看见我，说'你怎么站在这儿，进来我请你喝酒'，顺手就给我拉了进去。真的，你说在咱们那儿可能吗？"

"不过你确实总遇到这种事儿。"

"新裤子出新歌儿了！《你都忘了你有多美》。"他刷着手机蹦下来，烟卷一闪，手抖得更厉害了。我们快乐地听了起来，这让我一度以为，苏铁还和以前一样。

隔天早晨，我被苏铁叫起来，去逛瓦伦西亚艺术科学城，那里有以海洋生物为原型的巨型建筑。瓦伦是著名设计师高迪的故乡，高迪将巴塞变成了童话，而卡拉特拉瓦则将高迪的故乡变成了外太空。他们都将建筑主体设计得像动物骨架。

风把水吹出一弯弯棱圆的小窝，古老的杜利亚河床里，河水柔软而清澈，天蓝色"咻咻"地浮动着。索菲娅王后歌剧院是浮在水面上的鲸，背鳍露出，头部锋利，眼睛似虎鲸的梭形白斑，一层露出整齐的玻璃牙齿，水面浮出一枚巨型的、毫无保留的微笑。

歌剧院东面是天文馆，河水上面浮着半只巨大的玻璃眼，弧度像弯腰行走的犰狳，穹顶覆着淡灰的甲。到了夜晚，会有巨型眼球投入玻璃眼内，与河水的倒影合成一只巨人的眼睛，一只人造的地球巨眼在暗夜里望向太空。

桥东岸的菲利佩王子科学博物馆是一座笔直的鲸鱼骨架，线条呈流体菱形结构交叉，好像一群牵手跳舞的小白人。明亮的白骨破水浮起，与圆润光滑的歌剧院和天文馆相比，风化的蓝鲸在空气中以人耳无法捕捉的频率歌唱，天真的声线骄傲地降落在地表，倾泻着流星般的歌声和天蓝色的血液。

水面上漂浮着透明的塑料船、水球和黑色的桨，孩子们在水球里互相碰撞，发出热闹的惊呼，有人划着透明的小船在杜利亚河里游弋。透明的船和天蓝的水，反射在白色的建筑群、透明的玻璃和塑料的船体上，到处都是这种温柔的撞色，瓦伦变得无比柔软而新鲜。

"姐，你想去玩儿吗？你去吧，我留在岸边给你拍照。"

一条船十五欧半小时，按照欧洲的物价来说，比现在的北海公园便宜。我想起十岁出头，我俩一起坐在北海的电动船上，水面倒映着美丽的白塔，四周环绕着绿树红墙。我扬扬得意地嚼着日本豆儿，不停地造句，把腿跷上栏杆。苏铁在船里上蹿下跳，说北海里肯定有鲸鱼，真真儿的，他听他们班同学说的。如今，他面前的小河里，真的有了一头巨大的鲸鱼。

我开心地坐上船，挥起双桨，然后我就开始在湖里打转。远处划来的船撞了我，我被推到远处，双桨就像不甚灵活的义肢，七上八下。现在我离岸更远了，苏铁和一群人站在岸边，变成一个个微缩的荷兰小人儿。我离玻璃巨眼越来越近，我仰望它，我映入玻璃眼中，亦变成微缩的景观，我一阵战栗。

透过磨砂质感的透明船底，我看见了薄雾中淡蓝色的水波。船矮，我离水更近，周身浸于蓝，我伸手触水，蓝水母碎片从指间滑落。我不会用桨，而且我快漂到王后歌剧院了。小船儿轻轻地飘荡在水中，迎面吹来了凉爽的风。

我怕船翻，不敢站起来，只能发信息给已经看不见脸的苏铁，又冲他用力挥舞着胳膊。他见状不妙，跑到工作人员那边求助。工作人员看向我，点了点头。

紧接着，一个穿着渔夫围裙和胶皮长靴的黑发男人涉水而来，在众多塑料船和塑料球的注视下，把船和我从河的另一端拽回了岸边。

苏铁递过相机："我给你拍的人儿都特小，你漂得太远了，我让你划过来你也没听见。"

"不是我不想过来，而是我根本过不来。"

看到硕大的建筑、远处的小塑料船和高举着黑桨的我，我俩笑成了两只弹球，在瓦伦太空舱里跌跌撞撞。

"今儿中午，我要去吃海鲜饭。"我高声宣布。

"那必须的，来瓦伦必须得吃海鲜饭。"

我们走了很远才找到一家卖海鲜饭的饭馆。服务员们穿着笔挺的白制服过来递水和面包，我们坐在水蓝色的小伞下，我身后是一片空地，孩子们穿着瓦伦西亚队的球衣和梅西的球衣，正卖力地踢着球。

海鲜饭端上来，散发着热气，几个贻贝和大虾摆在上面，下面是黄澄澄的松软米饭，两只巨大的不锈钢勺。我在巴塞城里吃过墨鱼海鲜饭，新鲜的柠檬汁洒在散发着香气的黑色汁液上，分好大虾和米饭，坐在黑夜的街边，就着斜打过来的黄灯吃，味道绵软有嚼劲，墨鱼圈粉嫩且松软，嚼起来像小橡皮。

我把话垫到这儿，发觉今次的海鲜饭偏咸，并不好吃，米饭夹生，有些偏硬。苏铁剥好一只虾塞到嘴里。小孩踢得球"砰砰"直响。足球飞过来，苏铁嘴里叼着虾，用手一挡，把球扔了回去。

一股剧烈的沮丧袭来，我觉得苏铁几乎拥有了所有我想要的："西班牙比英国好太多了，又便宜又有阳光。瓦伦太好了，你怎么一直过得都比我好？"

他喝了一口啤酒："那你看到的真的只是你看到的。"

"你想跟我说什么？"

他冲我做了个"嘘"的手势："咱们去格列佛再说。"

我们又走了很远，去了格列佛公园。格列佛公园里有一个走到了小人国的巨型格列佛，此刻，他被瓦伦小人儿们束缚在地，落地的右胳膊和穿着白色束腿袜的右腿上都长出了楼梯。大人们带着孩子爬上棕红色的楼梯，再一起从他衣服上的滑梯滑下来，他的头发都变成了宽窄不一的滑梯，有人光着的大腿发涩，发出"嗞嗞"的声音。他们拍照会喊"Patata（土豆）"，就像我们拍照时会嚷"茄子"。

我们站在那儿，巴巴地看了好一会儿。他仔细地观察了一圈周围人，确定这边没有亚裔面孔后，才凑到我耳边说："西拉跟瓦伦当地的帮派有关系，我怕你担心，一直不敢告诉你。"

"哈哈哈，你也是被老大看上的人了。"

"据我的观察，段洲估计是她家派来的保姆加保镖，还管着房子和餐馆的租金。"

"听说板鸭华人帮派盛行，前些年板鸭警察不是抓了很多吗？"我笑了笑，"你现在骑虎难下。"

"嗯，这里的华人餐馆都靠给留学生换钱来避税，能赚很多钱。"他草草地摁灭一枚烟头，"在这儿，你可以得罪西班牙人，但不要得罪华人，你不知道人家背后有什么。你吃冰激凌吗？我去买点儿？"

早期过来的人都坐西伯利亚的绿皮火车，从莫斯科进入乌克兰，在基辅潜伏几个星期，再进入匈牙利，在蛇头的带领下横穿斯洛文尼亚，先去意大利打几年的黑工，最后再辗转去西班牙或是法国。还有些胆子更大的，会从法国的欧洲之星隧道徒步横穿到英国，在那儿躲藏扎根。

这些移民早期语言不通，但好在老乡帮老乡，当地有关系网，先靠着端盘子、做清洁、做按摩和打黑工安身立命。后来，一些人靠着中国小商品制造业的兴起，贩卖小商品、电话卡和五金零件起家，很快有了积蓄。西班牙对于移民的几次大赦解救了他们。欧洲的房价受金融危机影响大跌，有钱的华人们抄底，坐收渔翁之利。有些脑子灵的很快开起大型连锁超市，买了很多房子，办连锁中超、出租房子、卖电话卡和换钱，很快完成了人生的大逆转。瓦伦靠着港口，很多生意都很好做。那二十多年正是中国留学生蜂拥海外的阶段，他们赚了很多钱。

那次"帝王行动"过后，很多华人有口难言。如果说是走私、贩毒、皮肉生意和偷税漏税，西班牙和拉美的帮派占了大头，毕竟人家有着天然的语言优势；华人只能以马德里的商贸中心为原点，靠着巴塞、瓦伦、安达卢西亚等大区做些小买卖。但有过帮派在马德里街头追着砍人的事，就不能怪当地警方出手治理。风声过去，已经形成的商业模式和商贩力量不会崩塌，老干妈辣酱照样卖，现金不够用，还是小龙人餐馆或美美理发店最合算。

"就最近几个月吧，西拉白天看着很正常，晚上总拉着我们喝酒。喝过酒，她经常大晚上拉着我们去海边，要往海里走。"

"原来是哪吒三太子！"

"哈哈哈哈真的……蝴蝶飞不过沧海……别打岔！无论我请谁到家里来，她都不高兴。"

"毕竟这是人家的房子。"我想了想，"主人难免会排斥这种入侵。"

"每次我问她怎么了,她就说让我陪她去趟巴塞罗那。我们还真陪她去过圣家堂,我真的诚心诚意地向上帝和圣母玛利亚求助了,但去了也没见好。现在她不喝酒也和喝酒差不多了,只要有一点儿响动她就来劲。有次我去帮她换床垫,看见了好多好多的药,一层层地压在床板上,得有几百板,给我吓着了。我旁敲侧击地问过段洲,他说家里管不了这边儿,只能派他来看着点儿。他还说,西拉没病,只不过从小想得多。他还说,你真该看看西拉做的设计图,他觉得她是天才来的。"

"这不是自欺欺人吗?"

"爱谁谁吧,文学这个专业要交的论文太多,马上我们就忙起来了,我必须得搬走了。"

我们买了两支巧克力冰激凌,迫不及待地咬掉了冰沙的尖,甜蜜又清爽。我们面前是巨大的、平躺着的格列佛,那么多瓦伦人在上面嬉戏,我们站在格列佛的身边,被一种塑料式的矜持包裹住,脸蒙在保鲜膜里,定睛看着。小时候我俩经常去游乐园滑滑梯,现在碰见了成人也能滑的滑梯,却扭捏了。

他叹了口气:"当初我就不该上那个社区网站,也不该图便宜,简直上了贼船。"

我又笑了。苏铁说我这是最无耻的笑声,然后他也笑了。随后,他反复叮嘱我不要暴露身份,也不要告诉家里人,怕有什么不测。我答应了。

到了晚上，西拉和段洲回来了，其他室友还在上课。他们进来后，又拿出酒杯、伏特加和雪碧，一杯一杯地喝。西拉这次喝得慢了，她眼睛没离开过苏铁。

苏铁穿着白棉短袖和褪色牛仔裤，摇头晃脑，开始放歌，放新裤子、刺猬、声音碎片和果味VC。我随着音乐慢慢点着头。西拉他们很早就来了西班牙，不怎么听国内的摇滚乐，只能兴味索然地待着。我不再喝酒，我也折腾不动了。我决定先放松自己身体上的线，看海浪的线条被拆解开，变成瓦伦海边的笑脸。苏铁看起来总是这么轻松。

西拉今天戴着一个巨大的蝴蝶发卡，一对翅膀在头顶摇晃，她喝了几口酒，对着苏铁说："咱们今晚去巴塞罗那，怎么样？"

段洲的脸微微变了色，他手指动了动。

苏铁吐出一口烟："我没有任何想法。目前就是这样。"接着，他向窗边走去。

西拉拽住他的胳膊："别走，酒没有喝完，坐下陪我喝。"

苏铁走回来，赌气似的陪她喝酒，一人一杯"别养鱼"。西拉不停地给他倒酒，两人不停地碰酒杯，像是巡夜员拿小榔头敲着午夜的栏杆，好吓唬出来玩儿的黄鼠狼。很快，其他人加进来，杯子的响声越来越快，像快速的四和弦，他们像打牌那样迅速喝酒。苏铁的脸被酒精擦得发亮，像卖火柴的小女孩擦亮的火柴，他的头发垂到嘴边。他们喝得太快了，像脱轨的火车那样，"哐当哐当"地往前开。

我想下去买杯咖啡，可周身就像被黄油粘在了椅子上，动弹不得，我困得化成一摊黄油。

西拉的翅膀有些歪了，嘴唇像垂死挣扎的蝴蝶肉身，她突然说："苏铁，你知道吗？你有天晚上喝多了，你喝得太多了。你凌晨四点使劲敲我的门，你说你要抽烟，但你找不到打火机了，你让我帮你找打火机。你对我说，你要打火机，你一定要打火机。我穿着睡衣被你叫起来，每间屋子里都找了，桌子上、茶几上、凳子上，甚至洗手间的台子上。你就站在门边，醉得不行。你嘴里叼着烟，你问我，打火机在哪儿呢，拜托你帮我找一下打火机。我觉得我就像卖火柴的小女孩儿一样，为你满屋子找火柴，最后我实在是找不到，就仔细看了你一眼，打火机就在你自己的上衣口袋里……"

苏铁继续喝酒，眼神变得越来越锋利。烈酒泼上寒刀，冰封住刀，铁锤又砸到刀上，冰星四溅，烫到了四周人的衣袖，很多破洞都露出小耗子般的、机敏的眼神。

西拉咧开嘴笑了："可是你醒了就忘了。"

我回屋睡觉了。我不想再保持礼貌。

当我从梦中醒来，我听到了撞门声，我睁开眼睛，房间里一片昏暗，耳边依旧是"嗡嗡"的人声、酒杯碰撞声、手风琴、萨克斯和吉他纠缠的颤音。不多时，我闻到了烟味，听见了嘈杂的声音，伴随着女孩儿的笑声。

我连忙起身，头还是昏沉的。我跑到走廊，光在此时呈现出黯淡的灰色，灰色亦是一种光，光柱滚叠在一起，我的眼前冒出各种金银的小星星，不规则的各种图形。地毯上听不见我的脚步声，西拉屋里的烟味愈来愈浓。

段洲疯狂拍门，平日温软的南方话像霰弹枪似的冲着门里扫射，透过门后迅速升起的高温，可能是着火了。我闻到了烧焦的味道，看见了越来越浓的烟："怎么回事，着火了吗？苏铁呢？"

"我不知道，他应该在这个房间里面！刚才西拉把我叫走去楼下买东西。谁想到回来这俩人都不见了！哎，怎么会这样！"他一边喊一边拍门，几乎带了哭腔，"西拉，你别闹了！你要出个好歹，他饶不了我！"

我眼前轰然炸开了烟花。

段洲眼镜歪到一边，他疯狂地捶着门。门里除了"噼里啪啦"的火声，还有西拉清脆的笑声。隔着门，我听不见苏铁的声音，门的温度已越来越高。

青提女孩探头到门外，她深深叹了口气："我已经报警了。"

小张从屋里出来，走到青提女孩身边安慰她："这房子确实很便宜。但咱们明天再看几家就快搬吧。"

说罢，两人像是顿悟般："咱们要不赶紧收拾收拾，着火了，先跑吧！"

段洲突然停止撞门，他想起了西拉在里面加了防撞锁。

接着他掏出手机，打了几个电话叫人过来。之后，他甩了甩被汗濡湿的头发，瓦伦的海风忽然失去了它的魔力。我看着他去厕所拽了长水管过来，冲着门缝滋了过去。

门里的声音停了，随即是一阵更爽朗的笑声。

我贴到门上听，依旧没有听到任何苏铁的动静。我又在门外喊了好几声，感觉火烧得越来越旺，那"噼啪"的响声都有点像鞭炮了。

小张和青提女孩都劝我们快跑，我只好回屋抓东西。临出门，我冲段洲喊："段洲你走不走？门撞不开，等火警来吧！"

段洲露出一种略带惝恍的表情，冲我摇了摇头："你快跑吧！"

我挨个儿敲了邻居的门，在楼道里用英语大喊失火了。房子里人声呜咽，像春醒的熊一样发出毛毛的噪声。我干完这些事儿，快速跑到楼下，心脏要扑出胸口。我迅速跳进那片热烈交谈的男女中，楼下没有小张和青提女孩，他们不知跑到了哪里。

我跑到人群中，披头散发，穿着短袖和短裤，拖鞋掉了一只。人们纷纷回头看我。我四处喊着火了，人们扔掉啤酒罐子，跟着我往外跑，我带着他们绕到公寓楼的另一侧。有几个华人停了车，迎面向这栋楼跑来，其中有个人看见了我，略有迟疑，还是转身跑上了楼。

我转到楼侧，看见苏铁悬在二楼空中，腿半跨出来一条，看来他很熟悉这种动作了。他身子向里，脸冲内侧，我大声喊他让他小心点儿。他匆匆回头看我一眼，浓烟已从房子里飘出，他的脸被熏黑了，开始咳嗽。

我一边嚷着让他注意安全，一边寻找着落脚的点，看看他能不能从二楼直接跳下来。

火警大作，周围人各处吆喝着帮忙，竟没有害怕的。楼里的邻居冲出来，拿着几层被子垫在地面。最离谱的是，有人从闲置的店铺那边，拽来两条巨人的大腿。在如此关键的时刻，这腿能给他带走还是怎么着？我哭笑不得。

有人掏出手机打光，有人录像，有人笑，有人哭，有人呱呱大叫。我耳边是此起彼伏的"Rápido! Rápido! Hurry! Huuuuurrry!!!（快！快点儿！）""Venga! Vamos!!! Jump! You Jump!（快跳啊！快跳！！）""Vam...Cuídate!!!（快跳啊！！小心点儿！！）"。

我心揪着，眼珠快被二楼烧化了。苏铁的小黑脸被热浪烧得通红，他摇着一头的卷发，更像个傻张飞。在星空高悬的半夜，整个广场都烧熟了，更多的人抱着电脑和书包跑了下来。

苏铁看了看楼下的垫子，又看了眼我，似乎下定了决心。在滚烫的上升气流里，我看见小时候的苏铁站在滑梯顶喊："姐姐！我来了！看我的！！"

"快跳啊，跳啊！没事儿！这房子矮！抱头啊！抱头！"我站远处喊着。

苏铁双手抱头，双腿微弯，身子向前一倾，果断地从二楼蹦了下来，周围人像鸽子那样散开，同时爆发出巨大的欢呼声，我赶紧冲过去。

苏铁摔得不轻，好在没昏过去。他在被子上趴着，发出吃痛的呻吟和闷叫。他的白色短袖后面已被烧出了一片大大小小的洞，露出了被烤红的肉和蹭破的皮。我和两个板鸭人把他翻过来，他仰躺在被子上，鼻子和嘴都磕出了血，胳膊被窝着了，不住地咳嗽，可能是吸入了有毒气体。

他看着我，眼角流了几滴眼泪。大家把他扶起来，他勉强抱了抱我。

两个板鸭人搀着他走到救护车边，我们上了救护车。急救医生给他消毒止血，他"嘶嘶"叫，顺便用手抹了一把我的脸，然后就晕了过去。

到了医院，医生给苏铁做了一系列检查，清理了他的伤口，消炎挂瓶，摸了一遍骨头，又看了看有没有呼吸道灼伤和烟尘吸入，痰液里有没有炭末，紧急给他做了喉镜。保险起见，还给他拍了片子，看看有无内部损伤和出血。等了两个多小时，终于出了结果。万幸，没有呼吸道灼伤。

我跟医护们的交流云里雾里，我不会说西班牙语，他们的英语也不太行。我们借助谷歌翻译，互相猜得七七八八。苏铁喝酒过多，又受惊跳下来，需要输液解酒。他没有重伤，已经是万幸。我得时刻盯着他，防止他呕吐阻塞呼吸道。而他现在昏迷可能是因为酒精和惊吓，让他休息吧。

在医院看病的费用比诊所贵,不过好在苏铁和我都有保险。医生给他做完紧急处理后,我就靠在病房的椅子上睡着了,梦里一片混沌。隔天清晨醒来,我才注意到自己的嗓子又疼又哑,大概是吸入了大量烟雾和大声喊叫的缘故。我第一反应是想问问医生有没有金嗓子喉宝,又想起这里是西班牙。医生检查了我的呼吸道,说还好我逃得快。

我突然想起段洲最后对我喊的那句"你快跑吧",如果我没走,是不是现在呼吸道会重度灼伤?我看不到当地新闻,不知道房子被烧成了什么样儿。大火会不会在十几分钟内不可控,一下从二楼一直烧到楼顶,把楼立面都烧坏了?不知道西拉会不会赔钱。不过华人势力很大,若西拉家里有背景,他们应该会打点干净。这样想着,我迈开步子,从楼下的自动售货机里买了水、咖啡和面包上来。

上午十点多,警察过来问了问话。我这才知道,苏铁和西拉都被怀疑有纵火嫌疑。鉴于苏铁的呼吸道受到刺激,还没完全恢复,引起了水肿,说话嘶嘶的。嘶嘶的西班牙语,听起来像被掐着脖子的蛇,在沙漠里扭着,和荒漠猫打架。

警察刚走,我还没来得及问苏铁,几个华人就出现在了病房的门口。有人挂吊瓶,有人一瘸一拐地跟在后面。我仔细看了看,里面没有段洲,心里不由得打起鼓来。

为首的正是我昨夜看到的那人,他宽阔的双眼皮下,眼白发黄,瞳仁浅褐,鼻梁如鹰,嘴唇极薄,被伊比利亚的太阳晒得像个阿拉伯人。他换了件黑色开衫，露出脖子上的十字架和两条花臂，指甲涂得黑紫。黄眼睛盯着我们看了好一会儿，什么都没说。他的手在后腰上摸。

我抓紧苏铁的被子，苏铁握住我的胳膊。我看了他一眼，他眼里都是犹疑和恐惧。我快速回头看了一眼，病房里空无一人。有两个华人已经绕到了我们身后，跑不了了，对方人太多。

我鼻子里还充斥着那股复杂的火烧味，不知怎样才能彻底摆脱。我稍微歪了歪头，咕哝着问苏铁要不要跑。很明显，手上插着吊瓶的他不能瞬间变成 Jackie Chan。再跳一次窗？从窗户中冲出去？可惜窗户不是用糖果玻璃做的。动物不用凑近说话，只要遥遥地散发出信息素，就能感知到彼此是敌是友。这些人跟段洲的气息不太一样。我往苏铁身边缩了缩，把胳膊撑在他面前，老鹰抓小鸡。我们真的有点像亨特和格雷特。

黄眼睛显然对他造成的压迫感很满意，他从腰上摸出来一个掌心那么大的蓝牙小音响，上面的玫瑰金已经被摩挲得褪了色。他仔细地打量我，张口是一嘴海风浓重的南方口音："我们来一起叮一艘歌（听一首歌）吧。"

我打了个冷战，这人大概是通过亲戚传帮带来到了西班牙，口音很重。他在手机上点了点，音响传出梵音："南无大慈大悲地藏王菩萨，南无大慈大悲地藏王菩萨，南无大慈大悲地藏王菩萨……"

原来是《地藏王菩萨本愿经》。他和几个华人站在床边，静静放着。我在心里祈求地藏王菩萨保佑。这帮人是来超度我们的？这么一想，险些昏过去。

我背对苏铁坐着，他用胳膊撑着我。

念经结束。黄眼睛说："你们邪魔（什么）都不鸡道（知道），你们邪魔（什么）都没干见（看见），你们邪魔（什么）都没叮见（听见），对吗？"

我当然立刻求饶："您说什么？我前几天刚来到瓦伦，我什么都不知道。"

黄眼睛很满意。

苏铁脸色发白，他用西语说了一段话。我一句也听不懂。

黄眼睛的脸上露出一种吃了七色彩虹的表情，眼睛如开了红绿灯，涨红又变绿。他又仔细地盯着我看，似乎要把我灵魂揪出来的样子，眼神发狠。随后他眼睛望向天花板，在胸口画了个十字。

过了半晌，有个护士在门口探了一眼，走进来问我们发生了什么，并跟苏铁说探病人数过多，怕造成交叉感染，希望他们能快点离开。苏铁答应了，转过头来对他们说："我只是来留学的，你们这些事跟我没关系，我也不感兴趣。"

旁边一个人还是盯着我们，他缠着绷带，咳嗽两声，一脸怀疑。黄眼睛听了护士的要求，冲四周挥了挥手，遣散了那几个人。随即,他转过身,慢慢地收回了音响。他的动作故意拉得很长,好像树懒过马路。

苏铁深深地吸了口气:"段洲怎么样了?"

黄眼睛立刻回答:"你不系邪魔也不鸡道(不是什么也不知道)吗?"

我们立刻闭嘴,强龙压不过地头蛇。

我们又这样对峙了片刻。黄眼睛突然转向我:"你邪魔席候(什么时候)从瓦伦走?我去送你,静一静(尽一尽)地主之谊。"

我很愕然,不知如何回答。苏铁的声音如雪里拭刀:"不必了,我送她。"

"好,那我就不打扰你们休息了。"黄眼睛的表情依旧淡淡的,"再会。"

苏铁喝完咖啡,像想起来什么似的,从床上跳下来,跑到窗户边往下看。过了一会儿,他松口气,回头对我撇撇嘴,学那人说话:"你邪魔席候(什么时候)从瓦伦走?"

"我倒系(倒是)很快就能走,你怎么办呢?"

他随即怒哼一声:"他×的,丫嘴里跟含着茄子似的。"

"真的,太费劲了,你俩不如说西语。"

"对哎,我怎么没想到?"苏铁折返回床,坐在床边,握着破衣服低头出神,"哦我知道了,他是怕你听不懂。"

"北京话真的一点儿密码也传不了。英语大家都会,西语我听不懂。结果就是,咱们说什么,他们都知道。"

"哎！我终于明白了！"他忽然激动起来，用力捏住我的肩膀，"语言并不是一切，语言在说出口的那一刻，已经背叛了你的思想，语言是最不准确的。"

我一脸茫然。

"问题就在这里，你听不懂我们说的话，这才是最重要的。"他显然是有些发烧，他的手在震颤发烫，他剧烈咳嗽起来，"咱们可以抛弃语言，这一切就不会存在。你不用害怕，更无须担心。"

"此时，你说的是布罗卡区的沦丧，大学里上语言课都说过。可你刚才跟他说的是什么？"

"语言已经像雨燕一样飞走了，姐你还记得吗？咱们在北海五龙亭数过的雨燕。"

小苏铁仰头大笑，因为他数的比我多。我脑海里闪过雨燕的轮廓。

他挺了挺胸口，我也扬了扬头。他笑了笑，我也跟着笑了一下。

又在医院观察了两天，刷了不少的卡，苏铁没皱一下眉头，他忽然变得很有钱。苏铁的新房东知道了他的事儿，说可以让他提前搬过去。新房东是个北京大姐，早年卖了东四的房子移民西班牙。她在瓦伦买了几套房，专租给留学生，关系和资源都很硬。苏铁旁敲侧击地问她情况，希望东四派能帮帮他。

东四大姐问清楚来龙去脉，问他到底有没有把自己摘清楚。

苏铁几乎是拍着胸脯保证，火不是他烧的。

大姐沉吟了片刻，答应了，前提是他不能再裹乱了。

苏铁看了看我，说好。

我们傍晚回去收拾东西，市中心的房子已经被圈了起来，里面空无一人。另外两个人已经搬走了他们的部分东西，想必找到了落脚的地方。如果要去洗手间和厨房，必须要经过西拉的主卧。屋子已经被封了起来，门的下半部分被烟熏得黢黑，外面拉着警戒线。

苏铁对我说别怕。他拧开门，门悄无声息地打开。门的下半截掉了些木渣，它被烧成了酥脆饼干。我俩戴了两层口罩，仍然能嗅到一股焦臭的味道，有毒气体还有残留，我们互相使了个眼色。玫瑰色的霞光试探地伸进窗里，那张烧得焦黑的床架子看起来没那么恐怖了。在被熏黑的地板上，我看见了西拉的脚印和一些凌乱的轮廓，她似乎就站在床边的镜子旁，看着火焰涨满了整个屋檐，天花板上也炸开了阴沉的黑色食人花。整间屋子阴惨惨的，像一只被烧焦的黄色蝴蝶，只剩下纤细的骨架，忧郁地躺在最后的晚霞里，黑色里模模糊糊地迸发出金色的波纹。西拉当时在想什么，大概永远会是个谜。

苏铁先进了房间，我跟在他身后，在床的骨架边，看到了一些散落的药片，大部分都烧成了炭，我蹲下来，看了看锡箔包装，上面没有任何明示的标志。苏铁说，这些都是那黄眼睛的货。黄眼睛的真名是什么，谁也不知道，只知道他有个代号，叫瓦伦金。

这里的留学生都传说，瓦伦金掌控着老城区这一带的资源。"帝王行动"后，瓦伦金帮不少老板处理了一些积压的货物，挽回了一些损失，从此路子宽了起来，逐渐吞并了老城区的地盘，自立门派，招了一些小弟，也倒了些地产。但瓦伦金闹得再大，也不会碰留学生，他不知对方的底细，不敢动手。

这一年，苏铁说他从未见过瓦伦金和西拉在一起，只隐约听说他们是情人关系。西拉休学过半年，去了意大利度假。如今回想起来，他才恍惚感觉到，好像他有一次从广场的酒吧里出来，看到过瓦伦金的车停在楼下。那是一辆凯迪拉克凯雷德。他经过那辆车，对着玻璃窗照头发，有个戴墨镜的精瘦男人也摇下窗户看看他。

当时，苏铁以为他是谁的司机，直到他那天看见了对方脖子上的十字架，才想起来原来他就是瓦伦金。对此，他觉得，就算猴子黄袍加身，它还是猴子。我觉得苏铁有些嫉妒他。

我们慢慢地从屋子里退出去，除了西拉的一些酒和食品，有关她的东西已经全部消失，就好像只是轻轻开个门，她就烟消云散了。

苏铁问瓦伦金关于段洲的消息，已是一种试探性的进攻，既然段洲这条线断了，那关于西拉的消息就更无处可寻。他只知道他跳下去之前，她还活着。前一天晚上，她试了试他的胆量。那天晚上我睡了以后，西拉支开其他人，让他去房间里帮忙抬一扇穿衣镜。进房间后，西拉锁了门，随后坐在床上，对他说，瓦伦金要回来了。这个消息对西拉来说，意味着蓝胡子要回来了。她第一次来到瓦伦，看见躺在地上的格列佛、蓝色的杜利亚河和钢铁般的海洋生物，只觉得这是座梦幻之城。然后他们一起抽烟，她跟他说了很多笑话，起初用普通话，后来用西语，最后用家乡话。她自己笑得前仰后合。他也迷迷糊糊跟着笑，以至于没有发现，着火了。但苏铁也不清楚，到底是谁的烟头点着的火，是不是她故意为之。但是他太晕了，火烧得也太快。西拉可能也太醉了，哈哈大笑，并不在意。等到他听到我的喊声，决定跳窗时，西拉拒绝了。她说，跟你说了，咱们今晚去趟巴塞，你不听。

新闻和报纸上都没有详细报道这次事故，它成了一条小小的快讯，在论坛上激不起多少水花。留学生群体倒是以租户为单位炸开了锅，在群聊里传了些苏铁和西拉的绯闻。当地华人也多少听闻了风声，但只会以讹传讹。苏铁的手机多了很多未接来电，都是前来八卦的人群。他关了手机，觉得十分好笑。

他尝试着从窗台往下看："我那天真大胆，居然敢从这么高的地方跳下去，简直是个奇迹。"

"嗯，陶然亭大雪山给你锻炼出来的。"

他去厨房拿了点西拉剩下的水果，去客厅拿了酒和杯子，回到他的房间，紧紧关上他的屋门，味道小了一些。

他独自喝了半瓶西拉，那瓶西拉一直舍不得喝的西拉。葡萄酒染得他嘴唇发紫，他在长长的懒腰中感叹："真是怀念她拉着我们喝酒的时候。"

其实，我知道苏铁很多事都瞒着我，当然我也并不在意，毕竟我只是一个信息传递者。每当我想要问出他真实的心，他都不肯告诉我，或者只告诉我一半。我们的相似和我们的分野，都是通过语言完成的。他说得对，语言并不是必需的，语言反而是一种阻碍。正是因为瓦伦这个圈子给我带来的屏障，我才能更加仔细地观察，我看到的，都是他没有告诉我的。我需要从瓦伦的混乱里解码。

当苏铁把我送上高铁的那一刻，我就感觉到了不对劲，那种不对劲慢慢地渗透开来，让我浑身发冷。就像走在路上，脚一直隐隐作痛，脱下鞋才发现，鞋里的小石子已经将血泡磨出。我抬起头发现，黄眼睛的瓦伦金就坐在我斜前方不远。我整个人像被扔进了太空，瞬间冰封。

瓦伦金穿了一身白，见我发现了他，笑着冲我挥了挥手。我再仔细观察，他似乎并没有带他的随从。他手上戴了宝石戒指，攥着一本圣经小册子。倒是什么都信，装模作样。

等我去洗手间，他也跟了上来。我没开口，他也没开口。我看着满车发棕的西班牙人，又看到了瓦伦金身上的焦糖色，忽然生出深深的倦意。我想他应该是受了很多苦，才把自己终于晒得和西班牙人一种颜色。

瓦伦金跟我说话，我没有任何回应，装作听不懂。他见我不吭声，依然龇牙笑笑，身上散发出海洋香水的味道。

我在思索中反复摩挲着苏铁的那句话，雨燕已经飞走了，而我将保持静默。

瓦伦金说："今天天气不戳（错）啊！是个去马德里的好日纸（子）。"

他继续问我知不知道苏铁干了什么，我心里哼着"小船儿推开波浪，海面倒映着美丽的白塔"来屏蔽他对我说的话。我想他如果真的问心无愧，为什么还怕我去马德里把这些事散播开呢？他占有西拉，让她药物成瘾，将她囚禁在瓦伦西亚，派人日夜监视她，为什么还会怕马德里的徐家知道呢？他应该是找人查了我的底细，知道我和徐煜过去关系不错。

我不会说西班牙语。当我戴着巴塞罗那的黄丝带在马德里穿行时，我问徐煜，我会不会被马德里人给揍一顿。他嗤笑一声："怎么可能，你连西班牙语都不会说。"即使是这样，我也从未冒险，出了巴塞罗那，我就把橡皮泥做的黄丝带塞进了包里。我不愿意学西班牙语，这是有原因的。

我和徐煜是在一个英语课外班认识的,他不好好学习,老接话茬儿,热衷于和外教一起打 UNO。那时他还是个小小少年,就爱装那股成熟劲儿了:夏天的 AJ 洗得雪白,冬天的皮靴擦得黑亮,拿他爸的雪茄和威士忌分给老外,总带我去吃金钱豹和汉拿山。他认为自己早晚是西班牙人,他是要学西班牙语的,而且也不用参加高考。

从初中到高中,我和他断断续续地谈了几年恋爱,我常常幻想我们的婚礼应该和 November Rain 里一样,有香槟、草坪、美食和好几层的奶油蛋糕,上面站着我和他两个小人儿。我们一定会在圣家堂里交换戒指,住进童话般的高迪楼,从此再也不分开。

徐煜不好好学习,总是熬夜看西甲比赛,甚至想过怂恿他爸入股一支西甲队。我认为跟他的恋爱严重地耽误了我的学习。高中还没读完,徐煜就去马德里接了他爸的生意,他开始上语言学校,学西班牙语。他还劝我去西班牙,和他一起。我拒绝了,我学着老电影里拿腔拿调:"可是我不能为这,离开我的祖国。"

他在电话那头气得不行:"你为我出个国都不敢,那咱们在一起还有什么大劲啊?分手吧。"

我气得一夜没睡,我也不知道我为什么会拒绝,可能是出于对陌生国度的恐惧,可能是出于对他家的担心,可能是出于对我家灰喜鹊花花的眷恋。我没法离开她,我太爱她了。

到了凌晨三点，徐煜大概是看我头像还亮着，又给我发来了消息。他说："我知道你是为了花花。可是，你知道吗？我刚才查了，全世界只有两个地方有灰喜鹊——古北区东部和伊比利亚半岛，也就是东亚和西班牙。两地彼此相距八千多公里，鸟类学家们也十分困惑，灰喜鹊竟完全避开了中亚和欧美大陆，产生了如此奇妙的分布。你看有人猜测，十六世纪，葡萄牙的水手来中国进行贸易，被这种蓝色的鸟儿吸引，将几只灰喜鹊带去了伊比利亚。但分子系统学表明，灰喜鹊有西部种群和亚洲种群两个进化支，它们早在更新世冰期就分化了。一百八十万年前，冰期导致了一些动物位于欧洲大陆栖息地的破碎，造成了部分物种的灭绝和种族隔离，其中就包括灰喜鹊。而伊比利亚半岛在冰期依旧保持着温润的气候，成了欧洲物种在冰期时期的著名避难地，所以这里的灰喜鹊并不是贸易时期带过去的。这他×的是什么？这他×的就是缘分！你真的可以来西班牙，这里有你喜欢的灰喜鹊。真的，西班牙真的是为你而生的，你来吧，真的。"

我辗转反侧一夜，起床后果断把他删了。他后来打了几次电话，我都没接。

再后来，我也查了，伊比利亚灰喜鹊的叫声跟东亚灰喜鹊的叫声不一样，尾巴上也差一个白点儿，伊比利亚灰喜鹊还独立出来，变成了蓝尾灰喜鹊。就算西班牙飞满了灰喜鹊，那又怎样，那也不是我的花花。而且，我爸妈根本不愿意我找个黑白通吃的生意人。在他们眼里，徐煜就是个小混混。顶天了，是个有钱的小混混，流里流气靠不住。他们总说，你看看苏铁，踏踏实实学习，以后考个博士当教授，越老越值钱。那姓徐的小孩儿有什么好？金玉其外，败絮其中，没几年赚头儿。

瓦伦金继续说："鸡道（知道）我为邪魔（什么）忍到现在？苏铁在医院里告漱（告诉）我，你有徐煜的关系，让我小心点。虽然说徐家损希（损失）了一部分，但瘦死的骆驼比马大，我也不得不防。"

我老在想，假如我跟家里闹掰，那我只能带着我家花花偷渡到西班牙。我会在华人手下的中餐馆里洗盘子，穿着一欧两件的背心儿，露出我左臂纹的花花。当我拎着过期的面包、超市压榨的二点五欧一大瓶的橙汁，拖着腰椎间盘突出的腰，回到我十平方米的昏暗小屋，花花会为我的归来喳喳大叫，而隔壁的人会捶墙抱怨，骂一堆难听的话。我不敢吭声，怕招来移民局的警察。西班牙夜晚没完没了的聚会和人群，会让花花彻夜难眠。长此以往，她的眼里便失去了光泽，最终她离东亚很远很远，死在了语言不通的灰喜鹊种群里。直到她死，她都不知道为什么会来到这间漆黑的小屋。徐煜会知道吗，他可能什么也不知道。

我总是想，我这种奇怪的自尊心是不是遗传自我的父母。大学毕业，我到了伦敦留学，脸书上又接到了徐煜的好友申请。

徐煜还是那么暴脾气，上来就问："喂，你当初为什么不回我信息？"

我气笑了，这人真是小心眼儿。

过了一周多，他又给我发消息："我到伦敦了，我现在就在你们学校正门口儿。真的，你丫要是不来接我，你完了。"

我只好从图书馆里出去，一口气跑到了校门口，大脑一片空白。时隔四年，他长高不少。他梳着欧洲男人都会抓的那种油头，叼雪茄戴墨镜，穿着一件黑色朋克风衣和九分裤，暗紫色的乐福鞋尖在砖上来回踢。

我看到之后几乎石化，这种浮夸在穿着毛衣和棉夹克的英国校园，实在不多见。穿着毛衣和条绒裤子的我走过去，果然看他冻得直哆嗦。

他一把搂住我的肩膀："你他×的，几点才来，冻死我了！"

我转了个身，从他胳膊下滑了出去，问他过来干什么，要是导游服务，我可没时间。他眉头一拧，数落我："翻脸不认人。"

虽说如此，我们还是去逛街了。他请我喝珍珠奶茶，吃意大利菜，我请他去MM豆的世界，带他坐伦敦眼。伦敦眼的装修堪称豪华，他要了单独的包厢。当我们升到泰晤士河面时，他看着漆黑的河面和亮起的建筑，忽然严肃起来："其实我这次来，是有事求你帮忙。"

当然不是什么旧情重燃的戏码，我早把他的脸书看了一遍，他已和一个中葡混血订婚。那是"帝王行动"后的两年，他们不好过。他问我，能不能帮他在伦敦的圈子里卖一些西班牙小甜点。英国的物价比西班牙贵，可以倒点奢侈品、"板鸭特产"安瓶精华、临期水果和电子产品什么的，甚至可以接点人赚零花。他特意重复了几遍，佣金不菲。

我心里嗤笑一下，万分悲凉。我什么也没说。人的少年真是很宝贵的时光，我也很荣幸拥有了他的少年。我其实也无权这样啬咕他，我们在复兴门西单上地国贸吃的那些饭，都是这样得来的。但我什么也没说，可能这么多年，我已经习惯在他面前做一个装模作样的小知识分子。我还知道审时度势，把话藏在心里。我在伦敦的上空，仔细地看着面前这个男人，他的额头上多了一道树枝般的疤痕，细细地鼓出来，已经有些泛白。

我看着他一丝不苟的油头，在玻璃影像中反射出来的长睫毛和侧峰一样的鼻梁，不知是不是黑夜让他变得忧郁，抚平了白日的暴躁。平时他那张脸上，可是会做出丰富表情的。他是个像烟花那么绚丽的男人，我也是被他的那种绚丽所感染的。他被镜面深深地吸了进去，他的灵魂已经枯萎了一半。我很难认清楚，他的快乐是过来见我还是因为小银瓶。

我拒绝了。我说课业很重，我只想好好学习。他也没有急:"嗯,我就知道你会这么说。那你来西班牙有事儿再找我吧。"

我又暗自嗤笑,我去西班牙找你干吗,有病。我们在特拉法加广场那只彩色的高卢雄鸡旁边分别了。我坐公交回了学校。巴士上层的光线昏黄,我听着树枝擦过我脸边的玻璃,发出剧烈的抗议。我想,我的青春彻底完了。到了站,我去Sainsbury's买了树莓、菠萝、酸奶、牛角面包、多力多滋和一瓶起泡酒,回到宿舍,写了很久的论文。

学期结束,我刚交完论文没多久,又收到了徐煜的消息:"苏铁是你表弟吗?我记得是吧。这么哏儿的名字,也没多少人会用吧。你家人老拿他跟你比,你为此老怪我耽误你学习,是不是他?"

"哏儿什么啊,这是一种远古珍稀植物,给予了他钢铁般的意志。什么也不懂,文盲。"我推了推眼镜,"怎么了?"

"别远古意志了。这人是在瓦伦西亚吗?我对比了他们给我发的图,还有你脸书上和苏铁的互动,感觉好像是一个人。"

"你能不能别偷窥了,有劲没劲。"我扶住额头,无奈地叹了口气。

"方便语音吗?我跟你说个事儿吧。"他没像往常一样大惊小怪,没有用任何"他×的"之类的语气词,有了不多见的冷静。

我在这头露出洞悉一切的笑容,感觉他现在有点儿接班人那意思了。电话响了,他没说几句,我的笑容就凝固了。

徐煜的声音就像建筑的钉锤,一下一下砸得我脑瓜嗡嗡:"苏铁在那边搅了我们的生意,和瓦伦金的一个女朋友合作,分了瓦伦金的蛋糕。瓦伦金一直在马德里做我们的项目,听手下说了以后,他巨生气,跟我们说要弄他们。照常理,他是不会对留学生出手的。但是吧,这次他们闹得太大了。不止一次,人看着他俩出双入对。那女的在港口截了瓦伦金的货,让苏铁帮忙倒出去,甚至还做过几次小蛇头……"

我沉默了,但这次我不能像以往那样逃走,苏铁毕竟是我表弟。

徐煜说了半天,见我没反应,声音突然软下来:"我是不是吓着你了?"

"没有。你继续。"

"本来这事儿不该告诉你的,我就是念旧情。苏铁吧,说难听点儿,是自作自受。他应该像你似的好好学习,不该蹚这趟浑水。"

"还念旧情,演上海滩呢?别笑掉大牙了,就你还知道好好儿学习?"我笑了笑,"那你当时找我干吗?"

"我找你是为了共同富裕,让你早日奔小康。他们是偷,里外里都是小偷。你怎么不明白呢?"

"我不相信苏铁胆儿能这么肥。"我长吁一口气,"如果是真的,那我该怎么办呢?"

徐煜也长吁一口气："瓦伦金在'帝王'之后帮我们清了清货，劳苦功高，我们不能打他脸。不过这事儿也是他一面之词。你论文写完，要不去趟瓦伦？万一有什么隐情呢？"

"好。"我喝了一口玫瑰起泡酒，看了看手边摞起的那套参考书，眼前冒出小星星。我给苏铁发了消息："嘿老弟，我论文写完了，去瓦伦西亚找你怎么样？"

我悄悄揣了一些药物的残片。他们那天在销毁证据，顺便放一把大火，把瓦伦的房子给毁了，给马德里发一个狠点儿的信号。谁才是真正的瓦伦帮？我想，瓦伦金再狠也狠不过西拉，西拉是真的不要命。

当然，我让徐煜帮忙拖了拖瓦伦金从马德里回来的时间，他不动声色地从中斡旋了一把。只要证据被销毁，加上西拉的玉石俱焚，瓦伦金将很难下手，这是给他台阶。

我知道苏铁并不像他表现出的那样一无所知，他再也不是小时候那个在北海公园划船和数雨燕的表弟了。我在观察苏铁的同时，他也在观察我。他们可能通过脸书发现了徐煜是我的好友，这或许才是西拉或苏铁紧张的来源。苏铁不仅找了东四派做掩护，还想用徐煜这层关系来保护自己。他不想我卷进这些事里来，但又足够信我能带他脱离苦海。我大概永远听不到真相了。

瓦伦金在我面前喋喋不休，我看着他的嘴唇上下翻飞，依旧沉默不语。高铁开得摇摇晃晃，他用一只手抵住车门，手臂上有很粗的一道疤痕。我想到了吉卜赛人。我的视线越过他，看见他身后飞速闪过的海滩和逐渐驶向大陆的风景，那些矮小的米白色房子和发白的山岩。

我听到他说："如果你想鸡道（知道）的话，西拉她还活着，我日后也不会找她算账。"

我看向他的黄眼睛，那被风沙掩埋的琥珀里，逐渐露出不幸的昆虫。他的瞳仁向我爬过来，几乎带有一丝乞求。

"苏铁我也不会碰，你告漱（告诉）他，毕业后就立刻滚蛋，永远别再肥（回）瓦伦。"他深深吸了一口气，"这气（次）我真的丢了很大脸，老规矩我系（是）要废他一条腿。马德里说我管不住身边人，以后还有邪魔（什么）生意能给我？她鸡不鸡道（知不知道）她会毁掉我这么多年来苦心经营的一切？在马德里，他们的鞋都要用我的脸来擦！"

和徐煜这帮以北方人为主、早期靠房地产和旅游业发家的移民不同，南方农村过来的移民大多都在欧洲的黑工厂里打工，在地上蹲着抽烟找活干，起初能揾一份食就很了不起。想要做大生意乃至赚快钱，大佬们不会轻易分资源给你，除非你真是什么人中龙凤，值得信任。若不是"帝王行动"之后，瓦伦金把自己所有的积蓄都用来帮大佬端货，像一块小黄油在流动的盛宴里四处擦擦，给面包调调味，他现在还是个修理工，或许能包个自己的小厂子，但永远也不会坐上凯迪拉克。

这些都是徐煜跟我说的，我也不知道他为什么要跟我说这些。我们在巴塞罗那见面，他的未婚妻因为婚前协议退婚了。我们俩站在圣家堂前,我说你居然不给别人分财产的机会,也是活该。徐煜看着我们头顶上方那块方形耶稣浮雕,做出祈祷的手势:"我敢在耶稣面前打包票,如果是你,我就不签了。"

我摆摆手,让他看在上帝的面子上,闭嘴吧。

我终于实现了少年时和徐煜一起走进圣家堂的幻想,不过不是结婚。他跟我说,在马德里刚开始接生意,看到底下人那么累,他也不忍心。白天地下室里,工厂又潮又闷,连个通风都不敢开,生怕警察来查,好多工人中暑呕吐,倒在座位上吐白沫,全靠掐人中、喝薄荷水,藿香正气水太贵。但他很快就习惯了,很快。客户催着单子,他有什么办法?好在国人从不偷懒,肯吃苦,耐得烦,从来没有延误过他的单子,客户都很满意。

我清了清喉咙,直视着瓦伦金:"我让苏铁把钱都吐出来,这样可以吗?我敢在耶稣面前打包票,他们真的什么也没做。"

瓦伦金的话戛然而止,那两只黄黑的虫子在他的眼眶里打着转。

我转过身,走回自己的座位,车厢里的空调不太稳定,发出呜咽的低语。我想起在瓦伦港口看到的标语,苏铁在风中一直抽烟。他的手,我一直以为是遗传的特发性震颤,实际上可能是因为他害怕。

那天晚上，他在喝完那瓶西拉后，又喝了两杯威士忌加冰。他责怪我不陪他喝酒。我说我怕喝多了自燃。他说他不敢相信自己的好运气，居然刚来西班牙，就遇到了可以发财的机会，他一度感觉自己走上了人生巅峰，这一路真的，太顺了。

他还说，瓦伦金有很多女人，大概是受多子多福的影响，到处让别人给他生孩子。西拉起初是她父母因马德里的生意破产，周转不开，抵押给瓦伦金的。实际也是怕再也翻不了身，给女儿一个还算可以的归宿，以后再从长计议。瓦伦金在瓦伦市中心的那套房子，是他众多金屋中最小的一套房子。瓦伦金不看什么知识和学历，他对她说，只有生出儿子才配得上带着泳池的大别墅。

当然，瓦伦金在马德里表现得很好，西拉来到瓦伦西亚后才知道了他的骗局，可惜已经晚了。为此，她恨透了父母。她每天酗酒度日，恨透了瓦伦金。在瓦伦金去马德里跑业务那半年，她决定利用段洲的消息口和新来的留学生，截掉瓦伦金的大部分货源，再倒手套现，准备逃跑。至于为什么是留学生，她和瓦伦金的谨慎恰好相反，她有一种近乎莽撞的大胆。她觉得，留学生在这儿的时间短，风险小，更不容易引起怀疑。

但她应该怎么也没想到，身为老乡和多年好友的段洲竟然会告密，她以为自己已经给了段洲足够多的封口费，不知道他是不是嫉妒她和苏铁走得太近。苏铁聊起他们那天的谈话，颇有些愤愤。他以为自己是行侠仗义的堂吉诃德，有马里奥·巴尔加斯·略萨十八岁时的勇气。

眼看他的情绪无法自控，我让他转移注意力，来拉段小提琴，让我听听有没有进步。炭烧男孩拿出了他的小提琴，起了几个调，手不受控地颤抖着，小提琴在空中发出细腻的尖叫。他的腮靠在琴边，眼睛瞥向琴身，卷发散乱着遮着眼睛。他重新回到了那些才艺表演的时刻。

"你给拉一首新裤子。"

"哪首啊？"

"《生命因你而火热》。"

"没谱子，我摸摸品。"

他鼓捣了一阵儿，开头勉强听出点样子，到"这平淡如水的生活因为你而火热"的时候，他的音符就像破秋裤一样被台风刮到了空中，发出失真的尖叫。

我说："这下再也火热不起来了。"

我们没再笑了。

瓦伦金穿着一身白，站在车厢的通道里，看着疾驰的黄金地中海。阳光将他封在一种恒久的光晕中，他真的太像个阿拉伯人了，尤其是他还忘了刮胡子。我在恍惚中感到他被纳入了无边的荒漠，他在沙漠里牵着一支驼队，深一脚浅一脚地乞求一汪清泉，却慢慢地走向干涸的内陆。

很快，我就将到达马德里，徐煜将在那儿等我。

小娃撑小艇

这城里的一切草木生灵,
都是由这些神兽庇佑的,
　　　　肉眼看不到。

雨从早晨五点就开始下，中午弱了些，微风皱起烟蒙的水汽，空中绽着一朵朵透明的水莲，人吸入口鼻，浸润心肺。杨柳、槐树、栾树、梧桐和杜仲的绿叠染着，或圆或尖的叶片"噼里啪啦"地拍着小手，遥远的枝干偶尔垂点着，路上人很少。灰喜鹊家族路过，四处吵吵着躲雨。大斑啄木鸟趁雨水多，出来敲树捉虫。乌鸫躲在密林里，炫技似的吹口哨。

燕青穿着始祖鸟的短袖、吉普的短裤和登山鞋，坐在地铁站边玩着游戏，看见我来，对我招招手。他留一头中长发，头发黑而顺滑，甚至比铜镜的光还润。有时太阳光在上面流转，如果是几个小人儿，一定能手拉手儿从他发丝边滑下来。

我们在红墙的紫禁城里走动或停歇，地上的破宫砖，丛生的杂草，殿脊的大嘴乌鸦，还有那些明黄的琉璃瓦顶，都很像皇帝在好天气里晒出的玉米粒，在中原地带农村中随处可见的、晾晒的大片玉米粒。我们可以整天坐在穿堂的宫门中，吹着最凉爽的南风。大嘴乌鸦脚踩着明黄的琉璃，歪着头打量人们。它们见过很多脸，但一张也不想记，那么多人，看着就烦。而鸦神蹲坐在屋脊的上方，黑亮的眼珠看着太和殿，周身乌羽被太阳染成鎏金。金乌由邪神而生。它因膨大变得寡言，翅膀张开能刮起一阵小旋风，相比那些活泼泼的飞禽走兽，守护神都是寡言的。我挥着一面小小的水磨铜镜，折射出一个王朝的兴衰。

那些酷热的夏日，我们沿着张北海留下的美味地图穿行北京。正阳门火车站早已停运，过去那个带点日本味儿的欧式东站的广场已经变成了铁道博物馆。我们顺着栏杆向内窥视，看着均匀生锈的铁轨，上等人的轿车、马车，扛大包的和人力车夫，等着下车的洋人、二鬼子、王公少爷和贩夫走卒。沿着铁轨，尘封多年的正阳门忽然向两侧大开，我俩坐上铛铛车往北走，看我们的城如透明大象般肺腑通透，招牌一律被阳光晒得褪色，没有新粉刷的油漆味儿。

早餐吃什么，烧饼果子加咖啡？这日子口儿可没有马蹄烧饼。过了箭楼，雨燕在头顶穿梭像飞行的小鱼，黑亮的羽毛闪光如鳞。在前面美国人开的连锁咖啡店里喝一杯。燕青很快喝下一杯冰美式，将冰块嚼得嘎嘣脆。我们那时年轻，心脏康健，狂喝咖啡如巴尔扎克。燕青在正阳门大街上，将略潮湿的心脏掏出，晒成一枚透明的果子。百多年前，这里曾是全北平人气最旺的地方，何况它叫正阳门，正逢太阳初生，这里驱鬼又辟邪。

这时，燕青从兜里拿出一个牙牌递给我："你看见什么了吗？"

我登时眼明心亮，眼前的光不断跳跃恍惚，慢慢聚焦，凝成一颗圆圆的雨燕头。它瞪圆了两颗黑黑的大眼睛，张开灵巧的小嘴儿，不断扇动着镰刀般的双翅，刮起一阵阵的气流。它的翅膀展开来，能从正阳门搭到箭楼上。

燕青说："每座古建上面都有守护神，有的守护神残破不堪，有的守护神遍体鎏金。倘若有一天，这些守护神不在了，那就是它们决定离去了。"

北京雨燕的守护神在正阳门上挥动双翅，它的气流让众多小雨燕张开翅膀在空中滑冰，捕食空中的绿色飞虫。我这才知道世界运转的秘密。燕青说："这城里的一切草木生灵，都是由这些神兽庇佑的，肉眼看不到。"

我大受震撼，将那牙牌握在手中，感觉手心微微发烫，溢出些许金光。再仔细看，那雨燕神身上伤痕累累。有时众燕在它的托承之下，悬入云层，直上九霄，倒显得正阳门和箭楼肉身沉重，呆望云天。

我此时变了木鸡，喃喃道："你是什么时候知道这个秘密的？"

燕青说："自从我得了抑郁症之后，我爸带我去西边深山的一个寺里修行，猴子给的。"

"哈?"我以为他在说笑,"你好好说。"

"就是猴子给的,我没开玩笑。"他把符重新要回手里,"那边僧人喂了几只褐马鸡,褐马鸡象征着战神,褐马鸡保佑着那方寺庙,寺庙的战神就是鹖,但这些都是我后来才知道的。我听小和尚与老和尚辩经,觉得有些头痛,便跑到后山去看看。我刚坐下,就看见山石上捆着一只穿着虎皮裙的猴子,那猴儿脖子被铁链拴住,毛都被磨没了。我给了他一块西瓜,他伸手给我一块玉牌。我戴上之后,他就给我指了指寺庙上方那只巨大的鹖。"

"那就是孙悟空吧?"

"孙悟空还被铁链锁着?"他表情平静,"麦麦,你不要看每只猴儿都像孙悟空。"

"然后呢?猴子说什么了?"

"他就是一只普通的猕猴,不是孙悟空,也不会说话。"燕青叹了口气,"你不要总把事情浪漫化。"

"好吧,青。"我垂头看了看手表,"然后你发现什么了?"

"这众神可怜。"

"如何可怜?"

"你仔细看。"燕青指着前面的箭楼,"那雨燕神被几道金丝束缚住了。"

"何人布下这天罗地网?"

燕青少见地笑了:"我也不知道,也许是更远古的创世神吧。"

"伏羲？女娲？还是追日的夸父？"我乘胜追击。

"都有可能，杨戬、哪吒、孙悟空或六耳猕猴都有可能。"燕青又恢复了严肃。

燕青回到寺内，小牙牌放在手中把玩，被一位师傅看到，出家人脸色大变，问他何人给他的这牌。他说，后山的猴子。师傅说，少年不要打诳语，你且与我说真话。燕青说，在家人从来不打诳语，的确是后山的猴子。师傅忙领他去后山看，只见后山空空荡荡，只有一根生锈的铁链在山涧荡着，并没有什么穿着虎皮裙的猴子。

师傅又说那东西阴气太重，他不能带走。燕青正要还，发现小牙牌消失了，找了很久，周身衣兜掏了个干净，到底也没有看见那牌。待师傅用怀疑的神色将他剥了个干净，他也是两手一摊，表示无辜。直到喝饱了山泉水回家，他妈妈洗衣服时，那个小牙牌才从他的衣服里抖搂出来。谁也不知道那块小牙牌到底藏到了哪里，反正就这么着的，小牙牌下山了。

我再端详那牙牌，这牌是象牙色的，微微泛红，表面上有"端己"两个小篆，放在鼻端细嗅，有股风化已久的骨头味。我正想拿牙咬一下，燕青从我手里将牙牌拿走："傻孩子，你要干啥？"

"那师傅有告诉你这东西从哪里来的吗？"

"那是座很隐蔽的小寺，僧人们还保留着化缘的习惯。师傅只是跟我说这与燕王朱棣有关，还给我看了看放祭坛上的三个黄碗,跟人的头骨很像,我吓了一跳。"

我歪了歪头,和燕青同时吐出五个字——"白沟河之战"。

在那场决定靖难之役胜负的关键战役中,军士积骸遍野,死伤惨烈。朱棣感念,便下令将这些头骨,打磨成粉,规成数珠,分赐给内官念佛,希望助众军士超度轮回,那珠子色如象牙,但比象牙红润。有头骨深大的,则用其头骨盛净水供佛,起名为"天灵碗"。

"不会吧。经历了历年战乱,当初不知在何处供奉的天灵碗,会出现在京郊小寺?"

"保不齐。我手里这块可能是当年内官手里的牙牌,不然你怎么解释看见的这些幻象。"

我又将那块牙牌夺回手中,想要一探究竟。再一晃,那被金丝牵绊的雨燕之神,正在天边嘶啼。这嘶啼又分明化作千万雨燕细碎的啼声,如万箭穿心而来。我笑了笑,"如果这真是块人骨牌,也不会是一般人的骨头,可能是西南战神瞿能和他儿子们的骨头。不然如何能照见这些守护神?这是那些糊涂兵能看见的吗?"

燕青不说话了。我们从前门走出来,在杨梅竹斜街逛古玩店和旧书店,他将小牙牌放在我手中。一些打着哈欠,穿着圆领袍的小人儿,正在书里攀上爬下,我伸手去触碰那些小人儿。小人儿倒也不避,有些索性坐上了我的手。我手指倒并无任何感觉,只觉得痒痒簌簌的,我"嘿嘿"

笑了。

　　燕青见怪不怪，跟我说这些小人儿都是那些古人的词句幻化而成，在古书中卧得久了，每个小人儿都自诩杜甫或李白转世，有的悲悲切切，有的哭哭啼啼，有的端着空气酒杯不断啜饮，哭到伤心处，不忘用袖子擤擤鼻涕。我连忙寻找王维的书，只见那本书紧紧合着，并无任何小人儿钻出来。我翻开那书，里面有个小人儿穿着白袍儿，背对着我打坐。

　　我弹了弹他的背："摩诘兄，别来无恙？"

　　他缓缓转过身，面容清秀，带着岁月的颓败，眼神讶异："随意春芳歇，王孙自可留。这位娘子，我们可曾见过？"

　　我答："摩诘也许未曾见过我，我却见过摩诘千百万次了。"

　　他颔首："这话倒是常有人说。"

　　我说："今朝花树下，不觉恋年光。"

　　他叹："文翁翻教授，不敢倚先贤。"

　　这时，太白小人儿看我对他不理不睬，气得从我手中跳下去，去别处喝酒了。摩诘和太白一向关系不好，哪怕有孟浩然和杜甫两个共同好友，两人也从未有过交集。我邀王摩诘来到我掌心，他仔细研究我的掌纹，说山脉起伏，河流纵横，是个有情人的手。我问他："我总怀念《少年行》时候的你，不知怎么就急转直下，落得空山人语响。"

他沉吟片刻，让我有空来辋川别墅耍子。

"这样一本小小的书，我安能去得？我听闻您自己造了二十多处亭台风景，孟城坳、华子冈、文杏馆、斤竹岭、鹿柴、木兰柴、茱萸泮、宫槐陌、临湖亭、南垞、欹湖、柳浪、栾家濑、金屑泉、白石滩、北垞、竹里馆、辛夷坞、漆园、椒园等，若是前去，岂不是要三月聚粮，在您家中叨扰多时？"

他说："我今日要进山访道，可随我一同前往。"

我正待与他同去，燕青从旁拽了我一把："咱们走吧。"

我责怪他坏了我的好事，气得直跺脚。

燕青嗔怪："别着了他的道儿。他毕竟不是真摩诘，谁知道他会把你带哪儿去？"

"你去过那些地方吗？"我问他。

"他们总会邀请你去一些什么地方，可能自己在书里太寂寞了。我没有去过，因为太虚了，我怕我出不来。"

"他们到底是怎么形成的？"

"日久成精。人留下来的诗是寸寸心，慢慢这些句子就幻化成了精灵，你可以把他们看成是一小片一小片的古人。"

"那不就和朱棣的人骨珠一样。"我看了看手中的牙牌，上面什么也没有，没有小鸟儿也没有小人儿。

一个陈旧的汝窑瓷碗边，一只薄而脆的小画眉鸟，正偏着头往碗里蘸水，可碗里空空荡荡，什么也没有。三生石上旧精魂，赏月吟风不要论。生物之息相吹，肉身既败，容器已损，灵魂无处安放，只能站立在旧时最爱的瓷碗边，想象着有小虫与水。我轻抚它的头，它给我唱了一首《竹枝词》，我心被这美妙的歌声轻击，悄悄落下一瓣莲花。我问燕青，他是否拿着这牙牌去过任何墓地，可曾有什么发现。

燕青摇头："这牌子貌似只能见天地精灵，看不见人鬼。"

这牙牌所见的，皆是些被囚禁的生灵，即使是人形的精灵，也是被困在书中的丹心。我所听到的声音是我的想象，而精灵的想象则构成他们的日常。丹尼特将生物的进化分为四个层级，从达尔文式生物、斯金纳式生物、波普尔式生物到格雷戈里式生物，生物的意识体验逐级上升，但当这一切归为尘土，丹尼特又否认有灵魂的存在，因为它们隔绝和免疫于科学。那如何解释燕青的牙牌，这原来是一块有情之物，西方的哲学到了东方，不灵了。

我和燕青准备去往东四，我一路叽叽喳喳，燕青大多数时间都听着，说些捧哏。我说中午咱们可以按照李天然这美食地图继续吃。燕青点点头，我们挑了一家京味儿馆子，在东四六条胡同口的二层小楼上，暗沉的红木桌几，从阁楼中看光斜探进来，像人促狭的笑。书上说要喝Dewar's的威士忌加冰，巴掌大的猪油葱饼，葱爆羊肉、西红柿炒蛋、凉拌黄瓜、香椿豆腐。

老北京馆子里哪儿有威士忌，我们只点了素油麻豆腐、葱爆羊肉和两碗米饭，我点名要了奶酪兔子，用铝质勺子拍兔子滑弹的屁股。敲几下，就有小小的奶牛从奶酪兔子上蹦出来，麻豆腐上有很多黄豆在滚，葱爆羊肉上有小小的羊在啃葱叶。我看呆了，燕青一勺扛走我面前的麻豆腐，又夹两筷子葱爆羊肉，那小小的羊跟着燕青的筷子跑。我的心蘸了些醋。那时我还在吃素，故只是看着他吃。

燕青慢慢地嚼，似要做给我看。我扛了一勺奶酪兔子。

燕青说："你再看我一眼。"我看了看他，亲眼看到小羊从他那薄薄的嘴唇中钻入口中，再顺着他的喉咙和食道往下走，直落到胃里。我似乎看得很清楚，小羊坐着淡粉色的肉壁往下滑，像滑滑梯。我又盯着他看。他倒是没不自在："它就这样成了我的一部分。有朝一日，我也被烧成骨灰，做成肥料或散入大气。"

我说："别安慰我了，也放过你自己。"

燕青微微摇了摇头，耸了耸肩。

我们吃完饭，继续做行脚僧。高热的天，北京敷在身上，我们走在树荫下，有风，还不算太蒸。沿途，他给我指那卧在屋檐上方的鸽子精，云朵般柔软的猫咪神，在树丛中高鸣的蝉神，躲在凉荫里甜蜜轻语的鹊神。蝉神舒展它那几尺长的金边玉翅，企图给我扇些清凉的风，蝉翼的透明处，能感受到每一片叶的脉。鹊神张着嘴散热，眼睛半眯,将翅膀伸到几根树杈之外,细长的淡蓝尾垂在树下,我将脸枕在它的尾羽上,比上好的杭丝还软。

燕青这时让我看他的身体,我看见他体内的小羊吃着黄豆和葱,耐心地嚼着。在十万勒克斯的阳光直射下,他的身体好似透明的铁臂阿童木。我被这种异样吸引,攥紧了那小小的牙牌,想把手指伸进他的胃里。他淡淡地看我:"麦麦,你能看到它们是超维,但我毕竟是三维的活体,你无法穿透我的肚皮。"

"我从你身上看不到什么精灵。"

"人的身上什么也没有。"

"乏味,寡淡,真没劲。"

走走停停,我们又钻进一家咖啡店,很多小果子精在绿色的复古台灯顶上跳舞,都是些小樱桃和小西瓜,表情明亮,笑嘻嘻的。燕青又喝了一杯冰拿铁,让小牛去和胃中的小羊做伴。待暑气平缓了,我们又去转东城。在皇城根遗址,城墙的残垣边,有一头极老的大麒麟,头顶的鹿角挂着几个青铜铃,鼻孔里冒出许多热气,青色的牙齿嚼着风,后腿的蹄趾缝里长出了一些小树与花朵,将它深深地栽进城墙边。麒麟拿头蹭着城墙壁,发出呜呜的呻吟,青铜铃就丁零当啷地响了起来。

我怕麒麟脱水,想拿咖啡给它。

燕青问:"它能喝咖啡吗?"

"咱能不能把这个树枝斩断,然后把它牵走避避暑?"

"它是神,你能牵得动神吗?你牵走了它,这城墙不塌吗?"

我们眯着眼睛,那麒麟玻璃球般的黑眼珠竟流出哀怜。它蹭完角,说起城墙叠落的小砖,抚摸过的小骡和驴,看见挖掘机来时的恐惧。它说它很多同伴都已回到了深山老林。它们曾在午夜用蹄叩小砖而歌,夜里,所有麒麟一起倚着城墙高声放歌,歌声经过北斗七星,北斗七星如水晶玉勺,再缓慢地将这歌声传送到每一朵星的身边,这些星互相碰撞出波纹,奏出深入宇宙穹隆的音乐。守城墙的麒麟们,虽然彼此不能相见,但这些星碎的歌声将它们紧密相连。百兽之长代代吟唱,麒麟家族叩蹄而歌,讲述麒麟这千百年来在每一处皇宫庭院、城墙垛子、衙门法院发生的故事。它们将这些故事通过歌声编成密码,四散于宇宙。

我听着很是吃惊。老麒麟唱起歌像清风拂过溪水,倒是意外清澈。我问它渴不渴,它说有小龙会从它上方经过,吐出水精灵来给它润肺。这是私水,小龙偷偷从附近的河里喝完,用内力运成的水精灵。近年来,随着太阳吐出越来越多的火球子,麒麟的水精灵又纷纷逃逸到云朵中去了,所以它看起来枯萎伤心。

我想要给它喝点咖啡。

它说之前有人在城墙边洒过一杯,它尝了尝,结果当夜一夜无眠,想要叩蹄唱歌,却无麟来和,于是心中大伤,蹄子也裂了一块。

燕青摇摇头:"你给它喝的,也许会腐蚀城墙。"

我翻了个白眼。我俩准备告别,燕青因抑郁凌晨三点才靠药物入睡,他哈欠连天,眼看着就要睡过去。临行前,他说他已经把周围的精灵都看透了,可以将牌子放在我处,让我去看着玩儿。

我说:"饶是如此,你的抑郁竟然一点儿也没好?"

他答:"净是麒麟这样的老家伙,看了也不见得舒服。"

我笑笑:"我给你占一卦。"

到家,我泡了一杯菊花胖大海,加了几块黄冰糖,降一降燥热的暑气。我要重现白沟河之战。如燕青所说,若牙牌对人毫无作用,那么将人转化成动物形态,想必可从画中得出些许答案。我画出山川地貌,让各种动物形态的轻骑兵,从高山的草甸直奔而下。飞禽与走兽从伤痕累累的白骨中钻出,重新变作死去的亡灵,它们在画布上招魂,想要重现那惨烈的一战。瞿能在薄暮之际,率两千轻骑,于战场中突入,逼得朱棣不得不亲自杀向建文军。关头吃紧处,瞿能几次大喊灭燕:"燕王倦矣,不趁此时擒之,更待何时?!"

随后,瞿能率铁骑亲斩燕骑兵数百,马上就要将朱棣擒获,此时却来了一阵大风,将李景隆的旗帜吹倒。军中大乱,四处溃逃。瞿家父子不愿退,因此战死。之后李景隆向南败走，武定侯郭英所部向西面溃逃，建文军死伤十余万人。

在此画中，瞿能变作一头奋勇的豹，周身伤痕累累，在一众枯瘦的山羊士兵中，和儿子瞿陶、瞿郁同时倒下，风干成旷野中的豹子头。吹折旗杆的风，不知是华北平原的哪一阵风，不知是否早已跪服燕王，还是李景隆的临时起意。西南战神瞿能与他两个儿子，全部败于燕地。

我将河沟全部填满红色，这些山川平原张开深蓝的血盆大口，要花很长时间才能吞没这些年轻无辜的尸体。他们的血脉将喂食秃鹫、燕隼、乌鸦、红隼和豺狼虎豹，血液沁在岩石上，凝结出盐分，羚羊、岩羊相伴来舔舐，他们的生命变成了更丰茂的植被。

夏日的暴雨像瓢泼那样砸到窗上，骤然间，天地敲起晨昏大鼓。透过落地窗看下去，三层楼高的枝蔓树叶被吹得波光粼粼，层叠起伏，我爱闻这种飘摇的雨味。

我将牙牌贴入画中，想要看看它对瞿能是否有所回应。牙牌颤动了。又似乎是风在舞它。我凝目细看，只看见那豹的花纹慢慢开裂，我用手去触，只留下猩红的指纹。我觉得诧异，再一摸，感觉有淋漓的血肉，手感很软。我凑上去闻，有什么东西要破土而出。我赶紧闪避。再看，是那豹的骨骼，正片片碎裂。忽旋转出一片细骨，正冲我眉心，我拿牙牌一挡，牙牌发出细微的黄光，丁零响了一声。

我脱口而出："麒麟的腰有点疼，不知能不能贴点膏药。"

没人回答我。

我自顾自念起来:"如果没有白沟河一战,北京将不会成为今天的北京。我之所以觉得你是瞿能,是因为瞿能才会有这样的不甘。因朱棣折转定都北京,你才能看见那些被缚在此的神兽,你和他们一样被缚住了。据说你被送回了合肥,但我觉得你的骨骼也应被拆过。你并不后悔,西南战神从不后悔,因为还有更多的人因你死去,你的确觉得自己罪孽深重。你是愤怒,且不甘心。"

画中忽然响起号角,我看见那些瘦骨嶙峋的士兵正呐喊着冲向我,似被我手中的牙牌所感召。那些小小的弓箭和戈一起投向我,我想要拿笔去挡,可惜已来不及。忽在此时,一个白衣小人儿挥毫泼墨,一剑曾当百万师,迅速勾连起一座大山,那些兵器砸在青山之上,大雨泼瓦砾似的天地脆响。

白衣小人儿转过身来,将笔掷到一边,对我行叉手礼:"阁下受惊。"

我惊出一身冷汗,终于从那画的结界中抽离:"右丞,您怎么来了?我应敬这位咸阳游侠一爵新丰美酒。"

"已有百年未有人与我交谈,我待在那书中也无甚意思。你既绝了我的邀约,我便想到你的世界里看看。我跳入你的铜镜,跟着你走了这一路。"

"哈哈哈,铜盘即钓鱼,你在我的镜子里钓鱼了吗?"

"这镜太热，鱼都化了。"

"如果我中了刚才的箭会怎样？"

"安禅可制毒龙。"摩诘宝剑回鞘，"万象皆幻觉。"

他说他并未在画中见到瞿能，但那股冲天的怨气，自是要驱使溃逃的建文军，再袭击那小小的牙牌。"这牙牌可能是无名小卒，可能是天下人，可能是罪人骨，也可能是牛马骨，用来侍佛的宝物，吃了多年香火，不会害你的。"

我再摸那豹，已经冷了，手上还是红色的油墨。

我拿出一本王维的诗集校注，白衣小人儿走进去，新做的木屐在纸上沙沙作响，让他不至于离开书太久变得虚弱。我问他要不要回杨梅竹斜街，他在我的书里走了走："这里也有辋川别墅，更大更宽敞，也没有菌子和霉味。竹里馆的竹愈加新翠，一阵新雨，空中的味道极鲜，黄鸟在枝头唱歌，声音很脆。我们可以在草中下棋，我新扎了鹿皮几，坐卧随君意，看竹不须问主人。"

我想起燕青的劝告，心在两侧游弋，不知该沉去哪一半。摩诘也较为沉郁，看着是较轻快，总能感到那颗酸涩痛苦的诗心。如果能从辋川折取一些绿柳与红桃，送给燕青，想必会让他开心些。我想了想："奴家真个去，公定随侬否？"

我随着小人儿进入书中，出乎意料的是，我拨开那些词汇，发现这才是牙牌的正确应用方式。燕青虽得到了这块牙牌,却始终抗拒那个任意穿行的世界。细雨点燃草色,清风掠过山,青翠沾在了花枝头,那种嫩绿让他心动,我甚至能看清他透明的心脏。

摩诘邀请我去早春的湖水中游弋,倒是降了些温。他的面目逐渐清晰有神,微皱起眉头,坐在船中心。破冰的鱼在水下四处觅食,绿头鸭和鸳鸯结伴而游,远处他自己做的小柴扉虚掩着。他给我指那些他种下的松树,说这树皮像龙鳞,不知是否能入药,延年益寿。松鼠从松树上蹦下来,正赶到溪边饮一口水。溪边浣衣的女子们正用力地敲打着衣服,叽叽喳喳地聊天。

再抬头,满池荷花渐次盛开,蝉鸣扑了满天,我们的小船向前推开荷花,我俩的衣服上都洒满了莲瓣。很快,红扑扑的采菱女子坐着小木舟,唱着歌儿划回来了,每个人的箩筐里都装满了绿色的菱角,每个女子都坐在菱山边,一脸愉快。

摩诘倚着鹿皮几,开始念诗。我说:"你的世界怎么运转得这样快?"他说:"我是按照书里的诗念出来的,诗与诗之间景色相异,因而斗转星移这样快,也不知道谁这么排列的。"

"哈哈哈,是赵殿成干的!"我接过摇橹,大笑着,从未像眼前这样开心,"小娃撑小艇,偷采白莲回!"

摩诘说:"此诗虽白,但也可爱。"

"哈哈哈哈,就是白乐天写的。"

"略有耳闻。"

等到燕青将我从《王右丞集笺注》里揪出来，已经是两周以后的事了。他到处寻我不到，赶紧给我爸妈打了电话。爸妈到我家开了门，他冲到我屋里，见牙牌压着这本书，立刻将这牙牌扔到一边。

那天，我正坐在书里和摩诘喝酒，忽然看见竹里馆的天空被撕开一条缝。在缝隙中，燕青一脸无奈地看着我，我抓起一把江城的枫叶，准备冲向屋内，却很快被他拎了出去。

我责问他："你怎么知道我在哪儿？"

"你看看那书。"

我一看书，竟觉得诡异非常，只见那书变得破旧不堪，像经历了一场旷世大战，乃至有烟熏火燎的迹象。我连忙冲到画布前，果然，那些动物兵将早已不见踪影，大概是冲到了书边，想要将我胖揍一顿。但是我那小小的摩诘，却神不知鬼不觉地，带我去了辋川别墅。颓然居一室，覆载纷万象。我穿上了阮家履，高柳处听莺啼，长廊边听雨响，或出或处，或默或语。而他除了念诗，还在颂禅，不仅是为了黏合自己龟裂的心室，还是为了撑起我们所在的超维天地。

燕青将牙牌收好，拍了拍我的头："你那美美的仗打完了，你最爱的王维救了你。现在，你还有什么想做的吗？"

"众神看上去有些可怜，我们去帮帮他们吧。"

"麦麦……你到底……要做什么?"

"我想给麒麟贴片儿膏药。"

"……"燕青的黑发垂下来,脸白白的,如雪里芭蕉,"非要如此的话,还是去买个吴裕泰冰激凌给它吧,天儿这么热。"

西班牙猎神

天上无论降下来多少只雨熊,
地上的葡萄都是静悄悄的,
似乎它们永远生在那里,
永不被人摘去。

离巴塞罗那不远的布鲁克小镇里，有一座名为堪塞拉的古堡，古堡每年都会接纳来自全球的艺术家作为艺术驻地。某年，它举办了一场名为"西班牙猎神"的比赛，我就是其中的一个选手。

据古堡的管理员苏菲介绍，每年的九月二十五日，都会有外星人开着飞船掠过蒙塞拉山。经常有人半夜去山上等着外星人的降临，这是布鲁克和科尔瓦托镇的传统。所有人都要戴着锡纸小帽，防止外星人对自己的脑电波进行操纵。没准外星人会撒下一些冰凉的、果冻状的小雨熊，每只有拳头那么大。如果我们之中有谁能捉到雨熊，还能让它保持完整的形态，就能获得猎神比赛的冠军。赢的人可以拿一大笔奖金，去斯瓦尔巴群岛看北极熊或去北美的丛林里看棕熊。

得知这个消息的艺术家们对此嗤之以鼻。要知道近五十年来，那座山上只有一次有人曾目击过外星飞船。凌晨两点多，飞船忽然贴着山头飞过去，上面撒下来的雨熊几乎落满了整座山，大部分都没能活过黎明，就化成了露水。在山上等待外星人的青年们拿着竹筐和布包，把幸存的雨熊收集起来带给了研究员。在透明的隔离标本瓶里待了两天后，被捕捉用于研究的雨熊突然集体化作了一股青色的烟雾，就像甘道夫在夏尔放的烟花。监测记录员霎时脸色惨白，当时门外还挤满了从欧洲各地赶来的科学家和技术人员。

但生物学家在残存的液化露水中，确实检测到了类似生命的痕迹——并非全由碳基组成；幸存下来的照片显示，那是些透明的类似熊般的躯体——如果可以称之为躯体的话。据说它们像北极熊一样呈八字走路，还会像动物园中的熊那样表示无聊。它们在玻璃瓶中做出不断起舞的姿态，似乎是想要挣脱。西班牙著名珠宝品牌"金丝熊"，就是以此为灵感来制作熊首饰的。

八月底，我拖着我的小黄箱子，从巴塞罗那坐大巴到了布鲁克镇的半山腰，再穿过茂密的山林去堪塞拉古堡。行李箱的轮子吃着山里的碎石头，敲出闷钝的跌撞声，听得我很心疼。我拖了箱子一路，终于走进院子，大大松了口气。身后响起泊车的声音，我回头一看，一个女孩从安娜的小车上走下来。她背着一个巨大的登山包，黑短卷发配着黑框的方眼镜，眯起眼睛看着太阳，咧嘴露出稀疏有致的门牙，看上去像个傻乎乎的极客或数学天才。

她看向我："嗨！"

我礼貌地笑笑。

她叫克洛伊，比我小两岁。如果摘掉那副傻乎乎的黑框眼镜，我就能看见一双睫毛细长的、湿漉漉的黑眼睛，一如早晨匆匆走过淋过雨的树，从枝叶上滑落到脖子上的水滴。黑色的卷发衬得她很像被揉碎的东欧模特，瓷白的面颊上泛着两块红晕；玫瑰色的薄嘴唇，不笑时，是盛在夜光杯里的葡萄酒。我爱听她讲自己的故事，美丽的水晶碎了一地，每块不规则的折面都散出奇异的闪光。

克洛伊是巴黎本地人，刚从巴黎一所艺术大学毕业，拿了奖金来堪塞拉。十年前，她的父亲在奔驰做汽车工程师，平日疯狂抽烟，酗酒严重。下班后像灌满酒精的长条橡皮糖，出了酒馆就黏在地上。母亲有严重的情绪障碍和暴力倾向，两人在她八岁时离婚。母亲带着克洛伊和弟弟生活，不停辱骂和虐待他俩，继父和那边的姐姐经常让他们饿肚子。十四岁那年，克洛伊决心离开母亲，她跑到那栋挨着便利店的小黄楼，请求和父亲一起住。

父亲平静地接纳了她。每天早晨，在喝下半瓶白兰地后，他可能会给克洛伊留下几欧下楼买面包，也可能什么都不留。这时她就翻开冰箱，随便翻出点水果，用咖啡混点剩牛奶喝。母亲经常罚他们饿着，她习惯了饥饿。喝完咖啡，她出门下楼散步。她早已退学，所以会跨过几个街区，去免费的艺术馆逛一天再回家。

但这一切还远未结束。

我们吭哧吭哧地把东西搬上二楼，然后下楼观察周围的地形。香港女孩安从二楼下来，她在这里已经待了两周，勉强赶得上抓雨熊的日子。她说自己要去买东西，问我们要不要一起。我们决定一起去，认认路，买点零食。我一句中文都没有说，尽管我早就在资料上看到过她。

村里只有一间位于半山腰上的小超市，早晨十点开，下午四点关，安息日关门。从石头城堡里出来，我们告别杂草疯长的大花园和版画油印室，途经艺术家们的蓝色瓷砖画和各式各样的涂鸦，穿过未经修剪的、漫山遍野的植物，踩着铺满碎石的泥土路往上走。走到一处，路分成了两条，一条通往村子的中心，一条通往更幽静的山谷腹地。我们选择左侧的路，走上有三道折弯的公路，才能到村子里去买巧克力饼干、柠檬啤酒和多力多滋。

安戴着一顶白色的草帽，穿着无袖的白色 A 字裙和黑皮凉鞋。一双驯鹿般的大眼睛，眼底氤氲着傍晚的散霞，似乎是山林里长出来的。在大家用英语热烈交谈之际，她突然在坡上站住，用略带稚气的港普问我："是……种果（中国）人吗？"

我笑得不行，然后我们立刻说起了中文。她解释道："我以为你是涵果（韩国）人。因为你白白的，眼睛大大的，很像涵果（韩国）人。"

我们说起这片原始山林，她说香港的森林也很美，还会有黄牛出没。

我很惊讶地问她是不是真的黄牛，她说："是真的，那些牛就在路上走来走去，有时去海边，有时还会被车撞倒。"

她给我看她拍的牛屁股，我乐不可支。

她继续说："我们还有很多猴子，城市里到处都是猴子。"

山坡的尽头是修得歪斜的柏油马路，被伊比利亚半岛的阳光几乎晒成了象牙色。沿街排着奶黄和象牙白的小房子，往前走是一座桥，桥下面是深绿的山谷，是小径分岔的另一条路。回头看身后，是分成数段的蒙塞拉山脉，它的顶端是一朵分散的睡莲，独立、圆润地绽放着。藤本植物和草本植物追赶着石峰，还是未能触到它们。有时蒙塞拉山蒸起漫山的云雾，它就隐到了另一个世界。我们面对的将是参天迷蒙的白和隐隐生发的绿，我的心里猛然塞进这座山，有不可名状的恐怖。我想象着上面滚下万千的雨熊。

偶尔，古堡里养的黑白相间的小奶牛猫会和我们一起走。它有时跳到一片高地，有时又突然出现在前方，回过头来俯瞰我们。直到把我们送出这一片寂静的密林，再自己回到古堡。它在马路上出了车祸，被古堡的管理员送到医院，救了回来。可肠子似乎是被压坏了，总是偷偷地放屁。

小猫咪的嘴也缝了针，歪着唇瓣，露出小小的犬齿，生怕被人彻底抛弃。它凑近我们的时候，总有股臭味儿。我们既爱又嫌弃，有一次克洛伊抱着它，突然闻到一股臭气,拧住鼻子,几乎昏在沙发上。

走过桥,就是小村的中心地带,沿途有雕塑工具店、小酒馆、咖啡店和烘焙店。我们会挑一家不错的餐馆,坐在小凳子上吃炸鱿鱼圈、炸土豆块和橄榄双拼,叫上柠檬啤酒或当地的特产红酒 Tinto Blano。我们吃着炸土豆,喝着甜甜的柠檬啤酒,聊各种咸淡的天。一喝酒,我们的心情就热起来,总是哈哈地笑。

那之后,我们几个就天天在一起。

一天,克洛伊在第五区穆浮塔街集市和几个摊主聊天。临关门时,跟人家要了几个水果和两只巧克力玛芬揣进口袋,想着如果父亲再喝到不省人事,她就可以不用再饿肚子了。回到家刚拧开门,她就看见屋里悬垂着一个人,衬衫衣角伴随着微风轻微抖动,两条腿像筷子那样伸着。父亲看着阳台,蓝灰色的瞳孔放大,舌头微微吐出,垂下的手腕上,伤口翻起来,血还在滴。

他的黑发纹丝不动,她的黑发猛烈摇晃。她坐在地上,手机颤抖。医院,奶奶,妈妈,弟弟;通知完这一连串人,克洛伊松了一口气。在此之前,父亲已经自杀过几次,均以失败告终。这一次,他终于如愿以偿。他吃了大量安眠药,割了腕,买了最结实的绳子吊在了家里的横梁上。他活着的唯一心愿就是死。

克洛伊对我说:"我爸这个老烟枪,尸检时医生发现他的肺还是嫩粉的。是不是很奇怪?他抽烟那么凶,居然肺还是粉的。我开始怀疑那些包装上的黑肺是不是真的。"

我叹了口气："不要抽太多烟。"

她说："我知道，咪咪，我早就戒烟了。"

九月真是浪漫。早晨如果我沉溺于枕上，安会敲我的门，叫我下去吃饭。我走出门，她已经坐在二楼的工作室，面前是巨大的玻璃窗，阳光大块扑过来。她正慢慢地调着蓝绿的颜色，手边放着巧克力。我晕晕地下楼洗漱，拿鳄梨、酸奶、黑面包、黄油和橙子，顺便用法压壶或意式壶煮个黑咖啡。

克洛伊会从冰柜里拿出几个小鲜橙子，手动做出一杯新鲜小橙汁来：切一半，在小伞似的榨汁盖上用力挤压，直到橙子变成一张被压垮了组织的薄皮。我会骄傲地让她帮我做一杯，仿佛我还生活在雨果的时代。

克洛伊的父亲去世后，她不想再回母亲那儿。她好朋友的父母那时已是百万富翁，他们决定收养她。以前他们只是巴黎的两个乞丐，在蓬皮杜博物馆、卢浮宫和埃菲尔铁塔等地靠乞讨卖艺为生。二十世纪最后二十年，欧洲还沐浴着文明的余晖，巴黎还处在黄金时代的末尾，纷至沓来的游客让他们得以解决温饱。两人靠着低保和棚屋解决了基本生活问题，又攒了一笔不小的经费，靠着这笔钱招募了一些街头杂技艺人，成立了小小的杂技剧团，剧团的项目也从吹泡泡、吐火龙、魔术鸽，拓展到了人体旗帜、大变活人和大道走钢丝。

随着流浪艺术团的名声越来越大，他们接到了国内外的很多演出邀请，开始了各地的巡回演出，并一路壮大队伍。他们赚够钱后，在巴黎市区买了套房子，靠近蓬皮杜博物馆。那儿还有他们十几年的老朋友，在美术馆的广场上，舞着漫长绚烂的肥皂泡，引起孩童的奋力追逐。他们有时叫朋友来喝茶，有时去广场坐着看朋友舞肥皂泡。

那时，她的养父母已经六十多了。他们迷上了意大利手冲咖啡、日本瓷器和中国茶，在一楼的花园里种了山茶花、虞美人、风信子和薰衣草，甚至在角落里，还有一小株歪歪扭扭的苹果树。克洛伊过上了喝新鲜牛奶和吃燕麦片的生活，早餐时也能拆开四种不同的谷物，挤压新鲜的西班牙橙汁，喝手冲咖啡。她开始涂二手口红、画画、写诗，闲下来和朋友一起去跳蚤集市淘几欧的亚麻衬衫、丝绸领带和旧书旧货。

但克洛伊还是很需要钱，她从学校毕业后，就要想办法自己租房了。她不怎么擦护肤品，也不做什么防晒，她想拿到那笔钱，快点从养父母身边搬出去，和好朋友分开，拥有独立的空间。

我决定帮她一起抓雨熊。我一向没什么中奖的好运，但克洛伊就不一样了，每次玩儿牌，她总能赢。她可能在命运的赌桌上，押上了自己的童年。

安给我看她的毕业画册，那些静谧、折叠、海岸边散开的光影，在港岛的森林里拍出的累累花枝和萧萧木叶，都与红绿喧嚣的香港无关。她有顶一流的审美,一张山崖的侧剖面上,她走在惊涛卷噬的山路上。她指着朱光潜的《谈美》,说她刚刚读完。

我说:"想当艺术家,不用看多少展览,不如先看本朱光潜的《谈美》,好好美一美。"

克洛伊说:"展览吗?我非常喜欢在展览开始的第一天跑过去蹭吃蹭喝,巴黎、纽约和伦敦的我都去过,只要穿一件还像样的衣服,装模作样地谈上几句就行。所有展览的酒和食物都好极了。"

我和安对视欢呼:"下次带我们一起去。"

古堡的阳面流淌着美妙的光晕,那些从中世纪就传下来的大胖砖,那些从不远的山谷里炸出来的粗砾石墙,游动着柔光闪闪的乳黄色。伸手去触摸那些在空气中妖娆扭动的小光鱼,感觉光的奶油色把人都浸软了。安正在给我画一幅素描,铅笔倾斜着在纸上来来回回,阳光照得我浑身发烫。我嚼着巧克力饼干面对着她说,我们可以这样生活一辈子。

她慵懒地抓了抓头发,大眼睛不时专注地盯着我,如空气中伴鱼巡游的香炉烟,那目光是新鲜薄荷和柑橘香橙的味道,略宽的唇微微抿着。我的灵魂蒸发了一半。有人说是因为老晒太阳,尼采才发疯的。

安说:"以前恋爱时,我每次见到男友,都要给他画一张素描。"

我说:"那他一定很幸福。"

"我下午想走到隔壁镇去转转,你们俩要不要一起来?"克洛伊等我们画完,凑过来问。

有光影的地方自然是安喜欢的,更何况是去山野徒步。我们要穿过大片橄榄田、葡萄田、苹果树和梨树,还有各种未知的草木与鸟兽。我为手头的稿子犹豫,终究被安闹着劝动了。

按照导航,从后院繁茂的无花果树上薅几个塞在口袋和嘴里,沿着后山的小路,我们出发了。树上的橄榄还未成熟,刚来西班牙,橄榄是极难下咽的,吃了几次后才感觉出甜味。我看着那片橄榄:"克洛伊,我们是不是可以管那些种橄榄的农民要一些网,这样就能在山上网住一片雨熊了。"

"哦咪咪,那些家伙可太难抓了,我想,用网的话它们可能会碎掉。苏菲告诉我,上次人们是用橡胶手套抓的,因此保持了雨熊的完整性。"

"它们真的是生物吗?为什么会突然爆炸?"

"也许它们不喜欢被关在瓶子里。"安漫不经心地甩着手,在田野里挥来挥去。

"按照动物的习性来说,没准是应激反应。我们可以用不同的容器去装,来测试它们的可容性。"我看着克洛伊去给路边齐人高的仙人掌拍照,她蹲下身捡了朵花别在了我的头上,随即大叫一声。她的手上被扎了仙人掌的小刺。

过了两小时，我们终于到了科尔瓦托。一到村庄的脚下，就能看见蒙塞拉山的余脉。山的岩缝里，都生出青葱的草本植物。我们爬上山，看着鸟雀从空中掠过，到处都是安静的小房子。路过的白人，脸蛋儿都被晒得发红，克洛伊也是。

山的顶头是个残破的哨垛，土黄的砖下杂草丛生。我们坐在留有残迹的地面上，心脏还未从呼啸的弹跳中缓下来，嘴唇焦干。我突然有了个想法："你们知道后羿射日的故事吗？后羿吃了嫦娥做的乌鸦炸酱面，更加耳聪目明，气势如虹，一箭就射掉了九个太阳。我们也可以用什么东西诱捕雨熊。"

安想了想说："后羿好像没有吃乌鸦炸酱面，是天生神力。"

"对，是鲁迅瞎编的。"我笑眯眯地看着她，"你大概没有读过那篇《奔月》。"

"我听到了炸酱面，咪咪给我们做过老北京炸酱面，是那个吗？"克洛伊用她的巴黎怪调说道，"我饿了伙计们，我们去镇上吃点东西怎么样？"

"不如拿食物诱捕，外星人对地球的美食肯定很感兴趣。"我从乌鸦炸酱面想到了这点。

"好！我要吃麦麦给我炒的 Patata[1]，喝 Tinto Blano！"

---

[1] Patata：西班牙语，土豆，此处意为土豆丝。

科尔瓦托酒馆里有一种我们没见过的特色酒，叫 Vermut。我们坐在靠近斜坡的阁楼上，要了三杯加冰块的 Vermut。它的味道比 Tinto Blano 更甜，没有葡萄发酵的涩味。咽一口酒，往嘴里扔一只橄榄，说起法语中"小王子"的发音——"拉拍提胖次"，我们又笑了很久。

这时克洛伊突然看到门上贴的海报，用她早已忘光的西语读了读："麦麦，哦麦麦，我有办法了！"

我挑挑眉。她继续说："西班牙要举行圣梅尔塞节了，到时候会有叠人塔，没准我们可以用这种方式来捉雨熊！"

"咱们会摔扁的。"

"等等，等等！"她露出那不齐的板牙，镜片反着光，看起来更傻了，"你看看，这里有以前的照片，他们还有巨人游行。"

"你的意思是咱们扮成巨人，站在山上等着吗？"

"没准这样抓到雨熊的概率更大呢？"

"喂，你是有多想赢啊！"我皱着眉头对她喊了句粤语，"有冇有搞错啊？"

"麦说啥？"克洛伊惊讶地问安。

"她说你疯了！"安悠哉地蘸了一角番茄酱，黑白分明的大眼睛转向我，软绵绵地央求，"你多学点粤语嘛，我们就可以说许多笑话。"接着，安让我念她的名字"佩（Puei）羲（Hui）"，我跟着她念"佩灰"，故意笑嚷："王羲之的羲怎么可以念作黑啊！"

她攥起拳头。

吃完土豆，我们倚在栏杆上沉默着，似乎说了很多，耳边回荡着粤语歌和法国诗。山风从我们耳边拂过，红酒蒸上的热气慢慢散去，太阳正在西斜。堪塞拉的墨西哥作家罗德里戈和匈牙利画家弗朗茨抱着胡萝卜、茄子和青菜从下面经过，我们嚷嚷着向他们打招呼，让他们等我们一起回去。下了楼，罗德里戈看着我满脸的晚霞，嘟了嘟嘴，做出用小杯子喝酒的手势："你应该喝得慢一点。"

"西班牙好得像梦一样，是不是，小墨西哥人。"

"现在，你真的应该喝得慢一点了。"他们哈哈大笑。

我们在回去的密林和将晚的天色里，几乎迷了路。走了快一小时，看到了来时的橄榄树、一家院子里的两只鹅和几只大狗。路边罩网的藤蔓里，结着一串串紫色的小葡萄，有点瘪了。据说，很多好葡萄酒都要等入冬后才能酿成。

巴黎人说，好多法国酒庄都被卖给了中国人，而法国政府对此无所作为，他们没有出台任何政策支持当地的酒庄。

"放心，我是不会摘人家的葡萄的。但如果我接到雨熊，就带它们来这里吃葡萄，这样布鲁克人也不会发脾气了。"我皱皱眉，有些生气。

"它们会变成葡萄味的果冻的。"安对我说。

"它们会醉倒在西班牙的荒地里的。"克洛伊说。

匈牙利人的声音像小步舞曲那样优雅地响起："我会陪它们一起醉倒的。"

"好浪漫。"安感叹道。

罗德里戈很快戳破了这层泡泡："我会给它们喂辣椒的，那才是人间美味。"

"噢！"我们爆发出一场大笑。

"但我等不到了。我明早就要飞回布达佩斯了，祝你们好运。"匈牙利人笑笑，那是个清瘦白皙的年轻人。

"噢……"

我回头看向身后沉入阴影的葡萄藤，珠粒模糊黯淡。天上无论降下来多少只雨熊，地上的葡萄都是静悄悄的，似乎它们永远生在那里，永不被人摘去。

山野间又没了信号，我们凭着路牌又辨认了两次方向，终于平安回到了堪塞拉。走进院子，作家帕乌拉正坐在黑石凳上，一边卷烟，一边出神。帕乌拉四十多岁，一头褐色的短卷发，蜂蜜色的皮肤，大而圆的双眼，棕色的瞳孔里竖起沉默的旗帜和光点，鼻翼两侧有很深的法令纹。

半年前，她的母亲突然检查出肺癌，发现的时候已经太晚。时间一长，她被那些咳嗽锤得千疮百孔，只好从波哥大跑到巴塞罗那散心，一想起母亲就落泪。她的父亲是外科医生，她从小就被带进医院玩，仰头看见一排罐子，病变的肺部组织就漂在福尔马林里。似乎父亲早就成了肺的守护神，她从来没想过自己家人会得肺癌。她觉得这是一种诅咒。

只有一种时刻能让帕乌拉真心地笑出来，那就是吃老干妈辣酱的时候。帕乌拉第一次吃到老干妈抹的面包时，激动得无所适从，觉得那简直是四十多年来吃到的最好的食物。她托我们去中国超市买了两瓶存着，我说老干妈是全中国最火辣的女人，她说咱俩应该合作，走私它去哥伦比亚。

现在，那支新卷的香烟塞到了两片干燥的唇瓣中，火星熟练地上卷。透过淡淡的青雾，她看见我们，短暂地笑笑打招呼，复看着远处的野草。我们说起罗德里戈要给雨熊喂辣椒的故事，她的脸上才露出一丝笑意，她去小柜子那儿拿出老干妈："没准儿它们吃了这个更容易留下来，我可以捐一瓶。"

我们点起蜡烛，把食物都搬到野外。安娜是挪威人，兼职做我们的厨子和司机，她上了年纪，皱纹驳杂，那双碧蓝的眼睛已经变灰。她常年穿着黑色的棉衣裙，身材圆润，喷着浓烈的香水。她年轻时在游轮上工作，在一次旅途中认识了自己的丈夫布鲁克。后来，她结束了漂泊，和他一起来到西班牙定居。

今晚，安娜做了热气腾腾的海鲜饭，那香味引来了山后的欧洲獾，猫咪们在厨房里走来走去，我们欢呼鼓掌。夜里水汽凝结，我们裹上厚衣服，喷了驱蚊水，坐在庭院里举杯，沙拉拌着黄米饭的酱汁，香软可口。

克洛伊聊起今天下午的猎神计划。加拿大的马琳和澳大利亚的斯嘉丽说,她们可以负责做蛋糕,以甜食去诱捕雨熊。管理员苏菲认真地看着我们,问我们是不是要认真地去捉雨熊,到底有多少个人去,还是只为了做一个作品。

气氛陡然紧张。帕乌拉没有什么心情,年轻的女孩们倒是乐意去探险,安娜说可以给我们做锡纸帽子,让我们安心前去。安一向是沉默温柔的,喜欢随众。克洛伊把视线转向我,我说:"当然去,我们要把巨人扛上山。"

苏菲摇摇头,对克洛伊说了句法语。克洛伊举起杯子里的果汁:"她说我不应该如此异想天开。"

"这是你们法国人的传统。"

安把汤匙和瓷碗碰得叮当响:"我可以带相机去,把这些都记录下来。"

"我们可以在山上做任何事,毕竟那是一座山。"克洛伊补充道。

隔天,苏菲走进来告诉我们,挪威的老师和学生们来了,没准他们也能帮忙捕捉雨熊,他们每个人都像巨人似的那么高。马上就是外星人降临日了,马琳在锅里用黄油炒着米饭芝士团,香气裹满了整个厨房。斯嘉丽出门去准备做蛋糕的各种材料,我们三个在准备着各种各样的器具和计划。

"哦!维京人来了!"克洛伊做出夸张的手势,用刀插了块黄油举在手里,仿佛那是因纽特人刚剥下的海豹脂肪。上个世纪，挪威的艺术家们买下了这座古堡，并把它开发成了一个艺术中心，他们每年夏天都会派一些人来这里度假。南欧的酒比北欧的便宜，他们会一箱一箱地从隔壁镇的大超市搬啤酒，放着重金属音乐，在后院的展厅里做雕塑或装置艺术。

我们几个快速吃完饭，跑到后院去看维京人。一个年轻人坐在庭院里劈竹子，地上铺满了他们从荒林里砍的竹子，旁边已经有了一个巨大的竹笼。我们站在他身边，凝目看着。他抬起头来，冲我们笑笑，继续劈竹子。

克洛伊问他能不能教我们编织筐子，或者借我们一个，我们好去接雨熊。我在她身后扑哧笑了，金木水火土，酸甜苦辣咸，赶上摘人参果和吃蟠桃儿了。挪威男孩看着后院那棵无花果树，上面的果实基本被我摘光吃完了。

他问："要不要做个弓、剑或是弹弓？"

"不必了，否则结局很可能是我们自相残杀。"我补充道。

男孩笑了，挥了一下手中的刀，浅棕色的卷发在脸边晃了晃，眼睛碧蓝如海："那么，你们的竹筐要多大，竹条要多宽？"

我们大致列了一个要求，坐在他身边看他劈竹子、压竹条，用结实的双手将竹条编成小腿那么高的笼子。我们问他："挪威人这么爱手工，你是不是挪威森林里的小木匠？"

他说："我们村子里的每一棵圣诞树都是我去砍的。"

"我们下午去科尔瓦托过圣梅尔塞节，你们要不要一起来？"

"我要给你们做竹筐，再晚可能就来不及了。"

苏菲亲自带我们前去科尔瓦托，看看有没有可能借到一两个巨人的国王和王后。我们随着游行的队伍来到广场，当地人正在叠人塔，根基很稳，一个孩子正在往上爬。这是我第一次见到真正的叠人塔，虽然只有五层，但孩子无所畏惧的熟练攀爬打动了我们。

叠人塔结束后，我给他们讲《聊斋》里有个演杂技的孩子，在寒冬的春节，爬上神仙索，去云霄宝殿里摘王母娘娘的仙桃，再一颗一颗地从天梯上扔下来，让官员们品尝打赏。天宫上的东西，果然鲜甜无比。不料，小男孩被天兵天将捉住，脑袋和身体的碎块被一块块地从天上扔了下来，掉进了他父亲的竹筐里。

大家说这个故事很适合狂欢节。

身后鼓声和萨克斯声越来越近，我们回头一看，巨人已来到了身边。黑发鬓须的国王、长卷发的王后和金发公主正从我们身边经过，踩着高跷的人在其中抖动着膝盖，保持着平衡。有长相奇特的巨人特意俯下身来观察我们，我们吓了一跳，尖叫着四散开来。小孩子们在巨人周围奔跑，婴儿们在大人的怀里哭喊，巨人的静止与缓慢、人类的追随和跳跃，在小镇里散出勃勃的生机。有人说，西班牙人是靠节日活着的，嚼橄榄喝红酒的快乐举世无双。

游行过后，苏菲带着我们去了活动中心，那儿的桌子上已经摆上了硕大的人头和半身纸衣。巨人的腿早就被收了起来，平躺在地上。等了半晌，一位大叔拿着酒从门外进来，他的头发打绺，前胸后背都被汗濡湿了，看到我们问怎么了。

苏菲用西语跟他聊了几分钟，他皱着眉，不断说着好的好的，语调像蜂鸟的翅膀那样飞速旋转，不时快速地打量着我们。

话音一落，他走到柜台后面抬起地上的大腿，对我们笑笑："你们用这两条腿上山的话，估计很快就到了。你们真的要踩着上去吗？"

我和克洛伊商量了一下，决定不如直接带着巨人的上半身上山，这也是黑暗中扩大视野的一种好方式。万一外星人飞过，也能在黑暗中看个分明，说不定我们就能得到雨熊了。

"到时候我会提前开车送到山下。你们想要哪款？"

"那个金发的公主！"

"哦麦麦！"克洛伊对我的少女心有些不满，"我们为啥不选王后？"

"你不懂，她很鲜亮，在黑夜中也会闪闪发光。"我分析给她，"你不觉得玛丽王后对外星人来说太过哥特吗？"

"好吧，你听上去很有道理。这次就让我们跟王后说再见吧！"

苏菲跟大叔交换了手机号，谈了一下租金。大叔拒绝了，让孩子们玩吧。他喝了口酒又嘱咐道："小姑娘们，弄坏了她，你们的奖金就归我了。"

回到堪塞拉，斯嘉丽把白日采的鲜花摊在木头桌子上，给它们摆好造型拍照。她跑遍了整个布鲁克，收集了石榴花、蔷薇、迷迭香、羊蹄甲和鼠尾草，准备冻进冰箱里，之后放在蛋糕上。她的脚边放着挪威人送来的竹筐，马上就是捉雨熊的好日子了。

我们凑在一起，又热闹地吃了顿饭。安娜今晚做的是羊肉炖卷心菜和烤鸡肉，一会儿给挪威人送过去作答谢。我们听着挪威话，暗地里做"维京人来了"的鬼脸。

吃过饭，克洛伊坐在沙发上，脸色凝得像铅块。下午的红晕褪去，她的脸色苍白。平日里一派英气的她，此时如小奶狗般滴泪欲穿。她摘下眼镜，把头枕在沙发上说："麦麦，咱们做的这些真的好吗？如果明晚我们一无所获，岂不是让大家失望？"

"大家一起玩儿而已，我们只当它是一个游戏。"我靠在她身上，"什么都不要太当真，去洗个热水澡早点睡觉，你现在闻起来就像块乳酪。"

"天啊，你又说我……好的我会去洗的。"她举起双手，无奈地笑了。

安在钢琴边，随手弹起了练习曲，音符在墙上烧出了几个洞。如果有人对即将要做的事产生怀疑，就像玩抽积木的游戏，一根木条松动，那么剩下的木条也会摇晃。我的东亚精神勃发，抵制住了艺术家的拜伦病。如果克洛伊再沉下去一点，我就拽不动了。

我把小奶牛猫抱进了克洛伊怀里，小奶牛猫非常争气地放了个屁。

外星人降临的节日终于来临。吃过早饭，马琳帮斯嘉丽一起做蛋糕，她们要做一个鲜花奶油的巧克力熔浆蛋糕，一个人正聚精会神地打着鸡蛋，另一个人正在熔化巧克力。我和克洛伊正到处搜寻有趣的道具，我打算去小超市里买一些大家都喜欢的巧克力饼干；克洛伊去后院摘无花果，寻找鸟类的羽毛和夜晚的探灯；安则安心在画室里准备拍摄计划和镜头脚本。安娜正在帮我们捏锡纸小帽子；南美的作家们正在做辣椒酱，想做点辣味牛肉馅饼；苏菲还不忘打电话确认金发公主是否能上山。

我铁了心要把这个节日打造成一个小小的狂欢节，这个古堡像是以悲伤为食。它吃进来的全都是郁郁寡欢、充满哀痛的人，并且这种痛苦无处可逃。大家不知道雨熊会何时来，也不知道雨熊到底会带来什么，但与外星的接触，哪怕是一点点，哪怕是外星人的弹射物，都能让他们感觉到哪怕一丝丝的生机。如果我没有猜错，这恰恰是苏菲组织"西班牙猎神"的初衷之一，人们渴望一片羽毛、一块果冻带来的奇妙飞行。

我们头戴着锡纸小帽,每个人都穿好了羽绒服或厚棉服,带好了自己的雨熊捕捉器。安娜给我们每人都做了一个便携的黄油酱三明治。尽管马琳和斯嘉丽觉得晚上吃太过罪恶,可她们的手提篮里是一座巧克力火山的热量——巴塞罗那的秋天在鲜奶油铺成的雪地中绽放,里面涌动着棕色的海水和岩浆,它猛烈沸腾着。我的挪威竹筐里放着御寒的厚毯子、防潮垫、枕头、纸巾、玻璃罐、空罐头和铁盒子;克洛伊背了一兜零食水果,脖子上还挂了一串大蒜;罗德里戈负责搬运帐篷、柠檬啤酒和红酒;安带了相机,一路跟拍。

挪威人的摇滚乐在后院响起,帕乌拉依旧坐在庭院里,一根接一根地抽烟,我看见她的眼圈红肿,无可治愈。小奶牛猫从静夜的山里走来,站在院子的灯下,看着安娜发动车子,分两批送我们上山。我们坐在安娜的车里,在山路上像土豆一样被摔来撞去。我们都庆幸,晚上还没有吃饭。

苏菲提前给巨人大叔发了定位。此刻,大叔正站在蒙塞拉的半山腰等我们,金发公主站在他的身边,她的上半身露出地面,下半身大概已浸入土地。黑暗中能瞥见她偏亮的头发和暗红的嘴唇。我们再次对他表达了感谢,并邀请他和我们一起吃喝,他只带走了一个花生酱三明治,并要求我们好好照顾他的女儿。

我们齐声答应,说公主理应被如此对待。

我们把公主抬到背风地里，在她的身边支起了帐篷和照明灯。我们铺好防潮垫，把有些歪的奶油巧克力蛋糕、墨西哥牛肉馅饼、花生酱三明治、柠檬啤酒、巧克力饼干、各种膨化食品和水果摆在了垫子上。有两个瘦梨滚到了石头上，好在它们是西洋梨，伤势不重。我和安一人一个，分了吃了。

我们把酒放在地上，远处站着等飞船的西班牙青年都凑了过来，他们裹在帽衫里，冻得直打哆嗦。我们递过酒去，说喝吧喝吧，过了今宵就没有免费的酒了。他们很高兴，说起了磕磕巴巴的英语。其中一个男孩说："我们是从瓦伦西亚过来的，听说雨熊滑过巴塞罗那后就消失了。"

很快，他们和罗德里戈讲起了噼里啪啦的西语，正如我和安的交流受制于口音，西班牙和墨西哥的西班牙语也不尽相同，罗德里戈干脆给他们递了一个墨西哥馅饼。我们猜金发公主是第一次在这么晚的夜里上山，不由得怜惜起她来，但谁也不敢让她喝口酒或者吃蛋糕。我们对她举杯庆祝，酒精漫过脸上每一寸皮肤，把嘴唇都烧得有些肿。嘴里塞着奶油蛋糕，巧克力的味道还没下去，还要来一口鲜辣的墨西哥馅饼。山里的水汽真好闻，草木和岩石的气味叠住了风的手，我们的感官被无限放大，星空若近若远。克洛伊说："关上灯吧，那样我们就能进入凡·高的世界。"

圣母在上。我们贴着彼此，躺在厚毯子上看着华美的星空，有人顶着挪威竹筐在山野中走来走去，安则站在风里，认真地记录着这一切。天上开始下起点滴小雨，那味道有点像家乡的话梅茶。我们努力睁大眼睛，看着星河在头顶旋转起来，每个光点都如此珍贵，我们盼望着银盘似的东西从头顶飞过。

克洛伊的手拂过我的面颊，玩弄着我的头发，酒精让我丧失了轻微的痛感。我说："你知道我什么时候最开心吗？是安说爱吃我做的炒土豆丝和虎皮青椒的时候。虽然很辣，但她还是很喜欢。"

"我也喜欢。"她笑笑，"我最喜欢你们做的西红柿炒鸡蛋。"

"嗯，那是我们的国菜。"

"也许我们终于找到一种超越语言的东西。"

"是雨熊吗？是乌鸦炸酱面吗？是天宫的桃子吗？"

挪威竹筐又转回来了，这次换成了安，她的大眼睛在竹筐后面闪烁，美滋滋地看着我们。

"佩灰，你想不想知道那个孩子掉下来以后发生了什么？"我从地上爬起，克洛伊扶了我一把。

年轻人们开始放 Coldplay 的歌，此起彼伏地哼唱，我们的声音又变得嘈杂。

"他没有被分尸，他从筐子里跳了出来，又重新变成了一个活蹦乱跳的小男孩儿，他还活着。"

"我听不清！"

我把她的筐子摘了下来，她的眼睛在夜里闪闪发光。

我们搀扶着看向山崖,城市缩成了一束黯淡的光条,大风吹过,光都有了褶皱。

"Hymn for the Weekend"响起,我们俩把克洛伊从地上拽起来。我们跟着音乐边唱边跳。这片山林离城镇太远,夜间行走的动物都在山下。我们什么也不用担心。唱着唱着,金发公主的斜上方突然发出了奇怪的碎裂声。

我们连忙往上看,只见夜幕掀开了一条翻折的波痕,有一只巨大的白熊从里面跳了出来。降了这一层,白熊的身体逐渐变得透明。它转过头,用模糊的面孔看了我们一眼,停留了大概两秒,忽地向上一跃,炸起漫天的烟花,碎成了一片片透明的小熊。

又是一阵风来,小熊如漫天飞针,插进了我们的眼睛、脸颊、嘴唇和胸口。而我们的金发公主呢,她毫发无损。

克洛伊叫着,跌跌撞撞地去开了灯。我看见她飞快地从身上扯下透明的雨熊针,将带着血的雨熊一只一只地投进铁皮盒子、玻璃罐、空罐头和挪威竹筐里,给每个容器都塞了不同的食物。我想这些雨熊会和蒲松龄的小男孩儿一样,重新合而为一。

克洛伊又赢了。余下的我们躺在旷野中,雨熊跑进我们的血管,虽然疼,但很舒服。

后记　高高兴兴的兴安岭

这些年的世界变得很奇怪，发生了很多让人心力交瘁的事，我的生活也带给我很多种不同层次的痛苦和酸涩的体验。这只全宇宙最厉害的啮齿目作家在人类生活的跑轮上不堪重负。就像我在爬一座巧克力大山，手边皆是苦涩和甜蜜的砾石，想要啃一口，又总是崩掉板儿牙。这座巧克力大山在太阳的照耀下蒸出七色的柔光，这美妙的光从远处看很诱人，但不过是一首"Bittersweet Symphony"（甘苦交响曲），毕竟啮齿目不能吃太多巧克力。

在这部集子里，有各种各样的艰辛时刻、被迫面对和无能为力，无法掌控的命运不知何时就将我们带至悬崖边缘。就像一个刚刷完浓郁巧克力酱的巧克力蛋糕，表层洁净漂亮，香味浓郁诱人。忽然，它不小心被摔在了地上，还是脸朝下的那种。但有些人能做的，只是捡起来吹吹灰，收拾残局继续吃。

为了度过这些痛苦时刻，我利用幻想和技术去想象各种空间，用以抵达这一切的就是语言。我在语言中寻找一线生机，打出多重机锋，渲染各色风景。当我们坐上那座由语言组成的方舟，我们将会从无数个小末日中得救。当我们坐上那艘由语言织成的飞船，将心事交付给宇宙，也许会换得能量的某种守恒。希望这本书的读者们都能从复杂的故事和交叠的意象中获得乐趣，也许可以减轻痛苦。

因跨越多年，这本书里的许多内容我都有修改。这部书在今年三月的调整过程中，家中事务过多，我太过劳累，导致孩子到来也十分不顺。之后，由于产褥期的我重度焦虑，查阅了大量婴幼儿养育资料，导致高度近视的眼睛每日剧痛，视物模糊，重度干眼症，睑板腺障碍，眼睛里永久留下了大量红血丝，跑了很多次医院都没什么改善。

值得一提的是《大马士革幻肢厂》这篇，我在八月最后修改完成，这篇跨越了很多年，修改了很多次。最后一次，我询问了基础医学博士的朋友关于一些实验的细节问题，并查阅了一些灵长类疼痛评估的相关文献，重新对男女主人公的动线转折做出了重大调整。八月十九日我最后修改了一遍《在瓦伦》，这是有真实背景的一篇小说，不过乾坤我做了挪移。至此，我感觉已经拼尽全力，将专注休息眼睛几个月，忙一下家中的事。

《鹈漪》和《三昧真火》是我二〇二三年写就的作品，也重新倾入了不少心力。大家可以在网上搜到《鹈漪》和《三昧真火》的创作谈，我在此就不赘述了，实在是这只松鼠的火眼金睛也不允许了。在《大马士革幻肢厂》和《三昧真火》中，猴子都是主角之一，有现代唱嘻哈的孙悟空，也有那些被断肢的实验猕猴。这些小说我就说到这里，剩下的交给大家去说，欢迎来豆瓣发评论，当我的眼睛好些了，我会用耳朵去听的。这西天取经的一路，真难啊，我跟着大圣走这一条取真经的路。

很感谢身边有一些朋友陪伴，他们的耐心倾听和温暖建议陪我度过那些艰辛时刻，还有各处奔波的家人们，总是为我付出很多很多。有时我让自己相信，凡有所相，皆是虚妄。有时，我还会因为把"高高的兴安岭"看成"高高兴兴的兴安岭"而笑死。可见咱眼睛真是不行了。

高高兴兴的兴安岭，一片大森林。森林里住着，勇敢的你和我。

二〇二四年八月十九日
于海淀家中